Base Vénus
5

ARTHUR C. CLARKE

La cité des astres		
Les enfants d'Icare	*J'ai lu*	799/3
2001, l'Odyssée de l'espace	*J'ai lu*	349/2
S.O.S. Lune		
Naufragés de la Lune		
Îles de l'espace		
L'exploration de l'espace		
L'île des dauphins		
Rendez-vous avec Rama	*J'ai lu*	1047/3
Terre, planète impériale	*J'ai lu*	904/4
Avant l'Eden	*J'ai lu*	830/4
Demain, moisson d'étoiles		
Les sables de Mars		
Prélude à l'espace		
Les prairies bleues		
Lumière cendrée		
L'étoile	*J'ai lu*	966/3
Les fontaines du paradis	*J'ai lu*	1304/4
2010 : Odyssée deux	*J'ai lu*	1721/4
Chants de la Terre lointaine	*J'ai lu*	2262/4
Rama II	*J'ai lu*	3204/7
Base Vénus-1 : Point de rupture	*J'ai lu*	2668/4
Base Vénus-2 : Maelström	*J'ai lu*	2679/4
Base Vénus-3 : Cache-cache	*J'ai lu*	3006/4
Base Vénus-4 : Méduse	*J'ai lu*	3224/4
Base Vénus-5 : La Lune de diamant	*J'ai lu*	3350/4
Base Vénus-6 : Les lumineux	*J'ai lu*	3379/4
2061 : Odyssée trois	*J'ai lu*	3075/3

ARTHUR C. CLARKE

Base Vénus

La lune de diamant

PAUL PREUSS

TRADUIT DE L'AMÉRICAIN
PAR JEAN-PIERRE PUGI

ÉDITIONS J'AI LU

Collection créée et dirigée
par Jacques Sadoul

Titre original :

ARTHUR C. CLARKE'S VENUS PRIME
Vol. 5 : THE DIAMOND MOON
is an original publication of Avon Books

PROLOGUE

Il pleuvait sur l'hémisphère Nord de la Terre.

Quarante minutes avant la diffusion du dernier volet de la série *Overmind* sur toutes les chaînes non codées du système solaire, sir Randolph Mays surgit de la nuit et se présenta à la maison de la Télédiffusion de Londres, l'imperméable ruisselant, pour exiger que le prégénérique de cette émission fût réenregistré.

Le responsable des programmes, un type dépenaillé et agité qui avait dû interrompre son dîner au club, deux rues plus loin, se porta à la rencontre de la célébrité interplanétaire.

— Vous ne parlez pas sérieusement, sir Randolph. Nous avons déjà chargé la puce pour une transmission automatique.

Mays sortit une chemise en carton bleu de sa grande sacoche en cuir et la brandit sous le nez de son interlocuteur.

— Dois-je *vous* rappeler ce que stipule le *deuxième* alinéa du paragraphe *trente-trois* de notre *contrat* ? demanda-t-il en scandant les mots importants, comme à son habitude. Y sont précisées les *pénalités* qui devront m'être versées par la British Broadcasting Corporation au cas où elle ne me laisserait pas le *contrôle absolu* du contenu de la série.

— C'est exact, mais vous devez quant à vous nous

remettre les programmes définitifs à des dates que vous avez approuvées.

Il n'avait même pas à consulter le document car cette clause figurait dans tous les contrats. Il laissa ses lunettes à double foyer et à monture métallique démodées glisser le long de son nez pour lorgner Mays avec sévérité.

— Vous avez jusqu'à présent tenu vos engagements, mais si vous modifiez quoi que ce soit à l'émission de ce soir vous ne serez plus dans... euh... les délais.

— Vous n'aurez qu'à m'attaquer en justice. Mais une simple comparaison des pénalités prévues — ce que *je* devrai *vous* verser contre ce que *vous* devrez *me* verser — vous permettra de constater que vous auriez intérêt à me laisser réenregistrer ces deux minutes de prégénérique.

Mays était un véritable squelette ambulant à la bouche démesurée dont les battoirs énormes fendaient l'air lorsqu'il parlait, comme pour souligner encore les paroles qu'il martelait.

— J'ai besoin d'un moment de réflexion pour...

— Voilà le nouveau texte, découpé et minuté. Quant aux images de substitution, elles sont sur cette puce.

Le directeur remonta ses lunettes sur son nez.

— Eh bien... voyons voir.

Moins de cinq minutes plus tard, Mays entrait dans un studio d'enregistrement et s'asseyait devant un fond neutre, en face d'une caméra vidéo, pour lire une demi-douzaine de lignes d'une voix au timbre caractéristique.

Aussitôt après, il se retrouvait dans une autre petite pièce, coincé derrière un technicien assis à une table de montage.

C'était un jeune homme au visage blême et émacié, avec des cheveux bruns frisés jusqu'aux épaules.

Après avoir pianoté un instant sur son clavier, il déclara :

— Tout est prêt, sir Randolph. L'original est sur le un, la puce à insérer sur le deux, la lecture non synchro sur le canal trente et la puce vierge sur le trois.

— Je souhaiterais procéder à cette modification en temps *réel*. D'une seule traite.

— Comme vous voudrez. Vous n'aurez qu'à me fournir vos instructions.

— Allez-y quand vous serez prêt. Début sur le deux.

Une image impressionnante quoique familière apparut sur le moniteur. Les nuages de Jupiter emplissaient tout l'écran, une masse tournoyante grumeleuse dans des tonalités de jaune et d'orange, de rouge et de brun — avec, en arrière-plan, le petit point brillant d'une lune qui se déplaçait rapidement.

— Lecture !

Le moniteur enfonça quelques touches. L'enregistrement de la voix de Mays, un murmure où l'on sentait la tension sous contrôle, se fit entendre dans la pièce insonorisée.

Amalthée, une des lunes de Jupiter. Depuis un an, le corps céleste le plus mystérieux du système solaire — et la clé de son énigme.

Un effet de zoom rapprocha le satellite, un bloc de glace irrégulier de quelques vingtaines de kilomètres de longueur dont l'axe longitudinal s'orientait vers Jupiter. Pas assez volumineuse pour être soumise aux forces qui, sur Terre, engendraient les marées (et la chaleur due aux mouvements de friction qui en résultait) et bien trop petite pour conserver une atmosphère, Amalthée était malgré tout nimbée d'un voile de brume qui s'effilochait derrière elle en une traîne qu'une pluie invisible de radiations réduisait en lambeaux.

— Une image magnifique, commenta le monteur.

Mays répondit par un grognement. C'était pour

insérer ce plan qu'il modifiait le début de l'émission : un enregistrement pris par un satellite de reconnaissance du bureau du Contrôle spatial, un document confidentiel obtenu vingt-quatre heures plus tôt par des moyens qu'il valait mieux passer sous silence. Le technicien, habitué depuis longtemps à travailler sur de tels programmes, comprit et n'insista pas.

L'image grossissait encore. On pouvait à présent voir sur le sol estompé par la brume des centaines d'éruptions miroitantes qui projetaient de la matière dans l'espace. La voix off disait :

Il n'existe à l'apparition des geysers de glace d'Amalthée aucune explication naturelle.

— Revenez sur le un.

Ils eurent sous les yeux un cliché d'Amalthée telle que les hommes l'avaient connue auparavant : un bloc de roche rouge sombre, caillouteux, long de 270 kilomètres, avec ici et là des étendues de glace et de neige.

Depuis que nous disposons des images transmises par des sondes automatiques au XXe *siècle, Amalthée est considérée comme un simple astéroïde sans intérêt, capturé par Jupiter.*

Un fondu enchaîné remplaça l'image par une vue prise l'année précédente, au sein des nuages de la planète géante, par le *Kon-Tiki*. Au centre, une créature démesurée dont la forme rappelait celle d'une méduse aux tentacules innombrables, flottait paisiblement dans ces pâturages aériens. Sur les flancs de la poche de gaz gigantesque apparaissaient nettement des marques singulières, l'échiquier d'une antenne radio qui, d'après ses dimensions, devait émettre sur la fréquence des ondes métriques.

Quand les méduses qui évoluent dans l'atmosphère jovienne furent dérangées par l'arrivée du module d'exploration Kon-Tiki, continuait la voix off, *elles entamèrent ce que certains ont appelé un « chœur céleste ».*

— Passez sur le deux, dit Mays.

Une des images qu'il venait d'obtenir par des moyens détournés se superposa à la scène. C'était une carte radio en couleurs artificielles des nuages de Jupiter, tels qu'on pouvait les voir depuis l'orbite d'Amalthée. Des taches rouge vif marquaient l'emplacement des sources d'émission et dessinaient des cercles concentriques sur une grille de lignes plus discrètes. Leur tracé faisait penser aux ondes créées par une pierre lancée dans un étang, ou encore à une cible.

Pendant six journées joviennes les méduses émirent leur chant radiophonique en direction d'Amalthée, du lever de cette lune sur l'horizon à son coucher. Le septième jour, elles s'accordèrent du repos.

Un nouveau gros plan du sol du satellite d'où s'élevait une colonne d'écume démesurée. Des cirres de brume voilaient le point d'où elle jaillissait.

On ne peut considérer comme un événement fortuit que ces grands geysers soient brusquement apparus sur toute la surface d'Amalthée à l'instant précis où les méduses interrompaient leur chant. A ce jour, cette lune a projeté dans l'espace plus d'un tiers de sa masse totale. D'heure en heure, elle ne cesse de s'amenuiser.

— Insérez l'enregistrement de mon intervention, ordonna Mays.

Ils travaillaient ensemble depuis déjà une ou deux minutes et étaient en synchronisation parfaite. Le monteur pressa les touches avant même la fin de sa phrase.

L'image de sir Randolph apparut en inclusion dans l'angle inférieur droit du moniteur de contrôle. Le grand geyser blanc semblait se dresser derrière lui, menaçant. Trois ans plus tôt, bien peu de spectateurs auraient reconnu l'homme qui venait de se matérialiser sur l'écran — et qui, dans la réalité, s'observait par-dessus l'épaule du technicien. Un demi-siècle de déconvenues avait creusé et décoloré ses traits, mais on n'y lisait aucun cynisme et l'étincelle de la foi brillait toujours sous ses épais sourcils, au fond de ses yeux gris.

Ce n'est, en fait, que le plus spectaculaire des nombreux phénomènes qui se produisent en des lieux aussi éloignés que la surface infernale de Vénus, la face cachée de la lune, les déserts de Mars et même une propriété du Somerset, en Angleterre. Ce sont ces coïncidences impensables et bien d'autres qui feront l'objet de l'émission de ce soir, dernier volet de notre série.

Les deux hommes prononcèrent alors les mots rituels à l'unisson :

— Musique. Générique.

Ce qui fit rire le technicien. Le fond sonore s'amplifia. Le nom de la série et le reste du texte de présentation se superposèrent à des extraits des précédentes émissions.

Ils se levèrent. Le monteur s'étira.

— Tout était minuté au dixième de seconde près, dit-il en guise de compliment. Je descends tout ça à la régie. La diffusion débutera dans dix-sept minutes. Voulez-vous y assister dans la salle de contrôle ?

— Non, je suis attendu. Je vous remercie pour votre coopération.

Sur ces mots, sir Randolph Mays quitta le studio et suivit à grands pas les couloirs de la maison de la Télédiffusion, pour disparaître dans la nuit pluvieuse sans avoir adressé la parole à quiconque — comme si ce qu'il venait d'effectuer était une chose banale.

PREMIÈRE PARTIE

VERS LES BERGES DE L'OCÉAN SANS RIVAGE

1

Plus tôt le même jour, sur un autre continent...

— Tu doutes d'appartenir à l'espèce humaine, dit la jeune femme assise dans un fauteuil de pin verni.

Deux larges traits d'encre dessinaient des sourcils sur son visage ovale, au-dessus de ses yeux marron. Sous son nez retroussé sa bouche sans maquillage évoquait l'innocence. Ses longs cheveux bruns ondulaient en vagues lustrées jusqu'à ses épaules, moulées dans une robe estivale en tissu imprimé.

— Nous en étions restées à ce stade.

— N'est-ce pas toujours à ce point que nous nous interrompons ?

Les lèvres de Sparta étaient plus charnues que celles de l'autre femme. Constamment entrouvertes, comme pour goûter la saveur de l'air, elles s'étiraient rarement en un sourire.

— Il est certain que c'est la réponse à cette question que tu espères obtenir. Et en attendant que tu la trouves — ou que tu reportes ton attention sur de nouveaux sujets d'intérêt — tout laisse supposer que nous serons condamnées à aborder ce thème à chacun de nos entretiens.

Il n'y avait pour tout mobilier dans la pièce que leurs deux sièges placés l'un en face de l'autre, dans des angles opposés. Rien n'ornait les parois crème et aucun tapis ne dissimulait les lattes de sycomore du plancher bien ciré. La pluie s'était interrompue pendant la nuit. L'air matinal leur apportait la fragrance des forêts verdoyantes et la fenêtre ouverte laissait entrer la chaleur du soleil qui caressait leur peau.

Les cheveux blonds et raides de Sparta effleuraient à peine le col montant de sa tunique noire. Sa chevelure encadrait un visage ovale régulier, identique à celui de Linda. Elle tourna la tête et regarda au-dehors.

— Ils m'ont modifiée pour que je puisse entendre et voir ce que nul être humain ne peut entendre ou voir, analyser ce que je goûte et sens — non seulement l'identifier mais déterminer sa structure moléculaire —, effectuer des calculs bien plus rapidement que n'importe qui, et me connecter directement à tout système informatique. Ils m'ont même donné le pouvoir de capter et d'émettre des ondes centimétriques. Comment pourrais-je encore être humaine ?

— Un sourd l'est-il ? Ou un aveugle ? Où s'arrête l'appartenance à l'humanité d'un tétraplégique... quelque part dans sa moelle épinière ? Là où les pneus de son fauteuil roulant sont en contact avec le sol ? Les prothèses privent-elles ces handicapés du statut qu'ils ont reçu à leur naissance ?

— Je suis née parfaite.

— Mes félicitations !

Sparta rougit.

— Tu sais tout ce que je sais, et bien plus de choses encore. Pourquoi t'est-il si difficile de répondre à cette question ?

— Parce que toi seule en es capable. Connais-tu ceci ?

Reste là et attends, en bannissant l'espoir,
Car tu ignores ce qu'il faut espérer, attends,
[en bannissant l'amour,
Car tu ignores ce que tu dois aimer...
Attends sans penser, car tu n'y es pas prête...

Sparta ne fit aucun commentaire.

— Tu as utilisé pour cette quête tes facultés de raisonnement, avança Linda. A moins que tu ne te sois laissé guider par tes émotions, ce qui revient au même. Que sont les émotions, sinon des pensées qui se manifestent sous une forme non verbale ? Non, ce n'est pas ainsi que tu dois procéder. Une réponse te sera finalement fournie. Par l'histoire. Par le monde.

— Si ce moment vient un jour.

— Cette interrogation en vaut une autre, mais tu peux cesser de lui accorder de l'importance.

Sparta cueillit un fil imaginaire sur le genou de son fuseau noir.

— Changeons de thème, tu veux ?

— Tu renoncerais aussi facilement ? demanda Linda.

Elle rit, d'un rire juvénile en harmonie avec les dix-sept printemps qu'elle paraissait avoir.

— Que j'appartienne ou non à l'humanité n'est pas mon unique préoccupation. Cette nuit, j'ai de nouveau fait un rêve.

— Oui ? Raconte-le-moi.

— Ce n'était pas celui des nuages de Jupiter, ou des glyphes. Je ne fais plus ce genre de rêves depuis un an.

— Cette période de ta vie appartient au passé.

— La nuit dernière, j'étais un dauphin. J'évoluais dans une mer à la clarté bleutée magnifique. J'avais froid et chaud en même temps et j'étais ivre de bonheur, sans en connaître la cause — peut-être parce que je n'étais pas isolée. D'autres dauphins m'accompagnaient. J'avais l'impression de voler.

J'allais de plus en plus loin, de plus en plus profond. Puis je me suis mise à voler pour de bon. Je possédais des ailes et traversais un ciel rose au-dessus d'un désert rouge. Peut-être Mars, mais avec une atmosphère respirable. Lorsque j'ai brusquement pris conscience que je me retrouvais seule, un sentiment de tristesse m'a réveillée.

— Quel nom portais-tu ?

— Je ne... Comment sais-tu que j'avais un autre nom ?

— Simple supposition.

Sparta fit une pause, le temps d'explorer ses souvenirs.

— Quand j'étais sous la mer, c'était une sorte de sifflement.

— Et en l'air ?

— Un son comme... Circé, dit-elle après une hésitation. Un son proche du cri d'un dauphin.

— Fascinant. En connais-tu le sens ?

— Circé ? Je me demande pourquoi il m'est venu à l'esprit. Dans l'*Odyssée*, la magicienne Circé métamorphose les hommes en pourceaux.

— Elle est dans le récit d'Homère la déesse de la mort. Mais *circé* veut dire littéralement « faucon ».

— Faucon !

L'année précédente, l'expédition *Kon-Tiki*, partie explorer les nuages de Jupiter, avait été commandée par un aérostier nommé Falcon, *faucon* en anglais. En proie à la démence, le croyant son rival, Sparta avait tenté de l'éliminer.

— Et ce n'est pas le symbole de la mort mais celui du soleil, ajouta Linda.

— Mon bonheur était plus intense sous la mer.

— La mer est un vieux symbole du subconscient. On pourrait interpréter ton rêve comme une indication qu'il ne t'est plus inaccessible. Un heureux présage...

— J'en ai rêvé, puis je l'ai perdu.

— Parce qu'il te reste une tâche à exécuter, seule.
A l'ouest, le soleil était une divinité solitaire.

L'expression de Sparta traduisait l'obstination.

— C'est un rôle qu'on m'a imposé. *Impératrice des Derniers Jours*, fit-elle avec mépris. De quel droit m'ont-ils nommée ambassadrice des hommes auprès du peuple des étoiles ? Je ne leur dois rien.

— C'est vrai. Mais tu devras tôt ou tard leur donner une réponse. Leur dire oui ou non.

Les yeux de Sparta brillaient. Elle restait assise, immobile, et laissait les larmes ruisseler le long de ses joues et tomber sur ses genoux où l'étoffe noire de son pantalon les absorbait. Un moment plus tard, elle déclara :

— Si j'étais humaine, je pourrais refuser.

— Est-il indispensable d'avoir un tel statut pour opposer un refus ?

Sparta préféra éluder la question.

— Il me serait possible de vivre avec Blake et de mener une existence normale. Fonder un foyer, avoir des enfants.

— Est-ce irréalisable ?

— Cette partie de mon être a été détruite.

— Il serait aisé de la reconstituer. (Un haussement d'épaules.) Qu'en pense Blake ?

— Tu le sais.

— Je veux te l'entendre dire.

— Il m'aime, répondit-elle d'une voix plate.

— Et tu l'aimes.

— Mais je ne suis pas humaine.

Un sourire sans joie étira les lèvres de Linda.

— On dirait que c'est désormais une certitude.

Se sentant prise au piège, Sparta se leva avec la souplesse d'une danseuse. Elle se dirigea vers la porte, hésita, se retourna.

— Nous sommes dans une impasse. Je t'ai conçue telle que tu es...

— Oui ?

— Parce que j'ai été ainsi. Autrefois — quand je portais ton prénom — j'étais humaine. Ou presque. Avant qu'ils ne fassent de moi ce que je suis devenue, tous mes désirs étaient réalisables.

— *Le bruit de nos pas résonne dans la mémoire,* récita Linda. *Le long des passages que nous n'avons pas empruntés...*

— Quoi ? fit Sparta avec irritation.

— Désolée, j'ai un peu trop tendance à citer Eliot, ce matin. Dois-je en déduire que tu es déçue de constater que je ne suis pas telle que tu as été ?

— Je pensais que nous pourrions parler comme le font les... femmes normales.

— Hélas ! Tu n'es pas normale. Et moi, je ne suis même pas une femme.

— Tu sembles prendre un malin plaisir à me le rappeler à tout bout de champ.

— La partie de mon être que tu n'as pas conçue — ce qui me vaut mes bonnes dispositions envers l'utilisateur — est un programme ontologique très complet, qui dispose de nombreux moyens pour sonder le monde, les individus et les choses. Je t'accorde que les questions épistémologiques qui s'y rapportent sont subtiles, mais au moins mes algorithmes me fournissent-ils des réponses qui ne prêtent pas à controverse. Alors que ta nature t'empêche de différencier ce que tu sais du mode d'acquisition de ces connaissances.

— Je ne suis pas phénoménologue.

— En effet, et ce n'est pas parce que ton cerveau est biologique et non électronique que la vérité t'est inaccessible, que ton univers manque de logique ou encore qu'il n'existe qu'en fonction de la perception que tu en as. Ce que je veux dire, c'est que — sans mon aide ni celle d'un autre thérapeute ou d'un guide —

tu n'as pas plus que tes semblables la possibilité de te libérer du filet des suppositions inculquées par ta culture et dont tu n'as pu tester par toi-même la validité.

— Tu n'as pas répondu à ma question.

— Je crois que si. Mon rôle consiste à t'aider à voir les choses sous leur vrai jour. A prendre conscience de la véritable nature de Linda-Ellen-Sparta.

— Nous en parlons depuis un an.

— Je ne te reproche pas une certaine impatience.

— Ils ont retiré cette substance de mon ventre. Parfait ! Quelle est l'utilité d'un poste de radio interne ? Quant à ma vision, c'est moi qui l'ai détruite avec le Striaphan. Encore parfait ! Tout cela était étranger à mon être véritable. Je me sens désormais plus forte, plus que je ne l'ai jamais été... Mais qu'ai-je réalisé pour me rapprocher de... d'un but personnel, décidé par *moi seule* ?

— Tu es sortie de la dépendance envers cette drogue, ce qui est appréciable.

— Hier, pendant que je descendais les falaises qui bordent le fleuve, je me suis souvenue d'un autre cobaye du projet SPARTA. Il faisait de l'ascension dans les Catskills quand le granite a cédé. Il est mort au terme d'une chute vertigineuse. Et j'ai brusquement pris conscience que s'il m'arrivait le même accident, eh bien... ce serait sans importance. Je ne laisserais rien derrière moi.

— Blake te manque ?

Sparta hocha la tête. Des larmes réapparurent dans ses yeux.

— Il existe une chose qui te serait salutaire, dit doucement Linda.

A l'autre bout de la pièce Sparta fixait le simulacre, le double de ce qu'elle avait été, longtemps auparavant, une jeune femme assise dans une flaque de soleil printanier. Elle s'obligea à sourire.

— Nous finissons toujours par en arriver là.

— Où, plus précisément ?

— Au stade où tu me suggères d'accepter de rencontrer ma mère.

— Je doute de l'avoir exprimé en ces termes.

— Elle m'a laissé croire qu'elle était morte. Elle a essayé de dissuader mon père de me révéler la vérité. Elle leur a donné son accord pour qu'ils me fassent subir tout ça.

— Ton peu d'empressement à la voir est compréhensible.

— Tu penses, malgré tout, que je devrais m'y plier. Même si tu ne le dis pas ouvertement.

— Non, répondit Linda en secouant ses cheveux dans le soleil.

— C'est un point de départ. Il en existe bien d'autres.

Les deux femmes continuèrent de se regarder fixement, sans bouger, jusqu'au moment où Linda ajouta :

— Tu pars déjà ? L'heure vient à peine de commencer.

Sparta inspira à pleins poumons et se rassit. Un instant plus tard, elles avaient repris leur conversation.

2

Sur toute la planète et dans tout le système solaire cent millions d'individus s'étaient installés devant la vid. Seuls ceux qui vivaient en Grande-Bretagne assisteraient au début du dernier volet de la série *Overmind* à vingt heures. Les autres, bien plus nombreux — ceux qui ne supportaient pas d'attendre une rediffusion locale à un horaire plus pratique — réalignaient leurs antennes paraboliques, alors que chez eux les horloges indiquaient 3 h 21 ou 23 h 43, en fonction de la distance qui les séparait de Londres et de la vitesse de la lumière.

Sur la côte Est de l'Amérique du Nord il allait être 15 heures. Le soleil jouait à cache-cache derrière les nuages et l'après-midi était tour à tour lumineux et pluvieux. Un homme de haute taille en manteau de cuir noir gravit les marches de la véranda d'une maison de pierre perdue dans les bois. Il frappa à la porte.

Une femme en jupe de laine et bottes de cuir vint ouvrir.

— Entre avant de prendre froid, Kip.

Ari Nagy, mince et athlétique, les cheveux bruns grisonnants et sagement coupés court, était une des rares personnes qui appelaient cet homme autrement que « commandant ».

Il suivit son conseil et secoua son manteau qu'il suspendit à une patère du vestibule, à côté de cirés en polytoile jaune et de parkas rembourrés de duvet d'oie. Il entra dans la longue salle de séjour.

La maison était plus vaste qu'elle ne le semblait de l'extérieur. Par les fenêtres qui donnaient au sud, au-delà de la forêt, un ciel lourd de nuages allait buter contre un horizon de montagnes basses dans des tonalités gris-vert... Le paysage monochrome était égayé par les fleurs jaunes des forsythias et celles, blanches, des cornouillers aux branches noueuses et ruisselantes de pluie.

Les poutres sculptées du plafond accrochaient la lumière et les tapis indiens sur le sol retenaient la chaleur des bûches de chêne qui se consumaient dans la cheminée. Le commandant alla droit vers l'âtre et tendit ses mains à la flamme.

La femme revint de la cuisine avec le thé.

— Nature ? Nul n'ignore que tu en es friand, lorsqu'il fait un temps pareil.

— Oui, merci.

Il prit une tasse sur le plateau et la posa sur le manteau de la cheminée. La soucoupe de porcelaine crissa sur la pierre.

— Comment savais-tu que je viendrais ?

Sa voix était si grave et si éraillée que s'exprimer devait être pour lui une torture. Avec son hâle profond et ses yeux bleu pâle, il avait tout du bûcheron du Grand Nord ou du loup de mer. Il portait un jean délavé et avait remonté les manches de sa chemise à carreaux sur ses solides poignets.

— J'ai téléphoné là-bas. Je désirais parler à Jozsef. J'espérais qu'il se joindrait à nous.

— Il viendra. Il voulait d'abord saisir son rapport dans les fichiers.

— Il est 15 heures et il va rater le programme. C'est bien de lui... il est persuadé que le monde entier devrait tenir compte de son emploi du temps.

— Nous lui repasserons les passages les plus importants.

Il prit une pince et tisonna les bûches jusqu'à ce que le feu crépite.

Ari s'installa sur un divan en cuir et ramena un plaid rouge et vert sur ses genoux.

— Vid et enregistrement, articula-t-elle en se tournant vers le mur lambrissé... où une vidéoplaque, jusqu'alors invisible, se déplia pour former un écran de deux mètres carrés qui s'alluma aussitôt.

— Bonsoir, fit une voix. Ici la chaîne interplanétaire d'informations de la BBC qui vous présente le dernier volet de la série *Overmind* réalisée par sir Randolph Mays.

Le commandant leva les yeux à temps pour voir les nuages de Jupiter. Un point de lumière se déplaçait très vite à l'arrière-plan.

— Amalthée, une des lunes de Jupiter, commenta Randolph Mays dans un murmure. Depuis plus d'un an, le corps céleste le plus *mystérieux* du système solaire et la clé de son énigme.

A la différence des autres téléspectateurs qui suivaient l'émission et espéraient que le narrateur leur fournirait cette clé — en fait, la plupart de ceux qui avaient vu les épisodes précédents étaient convaincus que Mays résoudrait « l'énigme du système solaire » ce soir-là — l'homme et la femme réunis dans cette maison nichée au fond des bois tentaient, quant à eux, de se convaincre du contraire.

— Une image magnifique, commenta Ari.

— J'en ai entendu parler. Elle a été repiquée sur un moniteur de l'agence du Bureau spatial de Ganymède. Mays l'a utilisée pour remanier le prégénérique de son émission il y a moins d'une heure.

— C'est quelqu'un de vos services qui la lui a procurée ?

— Nous ne devrions pas tarder à le savoir.

Puis ils se concentrèrent sur l'écran sans rien ajouter pendant que sir Randolph dressait une liste de faits étranges.

— ... phénomènes qui se produisent en des lieux aussi éloignés que la surface infernale de Vénus, la face cachée de la lune, des déserts de Mars et même une propriété du Somerset, en Angleterre. Ce sont ces coïncidences *impensables* et bien d'autres qui feront l'objet de notre émission de ce soir...

— Oh ! Seigneur... murmura Ari en se pelotonnant sous la couverture. Il va mêler Linda à tout ça, j'en suis sûre.

Le commandant se renfrogna et s'écarta du feu pour venir s'asseoir près d'elle sur le divan, face à l'écran.

— Nous avons dressé autour d'elle une muraille infranchissable.

— Comment sait-il tout cela ? Est-il l'un d'eux ?

— Ils ne comptent plus... c'est devenu évident quand nous sommes allés chez Kingman et avons découvert le massacre.

— Mays révèle leurs secrets, alors qu'ils n'hésitaient pas à recourir au meurtre pour en empêcher la divulgation.

— Il a dû mettre le grappin sur un repenti qui a perdu ses illusions et voulu soulager sa conscience... un type qui aurait dû se chercher un meilleur confesseur.

— Seuls les chevaliers et les doyens pourraient établir un lien entre Linda et la Connaissance.

L'intonation de la voix d'Ari laissait percer son angoisse.

Sur l'écran, la courte séquence d'introduction s'acheva et l'ultime épisode commença...

Sir Randolph Mays, obscur professeur d'histoire de Cambridge à l'origine, ne devait pas son titre à son érudition, mais à ses largesses, prodiguées pendant sa jeunesse : il avait fait don d'une part importante d'un gros héritage à son collège. Aimé de ses étudiants, il était devenu du jour au lendemain une célébrité, une vraie nova de la vid, avec sa première série de treize épisodes pour la BBC : *Sur les traces de l'espèce humaine*. Mays se rendait dans les lieux lointains où le conduisait son enquête comme s'il suivait la piste d'une proie insaisissable. On l'avait vu entre les colonnes de Karnak, sur les marches des escaliers sans fin de Calakmul et dans les ruines du labyrinthe de Çatal Höyük, pendant que ses énormes mains soulignaient des phrases interminables et véhémentes. Il en résultait des documentaires exotiques liés par une sorte de mayonnaise pseudo-intellectuelle.

Mays se prenait au sérieux et n'était pas peu fier de ses opinions. Comme Arnold Toynbee et Oswald Spengler avant lui, il soutenait que l'histoire humaine obéissait à un cycle prédéterminé et constant. Tels ses prédécesseurs, il affirmait que les civilisations suivaient inexorablement un processus de naissance, de croissance et de mort semblable à celui des organismes vivants. A une différence près : les sociétés évoluaient par une adaptation culturelle rapide et non par une lente mutation biologique. Le professeur laissait cependant à son auditoire le soin de déterminer vers quelle issue conduisait cette évolution.

Historiens et ethnologues lui reprochaient ses idées simplistes, son interprétation douteuse des faits, l'imprécision de ses définitions. Quels critères retenait-il pour différencier les sociétés ? Pourquoi considérait-il, par exemple, que les Juifs constituaient un groupe spécifique partout où ils s'établissaient, mais pas les émigrés hongrois ? Mais les quelques érudits éminents qui grommelaient dans leur barbe ne parvenaient pas à saper l'enthousiasme du public. Randolph Mays disposait d'un atout plus important que la caution des milieux scientifiques, bien supérieur à la logique : un véritable charisme.

Souvent rediffusée, sa première série d'émissions avait battu tous les records de vente de vidéopuces. La BBC réclamait une suite, et Mays avait présenté un nouveau projet : *Overmind*.

Le thème choisi avait donné à réfléchir à ses sponsors. Le professeur se proposait ni plus ni moins de démontrer que la grandeur et la décadence des civilisations n'étaient pas dues aux simples hasards de l'évolution. Selon lui, une intelligence supérieure supervisait le processus, une entité pas nécessairement humaine, révérée sur Terre par un culte aussi ancien que secret.

Les douze premiers épisodes d'*Overmind* apportaient comme preuves de l'existence de cette secte, d'anciens glyphes, papyrus et sculptures, l'orientation de constructions architecturales et des mythes immémoriaux. Il s'agissait d'un récit intéressant et convaincant pour tous ceux qui souhaitaient y croire. Quant aux sceptiques, ils y trouvaient leur compte de distraction.

L'immense public de cet homme allait découvrir sous peu qu'après avoir présenté à l'appui de ses dires des textes et des objets remontant à l'antiquité, il se proposait, dans le cadre de sa dernière émission, de démontrer que la grande conspiration était encore d'actualité.

Mais Randolph Mays était un professionnel avisé et il entendait contraindre au préalable ses spectateurs à une heure de rappel des faits qui reprendrait tous les arguments développés au cours des semaines précédentes, à grand renfort de décors et d'extraits d'émissions déjà diffusées. Il savait que seuls ses adversaires remarqueraient que les treize heures consacrées à l'exposé de sa thèse auraient pu tenir en soixante petites minutes.

Quand vint le moment d'entrer dans le vif du sujet, il apparut en gros plan sur l'écran.

— Ils se faisaient appeler les prophètes du Libre Esprit et se donnaient encore une douzaine d'autres noms. De nombreux indices laissent supposer que les individus que nous allons vous montrer appartenaient à cette secte.

Il passa le photogramme d'un gentleman anglais, âgé mais encore alerte. L'homme était vêtu d'un costume en tweed et était planté devant une vaste demeure de pierre. Un fusil de chasse ouvert reposait au creux de son bras et il utilisait sa main libre pour se caresser les moustaches.

— Rupert, lord Kingman, héritier du St Joseph's Hall, directeur d'une douzaine d'entreprises dont la Sadler's Bank de Delhi. Un homme que nul n'a revu depuis trois ans...

Vint ensuite une femme aux cheveux aile de corbeau et aux lèvres soulignées de rouge qui adressait un regard menaçant à l'objectif. Un Sikh enturbanné tenait la bride de son cheval de polo écumant.

— Holly Singh, docteur en médecine et en philosophie, responsable de la section de neurophysiologie du Centre médical du Bureau du Contrôle spatial, qui a disparu le *même jour* que lord Kingman...

Elle fut remplacée par un homme de haute taille à la mine sinistre et dont les cheveux blonds tombaient sur le front.

— Le professeur Albers Merck, le xéno-archéologue éminent qui a perdu la vie en perpétrant une tentative d'*assassinat* contre son collègue, le professeur J.Q.R. Forster... Ce dernier a survécu, mais les fossiles vénusiens conservés à Port Hespérus ont tous été détruits....

Le cliché d'un couple de jeunes gens également blonds, assis devant des consoles, apparut alors. Ils étaient en combinaisons de techniciens et souriaient à l'objectif.

— A la même date, les astronomes Piet Gress et Katrina Balakian se sont suicidés après avoir vainement tenté de rendre inutilisable le radiotélescope de la Base Farside, sur la lune.

Ils cédèrent la place à un individu taillé en armoire à glace et coiffé en brosse, vêtu d'un costume à rayures, photographié alors qu'il regardait derrière pardessus son épaule en montant dans un hélicoptère, sur le toit d'un gratte-ciel de Manhattan.

— Toujours à la même période, sur Mars, la plaque martienne *disparaissait* de l'hôtel de ville de Labyrinth City. Un vol au cours duquel deux hommes perdirent la vie. La plaque devait être récupérée sur la lune Phobos, et quelques heures plus tard Mr John Noble, fondateur et directeur de la Noble Water Works sur Mars — dont l'avion avait été utilisé pour emporter le butin —, disparaissait à son tour. Nul ne l'a revu depuis...

L'image suivante était celle d'un cargo spatial. Le caméraman fit un lent panoramique de l'appareil de transport remisé en orbite terrestre dans les chantiers du Bureau spatial.

— Et voici le *Doradus*, à bord duquel la plaque martienne devait être emportée loin de Phobos. Les médias en ont fait un vaisseau pirate mais j'affirme qu'il s'agissait en fait d'un appareil de guerre du Libre Esprit, même si les autorités cherchent à nous faire croire qu'elles n'ont pu remonter la trace de ses véritables propriétaires que jusqu'à une banque. Oui, la Sadler's Bank de Delhi...

La vue changea et Ari posa une main sur le bras du commandant, pour lui apporter son soutien ou chercher le sien.

— L'inspecteur Ellen Troy, du Bureau du Contrôle spatial, rappela Mays aux spectateurs qui l'avaient probablement tous reconnue. Son nom nous est devenu familier depuis que nous avons appris ses exploits extraordinaires. C'est *elle* qui est descendue à la surface de Vénus pour sauver Forster et Merck d'une mort certaine. C'est *elle* qui a empêché la destruction de la Base Farside. C'est *elle* enfin qui a récupéré la plaque martienne avant que l'équipage du *Doradus* ne s'en empare. Puis elle a disparu à son tour... pour réapparaître en des circonstances à ce jour inexpliquées, au moment précis où se déclenchait la mutinerie du *Kon-Tiki*, avant de se volatiliser à nouveau. Où est-elle, à présent ?

Le photogramme fascinant d'Amalthée apparut sur l'écran. Sous la clarté réfléchie par Jupiter, une brume laiteuse nimbait cette lune.

— Le Bureau spatial a décrété une *quarantaine* absolue dans un rayon de 50 000 kilomètres autour de l'orbite de ce satellite. Une seule dérogation a été accordée, à un homme qui a souvent eu les honneurs des médias.

Des journalistes avaient décrit J.Q.R. Forster comme un fanfaron imbu de lui-même, mais l'extrait d'une vid d'actualités choisie par Mays le montrait gravissant d'une démarche souple les marches du Q.G. du Conseil des Mondes, à Manhattan, sans faire cas des représentants de la presse qui le harcelaient.

— Le professeur Forster est actuellement sur Ganymède où il procède aux derniers préparatifs de son expédition sur Amalthée — une mission qui a reçu l'*aval* du Bureau spatial, quelques mois *avant* que cette lune ne devienne le théâtre de phénomènes singuliers.

Sir Randolph revint à l'écran. Pendant un instant il resta muet, comme s'il s'accordait le temps de réordonner ses pensées. Il agissait en acteur consommé et apportait la preuve de sa maîtrise des moyens audiovisuels de communication en obligeant son auditoire à concentrer son attention sur ses dernières paroles.

Il se pencha en avant.

— L'inspecteur Ellen Troy est-elle également sur Ganymède ? Doit-elle participer à l'expédition organisée par Forster ?

Il baissa encore la voix, comme pour inciter les téléspectateurs à se rapprocher de l'écran. Ses larges mains leur faisaient signe de venir le rejoindre.

— Amalthée est-elle la cible des visées du Libre Esprit ? Le puissant Bureau du Contrôle spatial est-il impliqué dans cette conspiration ? J'en ai l'intime conviction, même s'il m'est impossible d'en apporter ce soir une preuve formelle...

Il recula et redressa sa silhouette dégingandée.

— Mais soyez certains que je découvrirai le lien qui existe entre les divers événements que j'ai portés à votre attention. Et, sitôt que j'y serai parvenu, j'exposerai ces secrets immémoriaux aux lumières de la raison.

— Arrête, dit Ari d'une voix forte.

Le postgénérique défilait sur l'écran quand l'appareil s'éteignit et que la vidéoplaque disparut derrière la paroi lambrissée.

La pluie crépitait sur le toit de la véranda. Dans l'âtre, les braises s'écroulaient. Ce fut le commandant qui rompit le silence :

— La chute n'est pas à la hauteur du reste.

— Et il a commis au moins une erreur, dit Ari.

Elle n'eut pas à préciser laquelle : Ellen Troy n'était pas sur Amalthée.

Ils entendirent des pas à l'extérieur. Le militaire se leva d'un bond, aussitôt sur le qui-vive. Ari repoussa le plaid sur ses genoux et alla ouvrir.

3

Un homme pénétra dans la pièce. Il était trempé de la tête aux pieds et les cheveux gris clairsemés qui dressaient leurs touffes humides sur son crâne lui donnaient l'aspect d'un oisillon à peine éclos. Il prit Ari dans ses bras et l'étreignit avec enthousiasme. Elle rit et caressa son crâne mouillé. Quoique très différents, ils formaient un couple bien assorti, lui vêtu de tweed et elle de flanelle. Ils étaient mari et femme depuis des lustres.

— Quelque chose pour te réchauffer, Jozsef ? Nous en sommes au thé.

— Merci. Kip t'a raconté nos aventures ?

— Pas encore, répondit le commandant.

— Nous nous sommes contentés de regarder Mays pontifier. Le dernier épisode d'*Overmind*.

— Oh, non ! J'arrive trop tard ?

Il était atterré.

— Voilà belle lurette que tu n'es jamais à l'heure, fit remarquer Ari. Mais ne te tracasse pas, j'ai enregistré.

— Une perte de temps, commenta le militaire.

Jozsef s'assit pesamment sur le canapé. Ari lui tendit une tasse et poussa le plateau devant lui, sur la table basse en pin.

— A une exception près. Mays a établi un rapport entre Linda et le Libre Esprit.

— Et en ce qui concerne la Salamandre ?

— Il ne sait rien, affirma le commandant.

— Et ce sont de simples spéculations, insista Ari.

— Il va embarquer sur l'*Hélios* qui doit appareiller pour Ganymède...

— Peux-tu le confirmer ?

Jozsef venait de s'adresser au militaire, qui hocha la tête. Il but une gorgée de thé puis reposa la tasse sur la soucoupe.

— Eh bien, ce n'est pas ce qui changera la situation. La moitié des journalistes du système solaire doivent déjà être sur place, en quête d'un scoop.

Ari s'assit à côté de lui et posa la main sur son genou.

— Parle-moi de ton voyage.

— Il a été merveilleux, fit-il, les yeux brillants. Si j'étais d'une nature envieuse, je serais jaloux que Forster ait effectué seul de telles découvertes. Il a su me communiquer son enthousiasme... cet homme est exceptionnel.

— Il n'a pas réussi sans aide, le reprit Ari. Nous lui avons apporté notre soutien.

— Oui, mais il n'avait pas la Connaissance pour le guider. Il a déchiffré seul les tablettes vénusiennes et la plaque martienne... et c'est à partir de ces textes qu'il a appréhendé la nature véritable d'Amalthée.

— Sa nature présumée, le corrigea Ari.

— Alors qu'il ignorait tout des anciens secrets, ce qui confirme que la vérité ne peut être indéfiniment dissimulée.

Bien que sceptique, Ari s'aligna sur le silence du

militaire. Elle ne voulait pas contredire son mari.

— Laisse-moi te raconter ce que j'ai vu, ajouta ce dernier avec entrain.

Il s'installa plus confortablement dans les coussins et s'adressa à eux, tel un professeur introduisant un séminaire.

— La lune que nous appelons Ganymède est baptisée par ceux qui y vivent Océan sans rivage, ce qui est une façon poétique de se référer à un astre dont la surface est constituée d'eau maintenue à l'état solide par le froid qui y règne. Ils donnent le même nom à Ganymède City et l'ont inscrit dans cinq ou six langues sur toutes les portes pressurisées. J'ai eu des problèmes avant d'en franchir le seuil.

» Je venais de régler les dernières formalités aux postes de contrôle — seul et un peu perdu — quand un Asiatique à l'air étrange m'a fait signe de venir le rejoindre de l'autre côté de la barrière. Il avait des yeux bridés et une tresse de cheveux noirs qui descendait jusqu'à la taille. Avec sa longue moustache, sa tunique et ses bottes de cuir souple il m'a fait penser à Temüjin, le jeune Gengis Khan. J'ai feint de ne pas l'avoir remarqué et suis sorti, mais il m'a suivi parmi la foule. J'ai finalement dû m'arrêter pour lui demander ce qu'il me voulait.

» Il s'est vanté d'être le meilleur et le moins cher des guides qu'un étranger pouvait trouver à Océan sans rivage, mais entre deux de ces déclarations destinées aux passants, il m'a reproché dans un murmure d'attirer l'attention sur moi.

» Tu auras deviné qu'il s'agissait de Blake. Il portait cet accoutrement car, ainsi qu'il me l'a dit de façon imagée, une meute de journalistes contraignaient le professeur Forster et ses collègues à se terrer dans leur tanière. Blake était l'unique membre de l'équipe qui parlait chinois, et donc le seul à pouvoir se déplacer sans se faire remarquer dans cette cité asiatique.

» Je ne pensais pas que nous aurions à fuir les représentants des médias. Nul ne connaissait mon identité. Nul ne savait par quel moyen j'étais arrivé. Le Bureau du Contrôle spatial s'était chargé de tout organiser. Blake a pris mes bagages... très légers, car si Ganymède est plus grosse que la lune sa masse ne pourrait soutenir la comparaison avec celle d'une planète.

» La ville d'Océan sans rivage a été fondée il y a moins d'un siècle, mais elle est malgré tout aussi exotique — et peuplée — que Varanasi ou Calcutta. Nous nous sommes rapidement perdus dans la foule. Après que nous nous fûmes frayé un passage dans des couloirs de plus en plus étroits, bruyants et malodorants, j'ai eu de sérieuses difficultés à ne pas me laisser distancer par Blake. Je pense que ma lenteur a dû l'exaspérer car il a hélé un vélotaxi et donné des instructions au conducteur, avant de poser mes sacs sur le tricycle. Puis il m'a invité à y prendre place et m'a prié de bien vouloir l'attendre une fois arrivé à destination. Il a précisé que je n'aurais rien à faire car tout avait été réglé, y compris le prix de la course.

» J'ai été conduit par des couloirs de moins en moins fréquentés. Nous laissions derrière nous les quartiers commerciaux et résidentiels de l'agglomération souterraine. Par un dernier boyau interminable, plongé dans la pénombre et le froid — une pellicule de glace recouvrait les parois que j'entrevoyais entre les réseaux de canalisations — je suis enfin arrivé à mon but, une porte en plastique coiffée d'une petite ampoule rouge protégée par un hublot grillagé. Rien n'indiquait la destination des lieux mais on pouvait penser qu'il s'agissait d'un secteur industriel. J'ai récupéré mes bagages et mon chauffeur est reparti en forçant sur ses pédales. Son haleine se condensait devant sa bouche et je pouvais comprendre son impatience de regagner des quartiers plus tempérés.

» Je restai quelques minutes à frissonner et à regarder autour de moi les grandes plaques d'acier du plafond et des parois de ce tunnel mal éclairé. Puis le battant s'ouvrit...

» Sur Blake, qui m'apportait un confortable parka. Quand j'eus enfilé cette protection contre le froid il me guida à travers le complexe industriel, le long de passerelles en plastique et par d'innombrables échelles. Nous franchîmes des portes et des salles. Des sas et des écoutilles hermétiques m'indiquaient qu'un risque de dépressurisation n'était pas à exclure, mais je n'avais alors aucune raison de m'inquiéter.

» Nous entrâmes par une petite trappe dans un vaste conduit de métal brillant, un alliage au titane à en juger par son aspect, et nous atteignîmes un lieu caverneux aux formes étranges. J'avais l'impression de progresser dans un boyau creusé par une rivière souterraine, ou encore une de ces cavernes de glace dont la fonte alimente les torrents sous les glaciers. Contrairement aux parois de ces grottes, cependant, celles-ci ne diffusaient pas le halo bleuté propre à la clarté solaire filtrée, et elles ne réfléchissaient pas la chaleur du calcaire mais absorbaient la lumière qu'elles aspiraient dans leurs profondeurs incolores.

» Nous gravissions les arêtes échancrées d'une cascade gelée en direction d'une vaste salle quand je compris que ces cavités n'avaient pas été creusées par de l'eau mais par des flammes et de la vapeur brûlante. Nous étions dans la chambre de déflection d'un pas de tir. Les parois fondues sous l'effet du souffle des propulseurs étaient drapées de voiles et de rideaux de glace transparente.

» Très haut au-dessus de nos têtes le dôme pressurisé était clos. Il empêchait l'air de s'échapper et nous dissimulait les étoiles, les lunes et l'anneau de Jupiter. Dans ce silo une navette jovienne nous surplombait, tel un nuage d'acier. Le vaisseau accroupi sur son train d'atterrissage comme sur des pattes d'insecte semblait captif du filet tressé par les câbles et les tuyaux du portique de service, mais je ne pouvais détacher mon regard des tuyères de ses propulseurs et des trois réservoirs sphériques qui les ceignaient.

» Sous la menace de cette épée de Damoclès suspendue au-dessus de nos têtes m'attendaient le Pr J.Q.R. Forster et son équipe. Un échafaudage fait de tubes de carbone et de planches avait été érigé sur les déflecteurs en titane. Des établis couverts d'outillage et des batteries d'appareils électroniques étaient installés tout autour, et quelqu'un avait déplié une grande feuille où figurait un schéma sur le bâti d'une machine. Blake me guida vers Forster et ses hommes. Ils étaient penchés sur le plan et discutaient avec animation. Je crus voir un roi shakespearien exposant sa stratégie à ses seigneurs.

» Forster se tourna vers moi avec emportement... mais ce fut pour m'adresser un sourire et non une grimace. J'avais vu de nombreux holos de cet homme, mais Kip n'avait pas jugé opportun de me le faire rencontrer avant cet instant, et je fus stupéfait par l'énergie qu'il dégageait. Son visage et son corps sont ceux d'un garçon de trente-cinq ans, en pleine force de l'âge. C'est le résultat du travail de restauration dont il a été l'objet après l'attentat que Merck a perpétré contre lui. Mais il possède une assurance extraordinaire, due, sans doute, à l'expérience acquise au fil des décennies où il a eu à tenir tête à des meutes d'étudiants à l'université.

» Il me présenta à son équipe, comme si tous ses membres étaient des héros mythiques : Josepha Walsh, le pilote, une jeune femme imperturbable envoyée par le Bureau spatial ; Angus McNeil, un ingénieur imposant à l'esprit vif, qui me dévisagea comme s'il lisait des jauges à l'intérieur de mon crâne ; Tony Groves, le navigateur qui avait guidé Springer jusqu'à Pluton pour son bref et glorieux rendez-vous avec cette planète. Je leur serrai la main à tous. Ils étaient aussi célèbres dans leur domaine respectif que Forster dans le sien, et comme aucun n'était asiatique ils étaient condamnés à continuer de grelotter dans cette cachette, tant que le professeur ne serait pas disposé à affronter les journalistes.

» En fait, lorsque je mentionnai le chemin détourné que Blake m'avait fait suivre pour arriver jusqu'à eux et que je demandai à Forster pourquoi il n'avait pas réclamé la protection du Bureau du Contrôle spatial, il m'apprit que ce pas de tir se situait dans le périmètre placé sous la juridiction du Bureau mais qu'il ne souhaitait pas que les médias découvrent les rapports privilégiés qu'il entretenait avec cet organisme. Il s'estimait amplement satisfait que lui, et lui seul, ait été autorisé à explorer Amalthée et que le Bureau spatial ne fût pas revenu sur sa décision quand tous ces phénomènes spectaculaires étaient survenus. Je n'entrerai pas dans les détails mais il me fit clairement comprendre qu'il n'avait confiance en aucun des membres du Bureau, à l'exception — peut-être — de Kip. Je décidai alors de ne pas approfondir la question et de reporter à plus tard une discussion sur ce thème.

Jozsef interrompit son récit. Ari se pencha pour lui resservir du thé. Il en but une gorgée, pensif, puis reprit ses explications.

— Le camp installé à l'intérieur de la caverne de glace ressemblait à celui d'une armée sur le point de livrer bataille. Dans cette fosse s'empilaient provisions et matériel — nourriture, bouteilles de gaz, instruments divers, réservoirs de carburant — dont la majeure partie garnirait une soute amovible qui serait ensuite assujettie au vaisseau. Pour l'heure, elle était toujours posée sur le sol et ouverte comme une boîte de sardines. Blake me guida jusqu'au logement qui m'avait été attribué : une hutte de mousse installée contre une paroi de la salle, un abri rudimentaire où régnait une température acceptable. Peu après, l'intensité de l'éclairage faiblit et nous signala l'arrivée de la nuit.

» Je retournai me joindre aux autres dans le plus vaste des abris temporaires pour un dîner à l'européenne, accompagné d'excellents vins qui provenaient de la cave personnelle du professeur Forster... et j'appris rapidement à apprécier l'esprit caustique de Walsh et le goût de Groves pour les débats (lorsqu'il apprit que j'étais psychologue, il s'empressa de m'exposer ce qu'il savait des dernières théories sur l'inconscient. C'était peu de chose mais il était malgré tout plus calé que moi, car — tout comme toi, Ari — j'ai cessé de m'y intéresser voilà une vingtaine d'années). J'ai applaudi aussi aux anecdotes de McNeil (c'est un ingénieur célèbre mais son penchant pour les histoires salaces fait de lui un nouveau Boccace, dont il possède d'ailleurs les dons de narrateur).

» Après le dîner, je m'isolai avec Forster dans sa hutte. Là, non sans lui avoir fait jurer de garder le secret — et bu une fine Napoléon sublime — j'utilisai mon holoprojecteur pour lui révéler ce que nous avions préparé à son intention : la distillation de la Connaissance.

» Il ne fit aucun commentaire. Bien qu'il eût consacré toute son existence à défendre des points de vue traditionnels, sa surprise fut moins grande que je ne l'aurais cru. Il déclara avoir suspecté certaines de ces vérités depuis la découverte de la plaque martienne... Avant même qu'il ne soit parvenu à la déchiffrer et à réunir quelques éléments sur ses auteurs, les représentants de la civilisation qu'il avait baptisée initialement la Culture X.

» La théorie classique — celle volontairement répandue par le Libre Esprit — voulait que cette civilisation ait vu le jour sur Mars pour finir par disparaître il y a un milliard d'années, à la fin du bref été martien. L'hypothèse de Forster était différente, et bien plus audacieuse. Il pensait que ces êtres étaient arrivés dans notre système en provenance de l'espace interstellaire. Qu'il fût le seul à soutenir cette thèse l'irritait, mais il ne pouvait s'empêcher d'en être flatté par ailleurs, car il est de ces gens qui s'enorgueillissent d'appartenir à une minorité.

» Lorsqu'il apprit qu'un robot de l'Ishtar Mining Corporation avait mis au jour sur Vénus une cache contenant des objets extraterrestres, il ne ménagea pas ses efforts pour organiser une expédition chargée de les étudier et, si possible, de les ramener. Il dut interrompre sa mission et les reliques restèrent ensevelies sur Vénus, mais il nous en rapporta des enregistrements...

Jozsef reprit son souffle et s'autorisa un sourire.

— Je relate tout ceci selon son point de vue, naturellement. L'important est qu'il démontra moins d'un an plus tard que les tablettes vénusiennes étaient des traductions de textes datant de l'âge du bronze terrestre. Il était à présent convaincu que la Culture X avait visité toutes les planètes intérieures de notre système, et peut-être même tenté de les coloniser.

» Il utilisa bientôt le lexique établi d'après ces

tablettes pour traduire la plaque martienne et y trouva des références aux « messagers qui habitaient les nuages » et au « réveil du grand monde ». Ces recherches lui permirent de percer un secret jalousement gardé pendant des millénaires et d'acquérir instantanément une partie importante de la connaissance.

» Mais la logique lui suggérait — et l'expédition *Kon-Tiki* lui démontrait — que les nuages de Jupiter, le « grand monde », ne pouvaient abriter aucune créature capable de fabriquer l'étrange matériau dont étaient faites les tablettes vénusiennes et la plaque martienne, et encore moins d'accomplir les exploits relatés dans cette dernière. Par ailleurs, et malgré des décennies d'exploration, nul n'avait mis au jour, sur les satellites de Jupiter, le moindre élément susceptible de démontrer que des extraterrestres s'y étaient posés dans un lointain passé.

» Malgré tout, et toujours d'après lui, un indice le convainquit qu'une étude plus approfondie d'une des lunes de la planète géante s'imposait. On savait depuis longtemps qu'Amalthée irradiait dans l'espace plus d'énergie qu'elle n'en recevait. Un tiers de plus que ce que lui envoyaient le soleil et Jupiter réunis. Les scientifiques supposaient que le bombardement des ceintures de radiations devait combler ce déficit, mais Forster n'eut qu'à consulter les archives pour constater que c'était faux. Tous savaient qu'une différence subsistait, mais l'écart était si infime qu'on le jugeait sans intérêt et préférait l'ignorer. On pourrait comparer cela à la précession de l'orbite de Mercure, considérée comme une anomalie mineure qui n'invalidait pas les lois établies par Newton, jusqu'au jour où la théorie de la relativité d'Einstein a révélé sa valeur exacte, deux siècles plus tard.

» Puis les méduses de Jupiter se mirent à chanter, et Amalthée entra en éruption. Avec la force de caractère qui lui est propre, Forster insista pour effectuer la mission d'exploration prévue, sans annoncer la moindre modification de son programme de recherches... afin de se soustraire à l'intervention des services administratifs. Il apporta malgré tout quelques changements pendant la traversée vers Ganymède et, lors de notre rencontre, il procédait avec son équipe à leur mise en œuvre... dans la clandestinité.

» Ce que j'avais à lui apprendre confirmait la justesse de sa vision et soulignait la nécessité de ces mesures. Naturellement, la Connaissance révèle encore bien d'autres choses...

Ari ne put taire plus longtemps ses inquiétudes.

— Et notamment que toute expédition d'où Linda sera absente se soldera par un désastre.

— J'en ai informé le Pr Forster. Il n'a pas nié cette possibilité mais est fermement décidé à continuer, avec ou sans elle.

— Dans ce cas, cet homme et tous ceux qui l'accompagnent — Blake Redfield inclus — vont au-devant d'une mort certaine. Et ce n'est pas le plus grave. Il fallait le convaincre... c'est pour cela que tu es allé sur Ganymède, Jozsef ! Pourquoi n'as-tu pas insisté, bon sang ?

Il se contenta de déclarer :

— Kip... *toi seul* peux le contraindre à renoncer.

— Ce serait impossible, même si je le voulais.

— Si *tu*...

Ari le dévisagea, incrédule et désespérée.

— Ari, le Bureau spatial n'a ni la volonté ni — d'après les services concernés — les moyens de garder plus longtemps Amalthée en quarantaine. Les Indo-Asiatiques exercent de fortes pressions sur le Conseil.

Il soupira.

— Ils parlent de sécurité, de ressources énergétiques, voire de recherche scientifique... même s'ils sont surtout préoccupés par les dollars que ne leur rapportent plus les touristes.

— Quel est le rapport avec Forster ? demanda-t-elle.

— Il est pressé par le temps. Avec ou sans Ellen — je veux dire, Linda — quelqu'un se posera sur Amalthée. Et sous peu.

— Je préférerais encore que ce soit cet homme, grommela Jozsef. Comme nous tous, je présume.

— Mais pas sans elle, rétorqua Ari.

— Ce n'est pas...

Jozsef se racla la gorge sans terminer sa phrase. Le commandant s'en chargea :

— C'est à elle d'en décider, Ari. Tu ne peux le faire à sa place.

4

Blake Redfield se frayait un chemin dans des couloirs sinueux bondés, doublait des éventaires où étaient pêle-mêle proposés à la vente statuettes de jade, sandales en caoutchouc translucide aux diverses nuances du jujube, systèmes de surveillance électroniques en solde et canards à peine saignés. La foule le poussait et le bousculait, mais sans grande violence car, sous la gravité réduite de ces lieux, les mouvements vigoureux mettaient autant en péril leurs auteurs que leurs victimes. Des gens assis en cercle sur le sol jouaient aux dés ou au *hsiang-ch'i*, pendant que d'autres marchandaient avec animation devant des bacs contenant des truites vivantes, des palourdes des glaces ou des légumes flétris. Des étudiants et des vieillards lisaient, au travers d'épaisses lunettes, ce que la plupart des Euro-

Américains considéraient comme des gribouillis indéchiffrables, dans des livres en papier authentique et des journaux aux feuilles très fines. Et tous parlaient, une cacophonie de sons que les touristes assimilaient à quelque baragouin exprimé sous forme de mélopée.

En temps normal châtain roux — et assez séduisant avec son visage piqueté de taches de rousseur —, Blake s'était rendu méconnaissable. Mais il ressemblait moins à un jeune Gengis Khan qu'à un rat des docks de Pearl River. Il était en fait chinois par sa mère et irlandais par son père, et s'il n'aurait pu dire que quelques phrases en birman, en thaï et dans la douzaine d'autres langues indochinoises pratiquées sur Ganymède, il parlait couramment le mandarin et le cantonais — le langage des affaires pour la plupart des Chinois de souche qui constituaient un pourcentage assez important de la population non indienne d'Océan sans rivage.

Les banderoles en papier pendues aux plafonds bas dansaient sous le souffle des ventilateurs, qui tournaient sans interruption pour tenter vainement de chasser l'odeur du porc frit dans l'huile rance et autres relents plus nauséabonds. Les vendeurs ambulants avaient tendu des bannes au-dessus de leurs étals pour se protéger du halo jaunâtre papillotant de l'éclairage public, et ces toiles s'enflaient telles les vagues d'une mer d'étoffe agitée par la houle. Blake progressait à contre-courant, en direction de la firme Lim & Sons, fondée à Singapour en 1946. La succursale de Ganymède avait ouvert ses portes en 2068, avant que la colonie ne devînt importante, et une génération de Lim avait contribué à sa construction.

Les bureaux se trouvaient à l'intersection chaotique de deux couloirs très fréquentés, non loin du centre de la cité souterraine. Derrière une vitrine où étaient peints les idéogrammes dorés de la santé et de la prospérité, des employés en manches de chemise et lunettes se penchaient studieusement sur des vidéoplaques.

Blake franchit la porte automatique qui se referma derrière lui et l'isola du fracas qui régnait à l'extérieur. Nul ne lui prêta attention. Il s'accouda à la barrière qui délimitait la partie réservée aux visiteurs et ce fut en mandarin qu'il s'exprima, en veillant à articuler avec soin chaque mot :

— Je m'appelle Redfield. J'ai rendez-vous à dix heures avec Luke Lim.

L'homme tressaillit comme s'il venait de humer une bouffée de gaz pestilentiels puis, sans seulement se donner la peine de regarder Blake, il pressa la touche d'un interphone et dit rapidement, en cantonais :

— Un Blanc déguisé en coolie, qui parle comme s'il venait de prendre des cours de mandarin, prétend être attendu par Luke.

Une voix assez forte pour que le visiteur pût lui aussi l'entendre répondit :

— Voyez sa réaction si vous lui demandez de patienter.

— Attendez, dit l'employé en anglais, toujours sans lever les yeux.

Il n'y avait pas de sièges de ce côté de la barrière et Blake se rapprocha de la paroi pour regarder les holos aux couleurs criardes qui y étaient accrochés : photos de famille figées et vues au grand angle de divers chantiers de construction. Dans une de ces vues, des conduites aussi enchevêtrées que des nouilles chinoises dans un potage recouvraient plus d'un kilomètre du sol de cette lune. Blake reconnut une usine de dissociation chargée de convertir la glace en hydrogène et en oxygène. D'autres holos montraient des mines, des distilleries, des complexes d'épuration et des fermes hydroponiques.

Blake se demandait quel rôle la compagnie Lim & Sons avait joué dans la mise en place de ces installations impressionnantes. Il n'y avait aucune légende et il doutait que cette entreprise eût été le principal maître d'œuvre de tous ces projets. L'un d'eux retint plus particulièrement son attention : on y voyait une taupe des glaces creuser ce qui devait être un des premiers tunnels de la colonie qui deviendrait Océan sans rivage.

Blake attendit vingt minutes sans laisser voir qu'il commençait à perdre patience. Finalement, l'employé utilisa à nouveau l'interphone pour murmurer :

— Il est toujours là... non, aussi calme qu'une palourde.

Cinq minutes supplémentaires s'écoulèrent puis un homme apparut au fond de la salle et vint jusqu'à la barrière, la main tendue.

— Luke Lim. Je suis désolé, monsieur Redfield... (*Luke Lim. Ze sluis désolé, messie Ledfil...*) Je n'ai pu me libérer plus rapidement.

Lim était grand, même pour un milieu où la gravité était aussi réduite, presque émacié, avec des joues creuses et des yeux de braise. Au bout de son menton une douzaine de poils noirs démesurés lui tenaient lieu de barbe. Ses cheveux drus et brillants descendaient jusqu'aux épaules. Les doigts de sa main droite étaient hérissés d'ongles de trois centimètres de long, alors que ceux de la gauche étaient coupés ras. Il portait un pantalon de travail bleu et une chemise dont le tissu rappelait la toile à matelas.

— C'est sans importance, répondit Blake avec froideur tout en serrant la dextre de l'homme, la plus dangereuse.

Drôle d'individu, pensa-t-il. Son accent était aussi bidon que s'il sortait tout droit d'une ancienne vidéopuce de Charlie Chan. Ses ongles démesurés servaient moins à lui donner l'apparence d'un mandarin qu'à jouer de la guitare à douze cordes, et sa tenue de travail laissait supposer qu'il souhaitait donner de lui l'image d'un membre des classes laborieuses.

— Je me félicite que vous ayez tout votre temps, dit Lim.

— N'avez-vous pas quelque chose à me montrer ?

— Si.

Il avait baissé la voix et pris une mine de conspirateur.

— Je vous en prie.

Il ouvrit le portillon et fit signe au visiteur de le rejoindre de l'autre côté de la barrière.

Blake le suivit au fond du bureau puis dans un long couloir plongé dans une semi-pénombre. De part et d'autre s'ouvraient des pièces mal éclairées où des hommes et des femmes en rangs serrés étaient penchés sur des machines-outils.

Un monte-charge les emporta dans les hauteurs, jusqu'à un vaste atelier aux parois et au sol creusés dans la glace. L'excavation n'était pas achevée. Un drain destiné à recevoir l'eau de fonte de forages ultérieurs était poussé dans un coin.

Au centre, sous des projecteurs au sodium installés à son aplomb, était fixée une remorque avec, sur son plateau, un chargement volumineux recouvert d'une bâche bleue.

— Voilà, dit Lim sans prendre la peine de descendre de la plate-forme.

Deux femmes entre deux âges emmitouflées dans des combinaisons isolantes levèrent les yeux du moteur d'un rampeur de surface ; la machine était démontée et ses composants éparpillés alentour.

— Un des rectificateurs ne fonctionne que par intermittence, Luke, dit l'une d'elles en cantonais. Le magasin doit faire l'échange standard dans l'après-midi.

— Celui-ci peut tenir combien de temps ? demanda Lim.

— Une ou deux heures.

— Alors, décommandez la pièce.

— Si votre client veut prendre livraison...

— Oubliez l'étranger et remettez-vous au travail, coupa Lim.

Son haleine se changeait en vapeur que l'éclairage teintait en orange.

Blake alla jusqu'à la remorque et en fit patiemment le tour. Il défit les tendeurs de la bâche puis la retira et la plia sur le sol. La machine ainsi révélée était cylindrique, un ensemble d'anneaux en alliage montés sur un châssis chenillé. La tête de forage se composait de deux roues décentrées dotées de larges dents en titane dont l'arête d'attaque était recouverte d'une fine pellicule de diamant.

Malgré sa taille impressionnante, cette taupe des glaces n'aurait pu soutenir la comparaison avec celle dont Blake avait vu l'hologramme sur la paroi du bureau.

Il sauta avec souplesse sur le plateau de la remorque, sortit une petite lampe torche de la poche de son pantalon et prit des lunettes grossissantes dans sa chemise. Il consacra ensuite plusieurs minutes à ramper sur la machine, pour ouvrir toutes les trappes d'accès et inspecter les circuits et les modules de contrôle. Il vérifia l'alignement des roulements et chercha toute trace d'usure excessive. Puis il retira quelques panneaux et examina le bobinage et les charbons des énormes moteurs.

Finalement il redescendit et revint vers Lim.

— Elle est en état de marche à première vue. Mais elle est aussi vieille que moi et a dû en voir de dures. Peut-être pendant trente ans.

— Pour le prix que vous souhaitez y mettre, vous ne pouvez tout de même pas prétendre avoir du matériel neuf.

— Où est le bloc d'alimentation ?

— Il est en supplément.

— Quand on me dit « comme neuf », monsieur Lim, il ne me vient pas à l'esprit qu'il s'agit d'un engin construit trente ans plus tôt. Tous les modèles fabriqués depuis une dizaine d'années disposent d'une alimentation intégrée.

— Elle vous intéresse, oui ou non ?

— Complète.

— Pas de problème. Ça vous coûtera simplement cinq cents crédits de plus.

— Pour un élément neuf ou « comme neuf » ?

— Garanti comme neuf.

Blake convertit la somme en dollars.

— Pour ce prix je pourrais m'en procurer un qui sort de l'usine, dans la Grande Ceinture.

— Et attendre trois mois ? Et payer le transport ?

Blake ne jugea pas utile de répondre à cette question de pure rhétorique.

— Comment puis-je être certain que cette machine ne tombera pas en panne dès que nous serons sur Amalthée ?

— J'ai précisé qu'elle bénéficie de notre garantie.

— Ce qui veut dire ?

— Que nous procéderons à toutes les réparations nécessaires. A titre gratuit.

Blake feignit de réfléchir un moment puis déclara :

— Allons faire un essai.

Lim parut désolé.

— Je crains que mon emploi du temps ne me le permette pas.

— Tout de suite. Nous en profiterons pour agrandir votre atelier.

— C'est impossible.

— Vous voulez plaisanter ?

Il désigna les pièces du rampeur éparpillées sur le sol.

— Je vais emprunter ce qui manque à cette machine, étant donné qu'il serait impossible de l'utiliser dans son état actuel.

Blake alla se servir dans un amas d'éléments divers qui occupait un angle de la salle. Il choisit un bloc d'alimentation volumineux mais léger et sauta sur la remorque, souleva une trappe et le glissa dans son logement.

Les deux femmes ne s'étaient pas remises au travail. A présent, elles le dévisageaient sans plus dissimuler leur curiosité... tout en essayant de rester impassibles et en adressant à Lim des regards méfiants et hésitants. Lim déclara à contrecœur.

— Je vous trouve bien cavalier de disposer à votre guise de notre... de ce matériel.

Sans en faire cas, Blake déroula deux câbles isolés d'un distributeur fixé à la paroi et inséra leurs fiches en cuivre dans des prises à l'arrière de la taupe. Il les verrouilla puis se glissa dans l'habitacle et consacra quelques instants à tester les commandes. Les moteurs gémirent, la machine s'ébranla et son gyrophare rouge se mit à tourner et à clignoter. Accompagné par les sons stridents d'une sirène et les claquements des crampons des chenilles, l'engin s'écarta de la remorque à reculons. Blake poussa les potentiomètres vers l'avant et la taupe se dirigea vers une partie dégagée de la paroi de glace.

Lim assistait à la scène sans réagir, paralysé par la stupeur. Finalement, il leva une main et cria :

— Eh, attendez une minute !

— Si vous voulez m'accompagner, vous n'avez qu'à grimper à bord !

Blake ralentit pour permettre à Lim d'escalader l'appareil et de basculer dans l'habitacle. L'écoutille se referma sur lui. Blake parcourut des yeux le tableau de bord pour s'assurer que le petit compartiment était hermétiquement scellé et pressurisé, puis il poussa à nouveau les commandes, jusqu'à leur butée.

Les transformateurs vrombissaient. Les lames de la tête de forage du nez de la taupe tournoyaient et devenaient peu à peu indistinctes. Blake dirigea la machine vers une des parois et la prise de contact fut ponctuée de crissements et de raclements, tandis que des éclats de glace formaient un blizzard opaque sur les côtés de la bulle en polyverre du poste de conduite.

A l'intérieur de l'engin l'ozone empuantissait l'atmosphère. Les écrans firent apparaître une carte tridimensionnelle en couleurs artificielles qui donnait la position de la machine. L'image était réalisée à partir des données mises en mémoire et corrigées en fonction des vibrations séismiques engendrées par les éléments excavateurs. La machine creusait un tunnel à l'opposé de la colonie, vingt mètres sous le niveau du sol, en bordure du port spatial. Sur la représentation graphique la zone située sous ce secteur était matérialisée en rouge vif et on pouvait y lire en lettres grasses : ZONE INTERDITE.

La taupe progressait en vibrant vers le port, à plein régime. La vitesse maximale de cette antiquité ne devait pas dépasser trois kilomètres à l'heure, mais c'était déjà plus que respectable. Invisible pour ses passagers, un torrent de glace fondue jaillissait de la partie postérieure de l'engin et s'écoulait dans le boyau qu'il venait d'ouvrir, pour aller se déverser dans le drain de l'atelier.

— Regardez où vous allez, bon sang ! s'exclama Lim qui avait perdu son accent de Chinois d'opérette. Si vous franchissez la limite, le Bureau spatial confisquera cet appareil.

— Je vais virer pour revenir en effectuant un long détour. Je dois m'assurer que cette machine peut fonctionner pendant plus d'une heure.

— Nous devons rentrer *immédiatement*.

Blake tira vers lui un des deux potentiomètres et l'engin commença à virer en dérapant et en tressautant comme une perceuse à la mèche émoussée.

— Elle rue comme un cheval sauvage... et elle est plutôt rétive. Dites, vous ne sentez pas une odeur de brûlé ?

— Vous tournez trop sec, s'inquiéta Lim. Il faut ménager le matériel.

Sur le tableau de bord une diode s'alluma. De jaune, elle devint orange vif.

— On dirait qu'il y a une surcharge quelque part, fit remarquer Blake.

— Ralentissez, ralentissez ! hurla Lim. Nous allons nous retrouver coincés là-dedans !

— D'accord.

Blake redressa la taupe et réduisit la vitesse de forage. Le voyant perdit de son éclat.

— Parlez-moi de votre garantie.

— Vous pouvez constater que, si on la conduit avec les précautions d'usage, cette taupe est en parfait état de marche. En cas de panne, vous n'aurez qu'à nous la ramener et nous la réparerons.

— Non ! Si elle cesse de fonctionner quand nous serons sur Amalthée, nous enverrons chercher le meilleur de vos mécaniciens ainsi que les pièces dont nous pourrons avoir besoin. Il va de soi que tous les frais seront à votre charge, y compris le coût du transport.

Le carburant était plus précieux que l'or, dans le secteur de Jupiter. A cause de l'importance du puits gravitique de la planète géante il fallait presque autant de delta-v pour aller de Ganymède à Amalthée que de la Terre à Vénus.

Lim foudroya du regard l'homme assis près de lui, à seulement quelques centimètres de distance.

— Vous n'êtes pas un imbécile mais un fou.

Blake sourit, avant de lui répondre en cantonais :

— En plus de ce rectificateur qui ne fonctionne que par intermittence, pourrais-je savoir ce que vos mécaniciennes ont également trouvé de défectueux dans cette boîte de conserve ?

Lim renifla, de surprise.

— Répondez-moi, monsieur Lim, si vous ne voulez pas devoir chercher un autre gogo à qui fourguer cette épave.

Pris au dépourvu, l'homme parut sur le point de se mettre en colère et de renoncer à la vente. Mais un instant plus tard un sourire joyeux étirait ses lèvres.

— *Ahiiii !* Le pauvre Fils du Ciel est confronté à un client redoutable. Il a perdu la face.

— Et il peut laisser tomber son accent ridicule de fils aîné de l'Honorable Lim. Je n'apprécie guère qu'on se moque de moi.

— Je *suis* son fils aîné ! Mais d'accord ! J'ai compris. Mes techniciens informeront les vôtres de tout ce qu'ils doivent savoir. Et s'il faut changer les éléments, nous nous en chargerons.

Lim s'inclina en arrière dans son siège, visiblement soulagé.

— A condition de biffer du contrat de vente toutes les clauses qui se rapportent à ces garanties ridicules. Et qu'on ne parle plus de frais de transport.

— Ça me va, déclara Blake.

— Alors, ramenez-moi au bureau. Vous pourrez emporter la marchandise sitôt après m'avoir remis un chèque.

— Et le bloc d'alimentation ?

Lim poussa un soupir à fendre l'âme.

— Le démon blanc est vraiment très dur en affaires. Entendu ! ajouta-t-il, l'air cependant ravi. Vous avez gagné. Ramenez-nous intacts à l'atelier et je vous offrirai le déjeuner en prime.

Plus tard, le même soir, Blake regagna le camp de l'expédition dissimulé sous les glaces.

Les tuyères du vaisseau qui les conduirait sur Amalthée les surplombaient. Forster avait loué cette navette lourde pour la durée de leur séjour. Il ne pouvait légalement changer son immatriculation mais était libre de la rebaptiser à sa guise. Elle s'appelait désormais le *Michaël Ventris*, du nom de son idole, un Anglais qui avait déchiffré le *Linéaire B* minoen avant de connaître une mort tragique, à l'âge de trente-quatre ans, peu après son triomphe philologique.

Le sol de glace irrégulier de la chambre de déflection des gaz était moins encombré que quelques semaines plus tôt, quand le professeur Nagy était venu leur rendre visite. Tout le matériel et trois mois de vivres avaient été chargés dans la cale amovible, désormais assujettie à la coque de la navette. Seule la soute était ouverte, et vide. Elle était destinée à recevoir, entre autres, la taupe des glaces.

Il frappa à la porte de la hutte de mousse de Forster.

— C'est Blake.

— Entrez, je vous en prie.

Penché devant une vidéoplaque, le professeur leva les yeux pour regarder son visiteur se baisser et pénétrer dans l'abri. Il scruta son visage et comprit aussitôt qu'il avait de bonnes nouvelles à lui annoncer.

— Je présume que vous avez réussi.

L'expression de Blake changea imperceptiblement. Il était déçu que Forster eût immédiatement vu juste. Se procurer une taupe des glaces tout en gardant la transaction confidentielle n'était pas une mince affaire. Le succès d'une telle opération ne pouvait être *présumé*.

Cependant Blake l'avait menée à bien et Forster — qui ne paraissait guère plus vieux que lui mais avait des lustres d'expérience — était un homme habitué aux compromis et à l'improvisation. Sans doute avait-il acquis un sixième sens qui lui permettait de différencier les problèmes vraiment difficiles à résoudre de ceux qui ne l'étaient qu'en apparence.

— La machine de Lim conviendra à nos besoins, reconnut Blake.

— Des difficultés ?

— Il a essayé de me rouler...

Forster se renfrogna, visiblement choqué.

— C'est pourquoi je lui ai demandé de travailler pour nous.

— Quoi ?

Le professeur haussa un des sourcils broussailleux.

Parfait ! Il venait de perdre sa belle assurance. Blake sourit. Cela compensait presque sa déception.

— Nous avons longuement marchandé, et comme il n'a pas transgressé les règles qui sont de mise en pareil cas, j'ai décidé de lui faire confiance pour nous aider à dénicher l'autre machine. Il ne manque pas de contacts au sein de cette communauté. Mon problème, c'est que si je passe inaperçu ici, personne ne me connaît. Il m'a fallu longtemps pour en arriver là.

— Pardonnez-moi d'avoir sous-estimé les difficultés, dit Forster qui venait de prendre conscience de la frustration de son jeune collègue. Vous avez eu de lourdes responsabilités. Dès que nous pourrons nous montrer au grand jour, nous vous soulagerons d'une partie de ce fardeau.

— J'en déduis que je ne devrai compter que sur moi-même jusqu'à notre appareillage, commenta Blake avec amertume. Selon les informateurs, devinez qui est sur le point d'arriver à bord de l'*Hélios* ?

Forster perdit aussitôt son expression joyeuse.

— Oh, non !

— Si, hélas ! Le nouvel Arnold Toynbee, sir Randolph Mays en personne.

5

Ils chutaient dans un puits planétaire après avoir passé des semaines dans l'espace. L'*Hélios*, un gros vaisseau de ligne à fusion, dont tous les hublots et les baies des ponts promenades étaient illuminés, se plaçait en orbite autour de Ganymède par de légères poussées de ses propulseurs auxiliaires.

Les passagers célébraient l'événement dans le salon centrifuge. Ils s'y étaient réunis pour bavarder, boire du champagne ou danser sur la musique de l'orchestre du bord. Randolph Mays était présent mais voyageait incognito depuis leur appareillage sur la Terre. Il préférait voir qu'être vu et se complaisait à l'anonymat.

Et il aimait par-dessus tout écouter. La courbure du sol, qui créait un demi-g de gravité artificielle pour le confort des passagers, constituait également un excellent réflecteur d'ondes sonores. Si l'on était placé à l'opposé de ce cylindre en rotation, on entendait distinctement les propos que tenaient les gens en position symétrique.

Randolph Mays renversa la tête en arrière et leva les yeux sur une jeune femme très belle, Marianne Mitchell, pour l'instant seule à l'aplomb de sa tête. Quelques mètres plus loin un jeune homme, Bill Hawkins, essayait de trouver le courage de l'aborder.

C'était certainement la plus jolie des passagères avec sa silhouette élancée, ses cheveux noirs, ses yeux verts et sa bouche charnue et soulignée de rouge à lèvres. Hawkins était lui aussi assez séduisant, grand et large d'épaules, avec une tignasse blonde et drue, coiffée en arrière... mais il manquait singulièrement d'assurance. Il n'avait réussi à engager que quelques rares conversations anodines avec Marianne, au cours de ces longues semaines où les opportunités n'avaient pourtant pas manqué. Il était à présent pressé par le temps — il débarquait à cette escale — et c'était le moment ou jamais de faire un dernier essai.

A travers une des épaisses dalles translucides incurvées du sol, Marianne regardait le spatioport de Ganymède sur la plaine de glace d'Océan sans rivage, bien loin en contrebas. Sous ses pieds défilaient les tours de contrôle miniatures, les hangars de stockage pressurisés, les mâts et les antennes paraboliques des centres de télécommunications, les réservoirs de carburant sphériques, les portiques de ravitaillement des navettes chargées d'assurer les liaisons entre la surface et les vaisseaux interplanétaires garés en orbite... le fouillis de tous les ports dignes de ce nom, guère différent de ce qu'on pouvait voir à Cayley ou Farside, sur la lune de la Terre.

Elle soupira de déception.

— On se croirait dans le New Jersey.

— Je vous demande pardon ?

Après avoir subtilisé une bouteille de champagne français authentique et deux flûtes à un serveur, Bill Hawkins s'était détaché des groupes de convives pour se diriger finalement vers elle.

— Je pensais à haute voix, dit-elle.

— Je n'arrive pas à croire que le hasard fasse aussi bien les choses. Vous êtes seule ?

— Disons plutôt que je l'étais.

Elle faisait un effort visible pour se montrer cordiale. Que pourrait-elle bien lui dire ? Ils s'étaient déjà raconté leurs vies respectives au cours de précédents entretiens, la suite avait pour le moins manqué d'intérêt.

— Vous préférez que je vous laisse ?

— Non ! Et avant que vous ne me le demandiez, je prendrais volontiers un verre de champagne, dit-elle en désignant la bouteille.

Il remplit une flûte d'un excellent Roederer brut et la lui tendit.

— *A votre santé*, lui dit-elle en français avant d'en boire la moitié d'un trait.

Hawkins ne fit qu'y tremper ses lèvres et haussa un sourcil pour traduire sa surprise.

— Oh ! ne me regardez pas comme ça ! fit-elle. Je noie ma déception. Après avoir passé six semaines dans cette baignoire, j'ai l'impression d'être de retour au port de transit de Newark.

— Je ne suis pas de votre avis. Je trouve ce spectacle incomparable. Ganymède est la plus grosse lune de tout le système solaire. Saviez-vous que sa surface est plus importante que celle de l'Afrique ?

— J'espérais qu'elle serait plus exotique. On m'avait tant vanté ses charmes...

— Vous sautez à des conclusions hâtives, sourit Hawkins. Mais vous n'aurez plus longtemps à attendre avant de pouvoir vous faire une opinion personnelle.

— Alors, entretenons le mystère.

Une aura romantique nimbait Ganymède. Pas pour son statut de colonie la plus lointaine de la Terre, ni pour les paysages fantastiques de son sol torturé ou pour la vue spectaculaire qu'on y avait de Jupiter et de ses autres satellites, mais à cause de ce que les humains avaient fait de cette lune.

— Quand serons-nous autorisés à débarquer ? demanda-t-elle en buvant une nouvelle gorgée.

— Les formalités sont toujours interminables. Je pense que nous pourrons descendre dans la matinée.

— Quand l'aube se lèvera. *Ugh !*

Hawkins se racla la gorge.

— Ganymède déroute souvent ceux qui y viennent pour la première fois. C'est avec grand plaisir que je vous servirai de guide.

— Je vous remercie, Bill, mais c'est impossible. Je suis attendue.

— Oh !

Son expression dut révéler sa déception car elle se hâta de préciser, sur un ton d'excuse :

— Je ne sais rien de lui. Seulement que ma mère tient à impressionner la sienne.

Agée de vingt-deux ans, Marianne quittait la Terre pour la première fois lorsqu'elle était montée à bord de l'*Hélios*, six semaines plus tôt. Elle appartenait à une famille aisée — comme la plupart des autres passagers — et la tradition voulait que tous les jeunes gens de son milieu effectuent un jour ou l'autre le Grand Circuit du système solaire, un périple qui durait une année entière.

— Puis-je savoir comment s'appelle cet homme favorisé par le destin ? s'enquit Hawkins.

— Blake Redfield.

— Tiens donc ?

Il sourit... de soulagement, car tout le monde savait que l'élu en question était plus ou moins lié à la célèbre Ellen Troy...

— Il se trouve qu'il fait partie de l'expédition du Pr Forster. Et moi également.

— Eh bien, vous pouvez dire que vous êtes deux veinards.

Comme il ne répondit rien, elle lui adressa un regard oblique et fit remarquer :

— Vous recommencez !

— Je me demandais simplement si vous comptiez respecter à la lettre le planning du Grand Circuit. Deux semaines de séjour sont prévues sur Ganymède — ce qui est, à mon avis, bien trop court pour permettre de découvrir tous les attraits de cette lune — alors qu'à la prochaine halte, la Base San Pablo, dans la Grande Ceinture, on s'ennuie à mourir au bout de vingt-quatre heures. Ensuite il y aura Station Mars, Labyrinth City et les paysages de Mars, Port Hespérus et...

— Arrêtez, par pitié !

Elle avait parfaitement compris. Si l'*Hélios* devait en effet effectuer de nombreuses escales, elle passerait néanmoins la majeure partie des neuf mois à venir à bord, dans l'espace.

— Je préférerais changer de sujet.

Bien que jeune et enthousiaste, Marianne se laissait facilement gagner par le découragement. La plupart des autres passagers de son âge avaient terminé leurs études dans des universités ou des écoles professionnelles, et prenaient une année sabbatique pour acquérir un vernis de cosmopolitisme avant de se lancer dans une carrière de banquiers interplanétaires, de courtiers en Bourse, de négociants en œuvres d'art ou de spécialistes de l'oisiveté. Marianne cherchait encore sa voie. Aucune des matières qu'elle avait à ce jour entrepris d'étudier ne s'était avérée assez passionnante pour éveiller tout à fait son intérêt : droit, médecine, histoire de l'art, langues anciennes, langues modernes... ses coups de cœur avaient été autant de feux de paille. Et si Marianne avait vécu une véritable histoire d'amour — elle abordait ce sujet avec circonspection, parlant à mots couverts d'une brève liaison avec son professeur de latin-grec — cela n'avait duré qu'un mois et demi. Semestre après semestre, elle débutait avec des notes proches du maximum pour terminer bien au-dessous de la moyenne.

Sa mère disposait d'une fortune apparemment inépuisable mais renâclait désormais à financer de nouvelles études qu'elle savait vouées à l'échec. Elle avait finalement suggéré à sa fille de s'accorder le temps de visiter tous les continents et les autres mondes. Sans doute espérait-elle qu'en Europe ou en Indonésie, en Amérique du Sud ou sur une planète, un satellite ou une station spatiale, *quelque chose* finirait par intéresser sa fille pendant plus d'un mois.

Après avoir fêté son vingt et unième anniversaire Marianne avait consacré une année à parcourir la Terre, acheter des monceaux de vêtements et de souvenirs, et faire des connaissances. Elle manquait certes de discipline mais avait l'esprit vif, et était prompte à saisir les dernières tendances en matière de *pensées à la mode*, comme elle disait en français... pensées parmi lesquelles les élucubrations de sir Randolph Mays tenaient une place prépondérante, tout au moins dans les milieux nord-continentaux qu'elle avait pu ainsi fréquenter.

— Vous travaillez pour le Pr Forster ? Vous ne me l'aviez pas dit ! s'écria-t-elle, jetant bas le masque de l'indifférence. Vous n'avez pourtant rien d'un conspirateur.

— D'un conspirateur ? Oh !... vous n'allez pas me dire...

— Quoi ?

— Que vous prenez les divagations de ce type au sérieux ?

— Des millions de gens croient à ce qu'il dit, rétorqua-t-elle en ouvrant de grands yeux. Y compris des individus dont l'intelligence ne saurait être mise en doute.

— « La *présence* spirituelle suprême tapie sur le

satellite le plus proche de Jupiter n'est pas uniquement la créatrice et la sustentatrice de l'univers... » est-ce que je le cite fidèlement ?

— Pourquoi Forster aurait-il décidé d'explorer Amalthée s'il ne détenait pas des informations qu'il refuse de révéler, à votre avis ?

— Peut-être a-t-il de son côté échafaudé des hypothèses, mais son seul but est la recherche. Quoi d'autre ?

Hawkins, docteur en xéno-archéologie de l'Université de Londres, était d'une loyauté à toute épreuve envers les maîtres qui l'avaient conseillé pour sa thèse.

— N'oubliez pas qu'il a sollicité l'autorisation d'effectuer cette expédition bien avant qu'Amalthée ne défraie la chronique. L'émission anormale de radiations de cette lune est un fait connu depuis plus d'un siècle. Quant à l'histoire abracadabrante d'un complot... elle appartient elle aussi à une époque révolue.

Il avait parlé d'un ton sec et Marianne se demandait si elle devait ou non se sentir offensée. Elle avait eu l'occasion de se faire quelques opinions personnelles et se heurtait pour la première fois à quelqu'un qui prétendait faire autorité en la matière. Elle décida malgré tout de le contrer.

— D'après vous, le Libre Esprit n'existe pas ? Et notre système n'a jamais été visité par des extraterrestres ?

— Je serais vraiment stupide de soutenir une pareille contrevérité, non ? D'autant que les spécialistes capables de déchiffrer l'écriture de la Culture X se comptent sur les doigts de la main et que j'en fais partie. Forster également, et c'est d'ailleurs ce qui nous a fait nous rencontrer. Mais c'est sans rapport avec Mays et ses théories absurdes.

Marianne renonça, vida son champagne et déclara en contemplant sa flûte vide :

— Je découvre que je ne sais presque rien sur vous.

C'était une simple constatation, pas des avances. Les sourcils du jeune homme se froncèrent.

— J'ai remis ça ! Je me suis une fois de plus lancé dans un exposé. Je ne peux pas m'empêcher de...

— J'aime m'instruire, déclara Marianne. En outre, il ne faut jamais contrarier sa nature.

— Ecoutez ! Si vous me permettez de vous revoir, vous et Redfield, nous pourrons peut-être approfondir le sujet. Je ne parle pas de moi, bien sûr, mais d'Amalthée et de la Culture X... ou de tout autre thème qui peut vous intéresser.

— Avec plaisir. Merci, fit-elle avec un sourire charmeur. J'en serai ravie. Il y en a encore ?

Elle agita son verre.

A l'aplomb de leurs deux têtes, Randolph Mays remarqua qu'après avoir suggéré de reporter à plus tard la suite de cette conversation Hawkins ne trouva plus rien à ajouter. Sitôt que la bouteille fut vide il battit en retraite avec une gêne évidente. Marianne le suivit des yeux mais n'essaya pas de le retenir.

Mays s'autorisa un petit rire, comme si elle lui avait permis de partager ses pensées.

6

Sous les glaces d'Océan sans rivage la nuit était une abstraction, un décompte d'heures artificiel. Ici, le matin se levait en fonction de la précision des horloges puis basculait progressivement en après-midi.

Luke Lim, qui s'était passé de petit déjeuner puis de déjeuner pour s'acquitter de sa mission dans les corridors des secteurs commerciaux et les couloirs secondaires — un des moyens qu'il utilisait pour entretenir sa ligne — tirailla pensivement les poils épars de sa barbiche tout en examinant l'hologramme d'une Asiatique nue qui exhibait ses charmes sur un calendrier mural. Elle était agenouillée et penchée en avant, avec un sourire innocent sur ses lèvres vermeilles, et elle tenait sur ses genoux une fleur de lotus aux pétales blancs et au cœur doré où s'inscrivaient en chiffres lumineux la date et l'heure. L'estomac de Luke gargouilla.

Il fit dévier son regard de quelques centimètres pour scruter le visage luisant de sueur et les yeux fuyants d'un blond obèse assis dans un fauteuil pivotant, qui remettait de l'ordre dans une pile de papiers jaunes posés sur son bureau. Ils n'échangèrent pas une seule parole pendant trente secondes, tels des mélomanes attentifs aux coups de cymbales et aux plaintes d'un air de musique chinoise qui leur parvenait à travers la fine cloison séparant cette pièce du salon de coiffure voisin. Finalement, le fax posé sur le buffet éructa un signal sonore et cracha une feuille.

Le gros homme mit son équilibre en péril pardessus l'accoudoir droit de son fauteuil et l'attrapa. Il y jeta un coup d'œil, grogna et bascula à gauche pour la tendre à Luke qui la plia et la glissa dans sa poche de poitrine.

— Traiter des affaires avec vous est un plaisir, Von Frisch.

Luke se leva pour sortir.

— Pour une fois, je peux en dire autant, grommela son interlocuteur. Dois-je en déduire que l'argent que vous dépensez ne vous appartient pas ?

— Puis-je vous demander de garder pour vous cette supposition ?

— C'est bien volontiers que je me tairai, mon ami. Mais pas un seul membre de notre petite communauté ne pourra croire que l'honorable firme Lim & Sons a besoin d'un sous-marin pour assurer l'entretien d'un réservoir municipal.

— Nul ne peut mettre en doute ce qu'il ignore.

Luke s'était arrêté sur le seuil. La porte était ouverte dans la paroi de polyverre opaque. Comme s'il cédait à une brusque impulsion, il plongea la main dans la poche revolver de son pantalon de toile pour prendre un étui en cuir râpé, d'où il tira une carte de crédit.

— Je vous ai versé votre commission mais j'allais oublier la *prime*.

Il se pencha pour prendre sur le bureau le terminal télématique maculé d'empreintes de doigts, et glissa le rectangle de plastique dans la fente.

— Disons deux pour cent du prix net, payable un mois après livraison...

Luke récupéra la carte et la remit dans son portefeuille.

— Si aucune rumeur sur la vente d'un sous-marin Europan n'a commencé entre-temps à circuler dans les corridors, cela va de soi.

— Votre générosité me confond, déclara Von Frisch qui dissimulait assez bien sa surprise. Si des indiscrétions sont commises, elles ne viendront pas de *mon* équipe.

Luke leva la tête vers la puce de surveillance installée dans un angle du plafond.

— Ça reviendrait au même. Je me débarrasserais de cet espion si j'étais vous.

— Il ne fonctionne pas.

— Tiens donc ?! se moqua Luke. Enfin, c'est vous que ça regarde puisque c'est votre bonus qui est en jeu.

Il se détourna et sortit.

Von Frisch calcula aussitôt le montant du pot-de-vin. Il connaissait quelqu'un qui — croyait-il — n'hésiterait pas à surenchérir pour cette information. En tout cas, il eût été stupide de ne pas essayer et, avec un peu de chance et de discrétion, Luke n'en saurait rien.

L'homme obèse attendit que son visiteur eût quitté le bureau de courtage et disparu dans la foule des couloirs, puis il appuya d'un doigt potelé sur un bouton, afin de rendre sa transparence à la séparation en polyverre. Dans la pièce voisine deux employés entre deux âges brusquement conscients d'être à nouveau surveillés par leur patron se penchèrent aussitôt sur la vidéoplaque de leur poste de travail.

Von Frisch utilisa le système interne pour copier le contenu de la puce de surveillance sur une carte, puis effaça les vingt-quatre heures d'enregistrement précédentes. Tenant d'une main le morceau de plastique, de l'autre il enfonça les touches du téléphone. Comme dans la plupart des entreprises commerciales, l'appareil était muni d'un brouilleur destiné à rendre illisible, ou presque, l'origine de l'appel.

— Ici l'hôtel *Interplanétaire* de Ganymède, fit une voix de synthèse. En quoi pouvons-nous vous être utiles ?

— Passez-moi la chambre de sir Randolph Mays.

— Je vais voir s'il figure sur nos registres, monsieur.

— Il est à votre hôtel, ou y sera sous peu.

— Ça sonne, monsieur.

Après deux jours de quarantaine Marianne Mitchell et Bill Hawkins se retrouvèrent comprimés dans l'angle d'une cabine d'ascenseur bondée qui descendait vers le cœur de la ville d'Océan sans rivage. Les trente derniers mètres du parcours s'effectuaient dans un tube en polyverre qui suivait l'axe du dôme central de la cité souterraine. Marianne fut stupéfaite par l'importance de la foule visible en contrebas.

Les passants entraient et sortaient par quatre grandes portes dorées ouvertes dans les murs carrés sur lesquels la coupole semblait reposer... bien qu'elle fût suspendue au plafond d'une cavité creusée dans la glace. Quand la cabine fut encore descendue de quelques mètres, la jeune fille découvrit au-dessus d'elle le grand mandala de style tibétain aux couleurs magnifiques qui ornait la surface intérieure de l'hémisphère.

— Les passants nous dissimulent le sol, commenta Hawkins. Mais c'est un immense Shri-Yantra en mosaïque.

— Un quoi ?

— Un motif géométrique, une aide à la méditation. Un cadre carré, avec un lotus et des triangles imbriqués au centre. Symbole de l'évolution et de l'illumination, du monde, de Civa, de la fécondité, du yoni...

— Arrêtez, vous me donnez le tournis...

— Pour résumer, un amalgame susceptible de satisfaire bouddhistes et hindouistes. Au fait, cet ascenseur est censé représenter le lingam du yoni.

— Le lingam ?

— Un autre... Euh... objet de méditation.

Il toussota.

— En tout cas, ces gens n'ont pas l'air plongés dans des pensées bien profondes. Ils donnent plutôt l'impression d'aller faire leurs courses.

La cabine s'immobilisa et s'ouvrit.

— Si nous sommes séparés, dirigez-vous vers la porte est... celle que vous pouvez voir, là-bas.

A peine eut-il prononcé ces paroles qu'ils furent propulsés dans la cohue.

Marianne agrippait fermement son bras, heureuse d'être en compagnie de quelqu'un qui connaissait les lieux. Sans Hawkins, elle n'aurait jamais pu trouver le restaurant dont Blake Redfield lui avait donné le nom.

Ils se coulèrent dans un des courants de ce fleuve humain et furent emportés, au-delà de la porte, dans un étroit passage qui se scinda avant de se diviser encore. Ils suivirent une succession de tunnels et de boyaux bondés, montèrent et descendirent selon des plans qui dessinaient des spirales et s'entrecroisaient selon des intervalles imprévisibles, comme au hasard. Cet enchevêtrement évoquait le terrier d'un lapin ou une fourmilière. Cernée par une multitude de visages jaunes ou bruns, Marianne n'eût jamais fait une telle comparaison car elle était une enfant du XXIe siècle — une époque de tolérance universelle (quoique superficielle) — et les comparaisons racistes diffamatoires du XIXe siècle n'avaient sur elle aucun impact métaphorique. Elle se sentait simplement écrasée par le nombre.

Après vingt minutes de trajet pendant lesquelles — s'exprimant en pidgin — Hawkins demanda son chemin aux passants, ils dénichèrent le fameux restaurant, un établissement appelé le *Café des Détroits* où l'on servait de la cuisine de Singapour.

Il régnait dans la salle la même animation que dans l'étroite ruelle qui y conduisait. L'air était saturé d'un mélange d'odeurs... senteur puissante des épices, fumet de la viande rôtie, parfum du riz cuit à la vapeur, relents non identifiables. Sur le seuil, Hawkins eut une hésitation. Une adolescente qui avait dû s'inspirer de la vid pour choisir sa tenue — les pantalons bouffants orange et vert étaient à la mode, cette année-là — s'approcha pour leur présenter des menus en lambeaux. Hawkins la renvoya d'un geste. Il venait d'apercevoir Redfield, installé à une table pour quatre, devant un grand aquarium qui occupait toute la surface de la paroi.

Marianne ne s'était fait aucune illusion sur « le fils d'une amie de sa mère », et elle fut agréablement surprise par Blake. Elle le trouva séduisant avec ses taches de rousseur, ses cheveux châtain roux, son allure mi-américaine mi-européenne et l'aisance que laissaient deviner ses vêtements, sa coiffure et son eau de toilette.

Quant à sa voix, elle avait un accent anglais prononcé.

— Marianne, charmé de vous rencontrer, fit-il en se levant.

Néanmoins il pensait à autre chose, c'était évident.

Un Chinois était assis à sa table, un individu squelettique en tenue de travail, qui se contenta de jeter un coup d'œil à Hawkins mais déshabilla Marianne du regard.

Blake procéda aux présentations :

— Luke Lim. Marianne... euh... Mitchell. Bill Hawkins. Je vous remercie de l'avoir accompagnée jusqu'ici, Bill. Asseyez-vous.

Hawkins et Marianne échangèrent un regard puis s'assirent côte à côte, en face de l'aquarium. La clarté qui filtrait à travers l'eau glauque leur donnait le teint verdâtre.

Une serveuse apporta les menus. Hawkins jeta un bref coup d'œil au sien. L'expression de la jeune femme révélait qu'elle était totalement déroutée...

... un fait que Luke Lim releva aussitôt.

— Le poisson est très frais, lui dit-il. Et très vigoureux...

Il tapota la vitre de l'aquarium et se fendit d'un rictus qui fit frémir Marianne. Avec ses dents jaunes et les poils follets de son menton, le résultat était épouvantable.

La jeune femme essaya de lui rendre son sourire

par politesse et se surprit à fixer derrière lui le poisson le plus laid qu'il lui avait jamais été donné de voir, une créature toute en plis et en replis, hérissée d'éléments filamenteux et glaireux. Le monstre flottait sous le nez de Lim qui appuyait sa tête contre la paroi de l'aquarium.

L'homme et le poisson l'observaient eux aussi.

— Euh... Pour moi, ce sera...

— Vous devriez essayer le taro haché frit, suggéra Lim. C'est très... croustillant.

Il se léchait les lèvres avec concupiscence. Marianne était sidérée par son audace et ne pouvait détacher les yeux de son visage, comme hypnotisée.

— Jusqu'au moment où on croque, l'avertit Hawkins. On se retrouve avec du poï plein la bouche.

— Du poï ?

— C'est le nom polynésien qui désigne non seulement ce plat mais aussi la colle. Une espèce de pâte gris-bleu, très gluante.

Luke Lim s'était finalement tourné vers lui.

— Mr Hawkins ne semble guère apprécier notre cuisine nationale.

— Quand êtes-vous allé à Singapour pour la dernière fois ?

Le ton agressif de cette question fit aussitôt naître de la tension à leur table.

Les deux hommes s'étaient pris instantanément en aversion.

— Oh ! Mon Dieu... murmura Marianne qui se replongea dans le menu.

Elle espérait y découvrir des noms familiers : bœuf, pommes de terre, épinards, n'importe quoi de connu...

— Forster a dû s'absenter avec les autres membres de l'équipe, dit Blake à Hawkins pour détendre l'atmosphère. Il souhaite vous voir demain matin. Une chambre vous a été réservée à l'*Interplanétaire*.

Vous pourrez y rester, aller au bar ou visiter la ville, mais n'espérez pas trouver quelqu'un à nos bureaux.

Il n'avait pas adressé un seul regard à Marianne depuis qu'ils s'étaient assis.

— Luke et moi — nous maintiendrons le contact avec vous, ne vous inquiétez pas — avons conclu un accord pour la livraison de... euh... du premier article.

— Je ne comprends pas.

— L'article A, dit Lim. Je suis payé pour l'appeler ainsi. Tout au moins devant témoins.

— Et nous venons de dénicher le second, déclara Blake.

— L'article B, précisa Luke.

— Pourquoi tous ces mystères ? voulut savoir Hawkins.

— Ordres de Forster, répondit Blake. On s'intéresse à nous.

— Belle révélation ! Les trois quarts de la population des mondes habités s'intéressent à nous.

— Dans cet accoutrement je suis encore plus convaincant qu'une enseigne au néon, ajouta Blake. Mais vous m'auriez trouvé encore plus bizarre si j'étais venu accueillir miss Mitchell dans ma tenue habituelle.

— Ce qui signifie ?

— Avez-vous vu Randolph Mays à bord de l'*Hélios* ? Non ? Ça ne me surprend pas.

— Mays ? demanda Marianne en levant les yeux.

— Saviez-vous que sir Randolph a passé dans le confort de l'hôtel *Interplanétaire* les deux journées de quarantaine imposées à tous les autres passagers ?

— Sir Randolph Mays serait à notre hôtel ? s'enquit-elle.

Mais Blake ne lui accordait aucun regard. Il regardait fixement Hawkins et prenait visiblement sur lui-même pour ne pas tapoter la table du bout de son index.

— Mays a des contacts, des informateurs, des amis, haut placés ou à des postes subalternes. Il connaît des douaniers, des directeurs d'hôtel, des serveurs, un tas de monde. Il sait que tous ces gens n'aiment qu'une chose : l'argent... qu'il peut distribuer avec prodigalité. Ce n'est pas seulement un ancien professeur d'Oxbridge imbu de sa personne, à qui la BBC a offert par erreur une chaire d'où il peut débiter ses fadaises. C'est aussi un excellent journaliste qui sait suivre une piste. Et nous sommes malheureusement ses proies du moment.

Blake se pencha sur la table pour y prendre un petit rectangle de papier : la note du repas qu'il avait pris avec Lim.

— Luke et moi avons déjà déjeuné. Si ça ne vous ennuie pas de vous charger de Marianne... Je veux dire...

— J'en serai ravi, s'empressa de répondre Hawkins sans laisser à son interlocuteur le temps de s'enferrer davantage. Si vous n'y voyez rien à redire, naturellement.

Il venait de se tourner vers la jeune femme qui sentait ses joues en feu.

— Inutile de perdre votre temps avec moi. Je peux me débrouiller seule.

— Marianne, fit Hawkins avec ferveur. Je n'ai rien de prévu et je serai ravi de passer les prochaines heures en votre compagnie.

— Dans ce cas, j'irai vous prendre à l'hôtel demain matin, déclara Blake qui s'était déjà levé. Je suis désolé, mais c'est la meilleure solution pour tout le monde, ajouta-t-il en regardant Marianne sans la voir.

Il s'éloigna vers le comptoir et Lim lui emboîta le pas.

— Ne m'avez-vous pas dit que vous régleriez l'addition, mon ami ?

Il s'adressait à Blake, mais ce fut à Marianne qu'il lança une dernière œillade égrillarde par-dessus son épaule.

Hawkins les suivit des yeux.

— C'est incroyable ! fit-il, visiblement choqué. Je n'aurais jamais cru que Redfield pouvait être un tel mufle. Peut-être a-t-il des ennuis... Forster a bel et bien réussi à le terroriser.

— Ses propos manquaient singulièrement de clarté.

— Oui, comme dans un mauvais roman d'espionnage. Alors qu'il n'y a aucun mystère. Le professeur veut simplement procéder à une exploration complète d'Amalthée. Il avait pour cela l'intention de se procurer une taupe des glaces, une foreuse, sitôt arrivé sur Ganymède. C'est sans doute ce qu'ils appellent l'article A.

— Article A. Article B. C'est encore plus obscur que ce menu.

L'insinuation n'échappa pas à Hawkins.

— Laissez-moi composer votre repas.

— Pourquoi pas ? Si nous étions à Manhattan, c'est moi qui m'en chargerais pour vous.

Mais Hawkins ne prêtait pas attention au menu. L'air absent, il observait l'horrible poisson qui évoluait en silence dans le grand aquarium.

— Quant à l'article B, je suppose qu'il s'agit d'un sous-marin.

— Que compte faire le professeur Forster d'un sous-marin ?

— Simple supposition... (Il fit un signe à la serveuse.) Les geysers, vous savez ?... Ils sont la preuve qu'il existe sous la glace de l'eau sous forme liquide. *Enfin*, voyons ce qu'ils ont à nous proposer ici...

Marianne jeta un coup d'œil à la porte que Blake

et son ami Lim avaient franchie pour s'engloutir aussitôt dans la foule. Selon l'humeur, on pouvait voir les choses sous un jour ennuyeux ou passionnant. Pourquoi voyait-elle toujours le mauvais côté de la vie ? Elle se rapprocha imperceptiblement du jeune homme.

Si on lui avait dit qu'elle s'intéresserait un jour à de tels sujets, elle aurait bien ri. Sans doute ses échecs successifs à l'université démontraient-ils le contraire, mais elle voulait vraiment s'instruire. Les problèmes la passionnaient et il lui arrivait même d'avoir un sens critique si exacerbé qu'elle était impossible à convaincre.

Sa soif de connaissances pouvait à l'occasion influencer ses sentiments et ses besoins physiques. Au début de toute relation on voit ce qu'on veut voir et on entend ce qu'on veut entendre, et le risque est grand d'accorder trop d'importance à ce qui n'est, en fait, que du jargon de chapelle. Marianne en avait conscience mais Bill Hawkins était grand, fort et assez beau garçon. Elle laissa sa cuisse effleurer celle de son voisin pendant qu'il lisait le menu. Si Marianne ne pouvait prétendre être une intellectuelle, elle avait de l'ambition et était arrivée à ce stade de son existence où les hommes qui en savaient plus long qu'elle la fascinaient.

7

Tout l'après-midi, après avoir quitté le restaurant qui avait servi de cadre à leur rencontre embarrassante avec Blake Redfield et son étrange acolyte, Hawkins et Marianne parcoururent les couloirs de la ville exotique sans suivre un itinéraire précis. Ils visitèrent les sites touristiques les plus célèbres. Ils se mêlèrent aux nombreux badauds qui flânaient dans les jardins de glace et partirent en sampan sur les canaux bordés d'échoppes où l'on vendait des souvenirs. Hawkins parla des autres mondes, de l'apparition de sa vocation de xéno-archéologue, de ses vacances sur Vénus et sur Mars, de ses études avec le professeur Forster. Il précisa qu'ils ignoraient tout de l'histoire de la Culture X, même s'ils savaient que les êtres qui s'exprimaient — ou tout au moins qui écrivaient — dans ce langage avaient visité la Terre à l'âge du bronze, et que d'autres indices tendaient à démontrer qu'ils y avaient effectué un précédent séjour un milliard d'années plus tôt.

Il ajouta que la traduction de ces glyphes posait bien plus de problèmes que ne pouvaient l'imaginer les profanes, à une époque où des ordinateurs se chargeaient de ces basses besognes. Les logiciels exécutaient les instructions qui leur étaient données et, quel que soit le niveau d'assimilation du texte (certaines machines étaient assez performantes pour comprendre presque tout), les résultats dépendaient des règles de base et chaque traduction nécessitait un remaniement presque complet. Les relations existant entre le programme de Forster et le langage de la Culture X, surtout en ce qui concernait la prononciation des phonèmes, faisait toujours l'objet de vives controverses.

— Forster émet des réserves vis-à-vis de son propre programme ? s'enquit Marianne, non sans malice.

Hawkins ne put s'empêcher de sourire.

— Je parle de ses collègues. Il considère quant à lui que le débat est clos.

Vint le soir. Par un heureux hasard ils résidaient dans le même hôtel et Marianne n'avait pas épuisé les sujets de conversation de son guide lorsqu'ils dînèrent ensemble.

— Montez avec moi, lui dit-elle après le café.

— J'en avais l'intention. Nos chambres ne sont-elles pas au même...

— Oh ! Arrête, Bill ! Je t'accorde une minute de réflexion et si tu te laisses tenter... eh bien, pour moi c'est d'accord. Tu n'as qu'à me répondre par oui ou par non, ajouta-t-elle avec un sourire espiègle. Mais j'avoue que je préférerais la première solution.

— C'est ce que je pensais, fit-il, écarlate. Je veux dire que je suis d'accord.

Les chambres de l'*Interplanétaire* étaient petites mais luxueuses. Des tapis moelleux recouvraient le sol de roseaux tressés et des paravents de bois de santal dissimulaient les angles. Une lumière dorée et tamisée traversait la dentelle de bois des panneaux ajourés et dessinait d'énigmatiques constellations dans la pièce. Dans cette clarté diffuse qui mettait en relief les formes de la jeune femme nue, des ombres veloutées noyaient sa chevelure, ses yeux et les vallonnements de son corps qu'elles paraient de mystère. La beauté de Marianne n'était pas une idée, et finalement Bill Hawkins en avait le souffle coupé.

Beaucoup plus tard dans la nuit Marianne lui murmura de nouvelles questions, et ils restèrent jusqu'à l'aube à s'interroger à tour de rôle.

— Mme Wong ? demanda Randolph Mays à la Chinoise en robe de soie verte à col montant.

Elle le dévisagea en fronçant les sourcils puis se détendit et lui adressa un sourire sincère, bien que ce ne fût pas dans ses habitudes.

— Sir Randolph ! Je suis très honorée de faire votre connaissance.

— Tout l'honneur est pour *moi*, répondit-il en prenant la main fine et musclée de la femme dans la sienne. J'ai cru comprendre que tout ceci vous appartient ?

Il embrassa d'un geste la salle du *Café des Détroits*. A cette heure de la matinée les lieux étaient déserts, à l'exception d'une fille qui balayait le sol avec apathie.

— Depuis le décès de mon époux, il y a presque dix ans.

Elle écrasa une cigarette tachée de rouge à lèvres et à moitié consumée dans un gros cendrier en verre posé sur le comptoir. Fumer était une habitude rare dans les environnements sous contrôle, et interdite dans certains de ces milieux, mais Mme Wong était également propriétaire de l'air qu'on respirait à l'intérieur de ces murs.

— Allons nous asseoir, dit-elle. (Ses manières trahissaient une certaine impatience.) Voulez-vous du thé ? Nous pourrons bavarder en le buvant.

— J'en serai ravi.

— Lequel préférez-vous ?

— Darjeeling. Ou celui que vous me conseillerez.

Mme Wong s'adressa en chinois à la fille puis conduisit Mays vers une table ronde installée devant l'aquarium géant. Sir Randolph observa le poisson le plus laid qu'il avait jamais vu et l'animal lui rendit son regard. L'homme cilla le premier et s'assit.

L'arrivée inopinée de Mays à l'hôtel *Interplanétaire* de Ganymède avait été à l'origine de folles spéculations, mais tout le monde était rapidement arrivé à la conclusion qu'il avait dû voyager incognito à bord de l'*Hélios*, sans doute sous un déguisement. Comme il s'était inscrit à l'*Interplanétaire* sous son nom véritable et à visage découvert, la nouvelle s'était répandue dans toute la communauté comme une traînée de poudre.

Les clients de l'hôtel les plus hardis l'abordaient pour lui demander des autographes sitôt qu'il se montrait en public. Le professeur leur donnait satisfaction de bonne grâce et répondait à leurs questions en expliquant que son but — ou plutôt son *devoir* — était de se renseigner sur les agissements du professeur J.Q.R. Forster et les divers aspects de son expédition. La rumeur sur ses intentions s'était répandue aussi vite que celle de son arrivée.

Pour la galerie, Mays avait tenté à une ou deux reprises de contacter Forster. Ce dernier disposait officiellement d'un bureau dans le quartier indien de la ville, mais seul un robot secrétaire répondait aux appels téléphoniques et informait ses correspondants qu'il était seul. Mays s'était renseigné auprès de ses confrères et avait appris que le professeur et les membres de son équipe étaient invisibles depuis leur arrivée. La plupart des journalistes en concluaient qu'ils n'étaient plus sur Ganymède. Peut-être étaient-ils sur une autre lune, comme Europe par exemple, ou encore en orbite. S'ils ne se trouvaient pas déjà sur Amalthée...

Mays n'en avait été ni surpris ni inquiet. La célébrité agissait comme un aimant et il savait que des informations ne tarderaient guère à lui être communiquées.

Mme Wong alluma une nouvelle cigarette qu'elle pinça entre ses doigts aux ongles rouges vernis de trois centimètres de long.

— Ils étaient à cette table, lui dit-elle en soufflant un rond de fumée vers l'horrible poisson. Mr Redfield était là. Je sais qu'il travaille pour le professeur. Il discutait avec ce Lim. En chinois. Mr Redfield parle couramment le cantonais.

Mme Wong semblait assimiler cela à un exploit, cependant Mays n'en fut aucunement surpris.

— Qui est *ce Lim* ?

— Luke, fils de Kam, de la compagnie Lim & Sons. Cheveux longs, tenue de cow-boy. Peu recommandable.

Mays haussa un sourcil pour réclamer des informations supplémentaires, en vain. Soit Mme Wong hésitait à fournir des exemples de sa mauvaise conduite, soit elle n'avait rien de spécifique à citer.

— De quoi ont-ils parlé ?

— J'ai cru comprendre que Lim venait de vendre à Blake Redfield une vieille taupe des glaces.

— Une taupe des glaces ?

— Une foreuse de galeries spécialement conçue pour le climat rigoureux de ce monde et sa gravité réduite. Ils ont également parlé d'un engin que Forster compte acheter à un autre fournisseur, mais je n'ai pu entendre de quoi il s'agissait. Ensuite, un couple est venu les rejoindre.

Mme Wong s'interrompit pour retirer un brin de tabac sur le bout de sa langue.

— Continuez, je vous en prie.

— Un certain Bill Hawkins, qui doit lui aussi travailler pour le professeur. Il était accompagné d'une jeune femme qu'ils appelaient Marianne. Une simple touriste.

— Ah ! Marianne...

— Vous la connaissez ?

— De vue, seulement.

Il se renversa en arrière sur son siège pour esquiver une bouffée de fumée délétère.

— Qu'ont-ils dit ?

— Il sautait aux yeux que Blake Redfield était irrité. Il essayait d'éviter toute conversation. Il est d'ailleurs parti avec Lim après seulement quelques minutes. Bill Hawkins a alors tenté d'impressionner sa compagne et lui a dit que le professeur voulait acheter une taupe des glaces pour explorer le sous-sol d'Amalthée. Ainsi qu'un sous-marin.

Mays se renfrogna, un court instant seulement.

— Ah ? fit-il avant de hocher la tête. Mais oui, bien sûr. Et ensuite ?

— Ils ont déjeuné avant de décider d'aller visiter

la ville et parlé de choses et d'autres. De vous et de vos émissions.

— Tiens donc ?

— Bill Hawkins n'est pas un de vos admirateurs. Il soutient que vous êtes dans l'erreur. Il ne jure que par le Pr Forster, ce qui, d'ailleurs, a fini par agacer sa compagne. Il ne sait pas s'y prendre avec les filles, on dirait.

Mme Wong poursuivait ses explications mais le professeur savait qu'elle lui avait dit tout ce qui pouvait l'intéresser. Lorsqu'il ressortit du *Café des Détroits* il laissa sur la table une pile de vieux billets de banque nord-continentaux... des coupures usagées de cent et de mille dollars dont l'origine ne pourrait être retrouvée par le circuit de crédit informatique.

On célébrait une fête bouddhique dans les corridors. Chaque jour, il se déroulait ici des commémorations religieuses qui n'étaient pas organisées à l'attention des touristes. A Océan sans rivage les croyants étaient légion. Mays se fraya un chemin dans des passages où résonnaient les plaintes des instruments à cordes et les détonations des pétards qui brouillaient l'atmosphère d'une teinte bleutée avec une odeur âcre. Les ventilateurs du système d'aération avaient fort à faire pour aspirer en désordre les guirlandes en papier et les tourbillons de fumée. Des enfants surexcités couraient dans ses jambes. Il atteignit la place centrale où tournaient les moines. Une mer de robes safran s'ouvrit pour lui permettre de voir l'*Interplanétaire*, une façade en pierre synthétique hérissée de fleurons et ornée de lourdes statues : reproduction d'Angkor Vat — la Ville Temple.

Le hall n'était guère plus frais et plus calme que la rue. Le professeur passa en catimini devant le concierge et se glissa dans l'ascenseur en esquivant habilement des clients avides d'autographes, pour aller se réfugier dans l'intimité de sa chambre. La porte venait de se refermer derrière lui quand il entendit bourdonner le téléphone.

— Randolph Mays, j'écoute.

— Mr Von Frisch de l'Argosy Spacecraft & Industrial Engineering souhaite vous parler, monsieur. Dois-je vous le passer ?

Ce Von Frisch avait déjà appelé deux fois pendant ses absences. Ils étaient aussi difficiles à joindre l'un que l'autre et n'avaient pas encore établi un contact.

— La question ne se pose pas.

— Je suis heureux de pouvoir enfin vous rencontrer, sir Randolph.

Le timbre de la voix était altéré par un brouilleur commercial et l'écran restait noir.

— Parler d'une rencontre me semble *exagéré* en de telles circonstances, Frisch... je vous demande pardon, Mr Von Frisch.

— Certes, mais nous vivons dans un monde impitoyable, sir Randolph. La sécurité avant tout, et le reste...

— Quelles sont vos activités ?

— Argosy se charge de fournir du matériel à ceux qui en ont besoin, entre autres choses.

— En ce qui me concerne, qu'avez-vous à me proposer ?

— J'ai dernièrement servi d'intermédiaire pour quelqu'un qui a l'intention d'explorer une des lunes de Jupiter, si vous voyez ce que je veux dire. Ce que je sais devrait vous intéresser.

— Laissez-moi deviner. Vous venez de vendre un sous-marin au professeur.

Von Frisch n'était pas un amateur. Il sut dissimuler sa surprise.

— Vous êtes libre de faire des suppositions, sir

Randolph. Mais si vous voulez des certitudes, nous devrions nous rencontrer.

— Entendu. Où et quand ?

Ils convinrent d'un lieu et d'une heure, puis Mays raccrocha. Il alla s'allonger sur le lit et étala ses pieds sur la couverture. Ses longs doigts croisés sous sa nuque, il resta à fixer le plafond et à réfléchir sur ce qu'il devrait faire ensuite.

Mme Wong venait de lui apprendre que Hawkins logeait dans le même hôtel. Les autres journalistes ne tarderaient guère à en être informés à leur tour. On pouvait en déduire que Forster et ses amis jetaient le jeune homme en pâture aux médias. Sans doute n'avaient-ils aucune autre tâche à lui confier, hormis celle de détourner d'eux l'attention générale. Mays avait pris connaissance de ces maigres informations avec quelques heures d'avance sur ses... hum ! *collègues*, mais les buts qu'il poursuivait étaient bien plus subtils. Et le gibier qu'il avait pris en chasse était autrement important que ce malheureux Hawkins.

D'après ce qu'il savait, il s'agissait du plus insignifiant des membres de l'équipe, un ancien étudiant de Forster qui avait dû l'inviter à participer à cette mission parce que sa famille était riche et influente, et seulement à titre accessoire pour sa connaissance du langage de la Culture X... même si Hawkins était persuadé que son ancien professeur avait fait appel à lui pour ses compétences de linguiste et son érudition.

C'était un jeune homme assez brillant mais trop imbu de lui-même et — symptôme fréquent chez de tels individus — d'une timidité maladive. Ses propos viraient invariablement à la conférence. Interrogé sur ses activités, il pouvait se montrer d'abord charmant puis il devenait très vite un véritable raseur car il ne savait pas quand, ou et comment s'arrêter lorsqu'il arrivait à court d'arguments. Ses atouts se changeaient alors en handicap. Il était très vulnérable.

Marianne Mitchell résidait elle aussi à l'*Interplanétaire*. Le fait que Hawkins eût réussi à se lier à une jolie femme de plus de vingt ans sa cadette indiquait qu'elle devait avoir les mêmes sujets d'intérêt que lui. Et qu'elle souhaitait élargir ses connaissances.

Il était essentiel de les aborder ensemble. Mays s'installa au bar de l'hôtel, bien en vue. Pendant toute une journée et la majeure partie du lendemain, il dut signer des livres et des serviettes en papier, voire même en tissu, jusqu'au moment où la meute de chasseurs d'autographes s'estima satisfaite. Sa patience fut finalement récompensée. Hawkins et Marianne entrèrent, s'assirent et commandèrent des cocktails. Il leur accorda dix minutes, puis...

— Ne seriez-vous pas le Dr William Hawkins ? demanda-t-il en sortant brusquement de l'ombre.

Il n'avait pas perdu de temps en subtilités et Hawkins interrompit une conversation apparemment laborieuse pour répondre :

— C'est exact... Oh ! Vous êtes...

— S'il fallait dénombrer les érudits capables de déchiffrer la célèbre écriture martienne, une seule main suffirait. Et un doigt de cette main vous serait réservé. Mais je manque à tous mes devoirs, je m'appelle Mays...

— Le préciser était superflu, sir Randolph, dit Hawkins qui faillit renverser sa chaise en se levant. Asseyez-vous donc. Je vous présente mon amie, miss...

— Quel grossier personnage je fais... Je vous supplie de me pardonner.

— ... Mitchell.

— Marianne, précisa-t-elle avec douceur. C'est

un honneur pour moi de vous rencontrer, sir Randolph.

— Oh ! *Vraiment ?*

— Vraiment ! Bill et moi avons longuement parlé de vous. Je trouve personnellement vos idées fascinantes.

Mays jeta un bref regard à Hawkins. Ce compliment de la part de la jeune femme qu'il avait tenté d'impressionner en dressant la liste des idées ridicules soutenues par le professeur lui faisait prendre crûment conscience de l'incongruité de sa propre obséquiosité. Il redressa sa chaise et s'assit.

— C'est trop aimable à vous... Marianne ?

Un petit mouvement de sa tête brune lui confirma qu'elle l'autorisait à l'appeler par son prénom.

— Le secret du succès que je remporte auprès de mon public consiste en ceci : j'ai réussi à attirer son attention sur quelques grands penseurs tombés dans l'oubli. Toynbee, par exemple. Mais vous le savez déjà !

— Oh, oui ! Arnold Toynbee.

Elle hocha à nouveau la tête. Elle avait entendu parler de Toynbee... par Bill Hawkins, qui demanda :

— Voulez-vous dire, comme Newton, que si vous pouvez voir plus loin que le petit cercle de vos admirateurs, c'est parce que vous êtes juché sur les épaules d'un géant ?

L'humour pesant d'Hawkins était révélateur de son ressentiment.

— Isaac Newton a tenu de tels propos pour insulter son rival, Robert Hooke... qui était un nain, si je me souviens bien...

— Dans ce cas, je suis plus proche de Newton que de Hooke. Par ma taille, j'entends.

Marianne laissa échapper un petit rire, visiblement ravie.

Hawkins rougit, conscient qu'elle avait pris le parti du professeur.

Il leva la tête et parcourut la salle du regard.

— J'appelle une serveuse.

Marianne se tourna vers Mays :

— D'après Bill, vous seriez venu enquêter sur les véritables buts de l'expédition de Forster.

— C'est absolument exact !

— Il affirme que la mission consiste simplement à procéder à des fouilles archéologiques.

— Le professeur ne lui a peut-être pas tout dit.

— Mais croyez-vous *vraiment* que Forster participe à un complot ?

— Marianne !

Hawkins venait de la rappeler à l'ordre. Il était visiblement dans l'embarras et gardait le bras en l'air.

— Je crains que mon point de vue n'ait fait l'objet d'interprétations erronées, répliqua Mays. Je n'ai jamais porté de telles accusations contre le Pr Forster. Je le soupçonne simplement de disposer de plus d'informations qu'il ne veut bien l'avouer. Je le soupçonne en fait d'avoir découvert un secret que le Libre Esprit a jalousement dissimulé pendant des siècles.

— Le Libre Esprit ! s'exclama Hawkins. Je vous demande un peu ce que les membres d'une secte aussi ancienne pouvaient savoir sur un corps céleste dont nous n'avons appris l'existence que dans les années 1880 ?

— Voilà bien tout le mystère, répondit Mays.

Une serveuse en costume de danseuse balinaise s'approcha de leur table.

— Que prendrez-vous ? demanda Hawkins à Mays.

— Du thé glacé, préparé à la façon thaï.

— La même chose pour nous, dit Hawkins en désignant leurs deux verres de cocktail au rhum.

— Pas pour moi, protesta-t-elle.

Le niveau de son verre avait à peine baissé. La serveuse s'inclina avec grâce et s'éloigna.

— Vous m'avez posé une question sur des superstitions vieilles de plusieurs siècles, docteur Hawkins, dit Mays d'une voix douce. Avant d'y répondre, permettez-moi de vous demander comment vous expliquez le fait qu'on trouve, dans les temples souterrains de cette secte, la représentation de la Croix du Sud, alors qu'à l'époque où les premiers de ces lieux de culte furent construits, nul ne savait dans l'hémisphère Nord à quoi ressemblait le ciel austral ? Et pourriez-vous me dire, par la même occasion, quels secrets voulaient protéger les deux astronomes qui ont tenté de détruire les radiotélescopes de la Base Farside qui devaient justement être orientés vers cette constellation ?

— La Culture X a là son origine et ces extraterrestres vont revenir nous rendre visite, intervint la jeune femme avec un sourire satisfait.

— Oh ! Marianne..., gémit Hawkins.

— Hypothèse valable, déclara Mays. Même s'il y en a d'autres.

— Dont celle d'une simple coïncidence, ce qui, dans un monde probabiliste, est non seulement envisageable mais inévitable.

Si Hawkins n'avait pas été hors de lui, sans doute eût-il interrompu leur conversation, mais il ajouta :

— Et quelles preuves de l'existence de ces extraterrestres le Pr Forster aurait-il selon vous découvertes... et décidé de taire au reste de son équipe ?

Trop tard, il prit conscience de la masse d'informations qu'un individu occupant sa position pourrait souhaiter dissimuler à des rivaux en puissance.

Mays évita cependant de l'attaquer de front.

— Cela, je l'ignore. Je peux seulement vous affirmer qu'il n'y aura plus aucun secret quand j'aurai découvert ce qu'il sait.

Il fronçait ses sourcils en bataille, mais c'était avec un air moqueur qu'il lançait son défi.

— Je vous conseille de tenir compte de cet avertissement. Je ne négligerai *aucune* piste.

— Nul chemin ne saurait conduire à la clé d'un mystère inexistant.

— Docteur Hawkins, vous êtes un homme si... *droit*. Vous seriez certainement surpris si je vous disais tout ce que je sais déjà. Par exemple, que le Pr Forster a fait l'acquisition d'une petite taupe des glaces et d'un sous-marin Europan... soit d'un matériel qui dote votre expédition de capacités bien supérieures à celles qui sont nécessaires pour atteindre les buts qui lui ont été officiellement fixés.

Hawkins était stupéfait et ne put le dissimuler.

— Comment l'avez-vous appris ?

Mays éluda la question en en posant une autre.

— Pouvez-vous apporter une justification à ces achats, pour le moins étonnants ?

— Mais certainement, affirma Hawkins qui se demandait par quel tour de passe-passe son interlocuteur l'avait contraint à se placer sur la défensive. Il s'est avéré qu'Amalthée est bien différente de ce que nous pensions quand le professeur a rédigé sa proposition. Le système géologique...

— ... pourrait être aisément étudié par les techniques d'imagerie séismographique classique. Peut-être est-ce chose faite, d'ailleurs, car le Bureau spatial s'intéresse à cette lune depuis plus d'un an. Non, docteur, Forster ne se contentera pas d'une simple exploration de la surface ou du sous-sol d'Amalthée. Ce qu'il veut, c'est trouver quelque chose... quelque chose qui est dissimulé *sous* la glace.

Hawkins toussa.

— La civilisation enfouie des anciens astronautes de la Croix du Sud, c'est ça ? Vous avez une imagination débordante, sir Randolph. Peut-être devriez-vous écrire des vids d'aventure au lieu de vous cantonner au documentaire ?

C'était une repartie stupide. Et il fut atterré de constater que Marianne ne prenait même plus la peine de dissimuler le mépris qu'il lui inspirait...

Mays jouirait longtemps de sa victoire au souvenir de cet instant. Quand Hawkins se leva de table, il avait recouvré assez de dignité pour ne pas s'avilir au point de présenter des semblants d'excuses.

— A ce que je comprends, tu as plus de choses à dire à sir Randolph qu'à moi, lança-t-il à Marianne. Il serait mal élevé de vous imposer plus longtemps ma présence.

Et il était exact que Marianne et sir Randolph n'avaient pas épuisé leurs sujets de conversation. Loin de là.

DEUXIÈME PARTIE

AU CARREFOUR DE GANYMÈDE

8

Deux semaines plus tôt...

— Tu avais raison. Je ne peux abandonner Blake et ses compagnons à leur sort. Je suis probablement la seule à savoir ce qu'il convient de faire.

— C'est *moi* qui avais raison ? répéta Linda, visiblement amusée. Aurais-je avancé cet argument ?

— Tu m'as incitée à arriver à cette conclusion, puis à l'exprimer. Ce qui revient au même.

— Oui, sans doute, approuva-t-elle sans se départir de son sourire.

Sparta faisait les cent pas à l'autre extrémité de la pièce et les talons de ses bottes claquaient sur les lattes du plancher ciré.

— Peut-être t'es-tu méprise sur le sens de ma présence. Je ne suis pas ici pour une séance d'analyse.

— J'ai pu le constater. Tu ne t'es même pas assise.

— Je voulais simplement te faire part de ma décision.

— Qui me ravit.

— Oui... oui.

Sparta interrompit ses allées et venues et se planta, immobile, comme un militaire au repos, jambes écartées et mains croisées derrière le dos.

— J'ai pris des dispositions pour aller rejoindre Forster. Un cutter va m'emmener jusqu'à Ganymède. L'alignement planétaire est presque idéal et le trajet ne prendra guère plus de deux semaines.

Linda ne dit mot. Elle restait assise sur sa chaise en pin et écoutait. La clarté en provenance de la fenêtre était changeante. Elle s'intensifiait et décroissait au rythme du passage des nuages qui étiraient ou réduisaient leurs ombres sur le plancher ciré et les parois laquées.

— Et il y a d'autres... détails, ajouta Sparta.

— Dont tu souhaites t'entretenir avec moi ?

— C'est exact. Ce dont nous avons déjà parlé.

— Tu as abordé un grand nombre de sujets...

— Je me réfère à... l'être humain. Sa définition.

— Oh !

— Eh bien, je doute de pouvoir la fournir — à toi ou à moi-même — mieux qu'auparavant.

Quand elle essayait d'exprimer des idées que la plupart des gens auraient trouvées évidentes, Sparta paraissait plus jeune que son âge. Elle écarta la frange de cheveux blonds qui tombait sur ses sourcils.

— Je pense à présent... ou plutôt je ne pense *pas* qu'il existe le moindre rapport avec les altérations que peut subir le corps. Pas après la naissance, en tout cas, précisa-t-elle avant de se hâter d'ajouter : C'est une généralité.

— Naturellement.

Linda était sérieuse. Pour Sparta, cette déclaration pratiquement privée de tout contenu subjectif par son caractère global constituait une concession importante.

— Dois-je en déduire que tu ne te sens plus dépouillée de ton humanité par ceux qui t'ont modifiée ?

— Plus que cela. J'estime que... rien à l'avenir ne pourra me priver de ce statut.

— Sois plus explicite.

— Aucune transformation physique, dès l'instant où je reste consciente de ce que j'éprouve.

— Voilà qui me réchauffe le cœur, sourit Linda.

Surprise, Sparta s'autorisa un rire.

— Tu prétends ressentir de telles choses ?

— Oh ! bien sûr... C'est toi qui m'as appris que les sentiments sont des pensées exprimées autrement que par des mots. Je ne suis pas un être humain, la simple projection de ce qui n'est aux yeux de tous qu'une machine, mais j'ai des pensées, et donc des sentiments.

Sparta était décontenancée. Elle avait fait des confidences importantes et intimes à Linda, et cette dernière semblait considérer que ces réflexions s'appliquaient aussi à elle.

Elle avait pu cependant deviner ce que Sparta allait ajouter.

— Ils n'ont pas agi de façon arbitraire. Ils ont commis des erreurs mais...

Elle s'empêtrait dans ses explications. Exprimer de telles idées n'était pas facile.

Linda essaya de l'aider :

— Nous avons longuement discuté de la mission qu'ils voulaient te confier.

— Elle est toujours d'actualité. Pour que je puisse la mener à bien, mon corps devra subir de nouvelles modifications. J'aurai besoin d'attributs dont on m'a dotée et que j'ai... qui ont été détruits. Je dois recouvrer ma vision microscopique, télescopique et infrarouge. Et il faudra procéder à des adaptations spécifiques au milieu...

Linda l'interrompit, sans lui laisser le temps d'en dresser la liste.

— Aurais-tu l'intention d'accepter ?

— Toutes les dispositions ont déjà été prises, répondit Sparta avec nervosité, sur la défensive. Le commandant a accepté mes conditions. Je n'ai rien dit à mes parents... pas encore. Mais je le ferai, sous peu.

Linda restait figée, comme perdue dans ses pensées.

Face à son mutisme, Sparta renifla bruyamment et déclara :

— Il me reste peu de temps avant...

— Tu as réalisé des progrès essentiels, l'interrompit Linda. J'admire ton courage. Tu as *choisi* de suivre la voie difficile que d'autres ont tenté de t'imposer, alors que plus rien ne t'oblige à présent à l'emprunter. Tu as maîtrisé tes peurs irraisonnées et trouvé des réponses aux questions fondamentales que se posent, tôt ou tard, ceux qui possèdent un tant soit peu de sensibilité et d'imagination. Je n'ai qu'une inquiétude, ajouta-t-elle après un court silence.

— C'est... ?

— On ne peut progresser en prenant la fuite.

— Ce qui signifie ?

— Je te laisse le soin d'interpréter mes propos. Tu es désormais consciente que je suis différente de ce qui est en toi potentiel.

Sur ces mots, et comme pour ponctuer cette déclaration sibylline, il se produisit un éclair bleuté accompagné d'un léger claquement à l'intérieur du corps d'apparence matérielle de Linda. Il s'effaça sous les yeux de Sparta qui resta figée sur place, à scruter la pièce vide, ébranlée par cette brusque disparition.

Puis elle sourit. Linda était — avait été — un excellent psychothérapeute. Elle n'était pas du genre à poursuivre une analyse plus longtemps que nécessaire.

9

Même à cette époque de microminiaturisation et de nanomachines, de protéines et d'acides nucléiques artificiels, le scalpel restait un outil indispensable pour certaines interventions.

Sparta subit dans sa chair les agressions d'instruments chirurgicaux au tranchant recouvert d'un film de diamant pendant quarante-huit heures d'affilée, avant d'entamer son retour vers la conscience. Elle s'éleva des profondeurs obscures de la non-existence vers le cercle de lumière de la renaissance, telle Aphrodite sortant de l'écume...

... dans son cas, des gouttes de sang que les infirmières du bloc chirurgical étanchaient sur les multiples incisions pratiquées dans son thorax. Elle les avait surprises en s'éveillant par la seule force de sa volonté, alors qu'elle gisait encore sur la table d'opération.

L'équipe médicale prouva sa compétence et l'emporta presque aussitôt sur un chariot. Le temps de recouvrer ses esprits, les facteurs de régénérescence avaient fait leur œuvre : sa peau était rose et sans balafre, ses organes internes intacts, et ses nombreuses modifications pratiquement indécelables.

Elle resta en observation vingt-quatre heures supplémentaires, pour que les médecins puissent satisfaire leur conscience professionnelle et personnelle, car ses capacités développées lui permettaient d'exercer sur son être une surveillance bien plus vigilante que la leur.

La chambre qui lui avait été attribuée dans la section de haute sécurité de la clinique du Bureau spatial donnait à l'est. Par la fenêtre elle pouvait voir un fleuve d'algues épais comme une purée de pois où des écumeurs en acier inoxydable se déplaçaient telles des araignées d'eau, les ruines de Brooklyn estompées par la brume et, au-delà, une étendue urbaine grisâtre perdue dans le smog. Un matin, elle vit au sein de ce brouillard un soleil pourpre orangé grimper en oscillant dans le ciel et sut que le moment était venu. Elle se sut prête, en pleine possession de ses moyens.

Un tintement lui parvint de la porte. Elle vit sur la vidéoplaque du judas que le commandant était à l'extérieur, dans le couloir.

— Ouvre-toi, ordonna-t-elle au battant.

L'homme portait l'uniforme bleu du Bureau spatial, avec l'insigne de son grade, une barrette de décorations et sur le col le symbole des Services de renseignements. Le reflet de cette tenue accentuait la couleur des yeux qui la scrutaient. L'expression du militaire s'adoucit.

— Vous avez l'air en forme, Troy. On m'a affirmé qu'il n'y avait pas eu de complications.

Elle le confirma en inclinant la tête.

Il parut sur le point d'ajouter quelque chose mais se ravisa. Les discours n'avaient jamais été son fort. Et la nature de leurs rapports s'était modifiée, même si l'inspecteur Troy du Bureau du Contrôle spatial restait officiellement placée sous ses ordres.

— L'hélico décollera dès que vous serez prête. Vos parents sont déjà en route pour la résidence.

— Allons-y !

Il s'effaça en silence. Elle sortit sans le regarder. Elle savait qu'elle le peinait mais plus d'une année s'était écoulée depuis qu'elle avait, pour la dernière fois, laissé voir qu'elle se préoccupait de ce que cet homme et les autres membres de son entourage pouvaient éprouver.

Après trente-cinq ans de mariage, il arrivait encore à Jozsef Nagy de se comporter envers sa femme comme à l'époque de leur rencontre, lorsqu'il était étudiant. Pour aller la retrouver sous les arbres en fleurs de Budapest il empruntait alors une bicyclette. Ce jour-là, il fit venir une limousine robotisée grise jusqu'à leur refuge perdu dans les forêts de l'Amérique du Nord.

Comme s'il s'agissait d'une calèche louée à prix d'or pour les conduire au théâtre, il tint la porte ouverte devant Ari qui monta et s'installa sur les coussins de cuir. Le fond de l'air était frais, le soleil vif, les ombres nettes sur les branches humides de rosée. La voiture suivait depuis plusieurs minutes l'étroite route pavée qui dessinait une boucle dans les bois lorsqu'elle déclara :

— Elle a fini par accepter.

— C'est un signe, Ari. Son rétablissement a été lent, mais je le crois désormais presque total.

— Tu lui as parlé. Sais-tu des choses que j'ignore ?

— Nous parlons du passé. Pas de son avenir.

— J'en déduis qu'elle a repris ses esprits.

Ari s'exprimait avec assurance, refusant de laisser prise au doute.

Jozsef la regarda, préoccupé.

— Tu devrais t'abstenir de faire des suppositions. Peut-être veut-elle nous annoncer qu'elle a décidé d'en rester là. Il n'est pas à exclure qu'elle souhaite simplement nous le dire de vive voix.

— Ça n'est pas ce que tu penses.

— Je ne veux pas vous voir souffrir, que ce soit toi ou elle.

Ce fut avec colère qu'Ari lui répondit :

— C'est ton souci ridicule de la ménager qui nous a fait perdre une année complète, Jozsef.

— Je ne suis pas de cet avis.

Ils travaillaient ensemble depuis le début de leur

vie de couple et Jozsef avait appris depuis longtemps à distinguer leurs différends d'ordre professionnel et leurs querelles conjugales, mais Ari ne s'était jamais donné la peine d'essayer.

— Je m'inquiète pour toi, si elle refuse de faire ce que tu attends d'elle, ajouta-t-il. Et pour elle, si tu ne peux l'accepter telle qu'elle est.

— Quand *elle* s'acceptera telle qu'elle est, j'aurai tout lieu de m'estimer satisfaite.

— Je me demande pourquoi tu la sous-estimes encore, alors qu'elle a toujours su nous comprendre.

Ari garda pour elle la réponse cinglante qu'elle avait sur le bout de la langue. Malgré ce que laissait supposer son attitude — celle de la jeune femme intelligente, belle et hautaine dont Jozsef était tombé amoureux, quatre décennies plus tôt — elle reconnaissait qu'il venait d'exprimer une vérité. Le manque d'orthodoxie de sa fille l'irritait, mais Linda l'avait toujours étonnée, même lorsqu'il lui était arrivé de respecter leurs instructions.

Un portail de fer se dressait devant eux. Le véhicule ralentit pour laisser aux panneaux le temps de s'écarter en douceur sur leurs rails.

— Je n'ajouterai qu'une chose. Si elle veut reprendre sa liberté, tu ne devras pas t'y opposer. C'est moins du joug de son destin que de celui de ta volonté qu'elle doit se débarrasser.

— Cela, je ne pourrai pas l'accepter, Jozsef. *Jamais !*

Il soupira. Sa femme, une psychologue dont les mérites avaient été autrefois universellement reconnus, n'avait jamais été capable de comprendre à quelle impasse menait l'amour qu'elle portait à ses proches.

Un hélicoptère blanc dépourvu de marques d'identification attendait sur la terrasse de l'immeuble du

Conseil des Mondes. Le pilote n'avait pas arrêté les turbines, dont les hurlements les assourdissaient. Dès que Sparta et le commandant furent à son bord l'appareil fuselé s'éleva dans le ciel et prit au nord, en amont de la vallée de l'Hudson, en laissant derrière lui les tours miroitantes et les boulevards pavés de marbre de Manhattan.

Sparta n'engagea pas la conversation avec le militaire. Elle gardait les yeux rivés sur le paysage qui défilait sous eux. Les vagues vertes aux crêtes arrondies des arbres en espaliers s'étendaient plus au nord, au fur et à mesure que les journées s'allongeaient. Les forêts de la réserve naturelle Hendrik Hudson semblaient se porter à la rencontre du printemps.

Leur engin vira de bord et traversa rapidement le large fleuve avant de passer en rase-mottes au-dessus des cimes des arbres qui montaient la garde sur la petite falaise. L'appareil silencieux se posa sur une vaste pelouse située au-delà, devant une maison en pierre. Les deux passagers descendirent, sans avoir échangé un seul mot, et l'hélicoptère redécolla aussitôt. Leur visite dans cette demeure des berges de l'Hudson ne serait mentionnée dans aucune banque de données.

Ils foulaient le tapis souple du gazon et elle pensait aux mois qu'elle avait passés en ce lieu, *Granite Lodge*. Ce domaine n'appartenait pas au Bureau spatial mais à la Salamandre, l'association de ceux qui avaient été des prophètes du Libre Esprit avant de devenir des ennemis acharnés de cette secte. Ils s'opposaient à l'hégémonie autoritaire et aux pratiques abominables de ce culte, mais pas à ses croyances — pas à la Connaissance. Par nécessité, la Salamandre était également une société secrète, car ses adversaires considéraient ses membres comme des apostats qu'ils avaient juré d'exterminer jusqu'au dernier.

Les représentants de ces deux organisations s'étaient porté de nombreux coups meurtriers. Sans même connaître leur identité, Sparta avait été en première ligne pour les combattre. Elle en gardait de profondes blessures, même si elle se tenait à l'écart de ces affrontements depuis un an.

— J'aurais préféré que tu continues de nous croire morts. Rien ne se serait dressé entre toi et le but que nous t'avions fixé.

Ari était assise dans un fauteuil comme sur un trône, les mains jointes sur ses genoux. Elle lança un coup d'œil à Jozsef qui s'était installé sur une simple chaise avant d'ajouter :

— J'avais raison d'agir ainsi.

— Après tout ce qui s'est passé...

Sparta s'interrompit et fit le tour de la pièce d'un pas nerveux. Elle s'arrêta pour feindre de lire quelques titres, au dos des vieux livres de la bibliothèque, pour ne pas devoir soutenir les regards de ses parents.

— Je regrette que tu n'aies pu te voir, ajouta Ari. La rage te consumait. Tu utilisais tes pouvoirs extraordinaires pour rechercher et détruire nos ennemis. En voulant nous venger, tu servais notre cause. Tu as été formidable, Linda. J'étais fière de toi.

Sparta s'était figée sur place et tentait de contenir sa colère.

— J'ai failli succomber aux effets du Striaphan. Cette drogue m'aurait tuée, sans que je n'aie rien accompli — à l'exception d'un bon nombre de meurtres, bien sûr — si Blake n'était pas venu à mon secours.

— Nous serions intervenus, affirma Jozsef d'une voix douce.

Mais Ari déclara :

— Tes jours n'étaient *pas* en danger. Et tu n'aurais pas perdu ta combativité.

Sparta se tourna vers son père.

— Le soir où tu es venu me voir, tu m'as dit que mère avait des regrets. Et je t'ai cru.

— Il a eu tort de te présenter des excuses pour ma conduite...

— Ari...

— Soyons sincères, Jozsef. Lorsque tu as révélé à Linda que nous étions vivants, tu l'as fait de ton propre chef. Contre mon gré.

— Vous ne le lui avez donc pas encore pardonné ? demanda Sparta.

Ari hésita, et quand elle se décida à répondre ce fut d'une voix sèche :

— J'ai toujours considéré que c'était une grave erreur. Hélas ! On ne peut revenir sur le passé.

Sparta leur adressa directement des reproches, pour la première fois.

— Vous les appelez vos ennemis, mais vous avez été dans leurs rangs.

— Avant de comprendre que ces misérables faisaient fausse route et étaient corrompus, intervint son père.

— Vous leur avez accordé votre *bénédiction*, mère, s'emporta Sparta. Plus grave encore, vous leur avez prêté votre concours lorsqu'ils m'ont modifiée.

— Longtemps auparavant, je t'avais donné la vie.

— Estimeriez-vous que cela fait de moi votre *propriété* ?

Ari ne savait que répondre. Jozsef décida d'intervenir :

— Ce n'est pas le sens qu'elle voulait donner à ses paroles, Linda. Elle essaie de te faire comprendre qu'elle t'aime depuis toujours.

— Tu présentes de nouveau des excuses à sa place,

fit remarquer Sparta avant de prendre une inspiration et de se tourner vers sa mère. Comment osez-vous parler de moi comme si j'étais un objet ? Même si c'est un objet auquel vous prétendez tenir.

— Essaie de comprendre, ce n'est pas...

— Nous n'avons plus rien, absolument plus rien à nous dire.

— Tu voudrais m'entendre déclarer que je me suis trompée. Crois-moi, si je pensais avoir mal agi...

Tout en attendant la capitulation de sa fille Ari essayait de saisir ce qui la tourmentait.

— Comment pourrais-je confesser une faute que je n'ai pas commise ? Je n'en suis pas plus capable que toi.

Sparta se détourna sans répondre et Ari fit une nouvelle tentative. Linda avait été une enfant prodigieuse à l'intelligence et à l'instinct très développés. Elle devait être consciente non seulement de la nécessité mais aussi de la grandeur du processus d'évolution dont ils s'étaient faits les serviteurs.

— Je tiens beaucoup à toi, Linda. Je sais que tu es l'élue qui réalisera de grandes choses.

— C'est vous qui m'avez attribué ce rôle, rétorqua Sparta avec lassitude. Est-ce pour cela que vous avez décidé d'avoir un enfant ?

— Oh ! ma chérie... Ce n'est ni moi ni un autre être humain qui t'a désignée. Nous sommes à un tournant de l'Histoire dont tu es le pivot.

— L'Histoire telle que l'écrit votre Pancréateur ?

— Nous n'utilisons pas ce terme, intervint Jozsef. Il appartient à *leur* vocabulaire. Nous n'avons compris que plus tard qui tu étais. Tu devais alors avoir six ou sept ans et SPARTA existait déjà.

Jozsef et Ari avaient élaboré le Projet de Développement et d'Evaluation des Aptitudes Spécifiques afin de démontrer que tout être humain possédait des formes multiples d'intelligence, et non une abstraction globale baptisée le Q.I. Ils étaient convaincus qu'une éducation appropriée permettrait d'optimiser les capacités de chacun. Leur propre fille avait servi de cobaye pour les premières expérimentations, et les résultats dépassaient de beaucoup leurs plus folles espérances.

— Nous avons longuement hésité. Nous redoutions de nous laisser influencer par notre fierté parentale. Mais nous ne pouvions nous tromper sur l'interprétation des résultats.

Ari parlait presque avec douceur, semblant reconnaître à sa fille le droit de savoir quelles avaient été leurs motivations.

— Quand Laird s'est adressé à nous, nous avons découvert que nous n'étions pas les seuls à nous intéresser à ton potentiel.

— Et vous m'avez offerte en sacrifice aux forces du mal.

— Bien que cela m'en coûte, je...

Ari regarda son mari, qui hocha la tête.

— Continue.

— Je reconnais que nous avons commis des erreurs.

— De graves erreurs, Linda, dont nous sommes tous deux désolés.

— Mère, vous refusez toujours d'endosser la responsabilité la plus importante de toutes. Pourquoi croyez-vous que j'aie finalement accepté de vous rencontrer ? Qu'espériez-vous m'entendre vous annoncer ?

Ari haussa un sourcil.

— Eh bien, que tu avais réfléchi à la situation et que tu étais arrivée à l'unique conclusion sensée. Que tu acceptais de continuer.

— Ce qui implique ?

— La Connaissance le précise sans ambiguïté à ceux qui ont fait l'effort de l'assimiler, déclara Ari qui s'était préparée à devoir répondre à cette question. Il faut en premier lieu te rendre tes capacités. Il est indispensable que ta vision soit conforme à ce que nous définissons par ce terme. Tu dois aussi pouvoir entendre, percevoir et analyser les signaux chimiques, capter et communiquer directement par ondes centimétriques...

— Epargnez-moi la liste, mère. Il est exact que je suis venue vous annoncer que je vais continuer.

Ari ne dit rien mais ses yeux se mirent à briller. Jozsef se racla la gorge avec nervosité.

— J'ai refusé jusqu'à présent pour... de nombreuses raisons. Et il est probable que la perspective de subir cette humiliation a compté autant que le reste...

Sparta renversa la tête en arrière et leva les yeux, comme s'il y avait au plafond quelque objet fascinant à observer. En fait, elle essayait seulement d'empêcher des larmes de ruisseler sur ses joues.

— ... et constater à quel point les priorités se sont embrouillées dans mon esprit est pathétique. Dire que je place sur le même plan l'attitude hautaine de ma mère et les intérêts de l'ensemble de notre espèce !

— Je ne...

— Ne m'interrompez pas, mère ! J'ai décidé de ne pas laisser Blake et ses compagnons courir à leur perte.

— Quoi que tu puisses penser de moi, Linda, sache que je suis fière...

Sparta la coupa de nouveau.

— Votre compréhension de la Connaissance n'est pas meilleure que celle des prophètes du Libre Esprit. Vous, le commandant et les autres, vous n'imaginez rien de plus magnifique que le retour du Pancréateur. Vous n'êtes pas conscients de tout ce qu'il implique. Vos adversaires refusent de divulguer ce secret pour être les seuls à avoir accès au Paradis. Vous voulez, quant à vous, le rendre public — selon vos conditions, naturellement —, mais permettez-moi de vous dire que tout ceci est bien plus complexe et important que vous ne l'imaginez.

Jozsef l'observait avec curiosité. Ari arborait un sourire méprisant.

Que Sparta remarqua aussitôt.

— Je gaspille ma salive. Il existe trop de choses que vous ne pourrez comprendre qu'après coup.

— Ton insolence est choquante, ma chérie, lui reprocha Ari.

— Mon programme d'analyse qualifierait sans doute mon attitude de signe d'humanité. Non que ça change quoi que ce soit à ce stade, notez bien ! Toute ingérence compromettrait les chances de réussite de ma mission... et mettrait mes jours en danger. Je viens de dire que vous n'avez pas assimilé ce qu'enseigne la Connaissance. Cette ignorance a été à l'origine de nombreuses erreurs. La substance répugnante qu'on a greffée sous mon diaphragme, par exemple, est une de vos soi-disant améliorations qui ont failli me coûter la vie. Et sachez qu'il était inutile de me doter d'un émetteur-récepteur d'ondes ultra-courtes — les méduses savaient qui elles attendaient — alors qu'il existe par ailleurs bien des choses indispensables qui n'ont pas été faites.

— On peut y remédier, lui répondit sèchement Ari. Nous avons à notre disposition d'excellents chirurgiens qui pourront procéder à toutes les interventions utiles dès que tu...

— J'ai passé ces trois derniers jours en clinique. Tout est déjà fait. J'ai demandé au commandant de ne pas vous en informer afin que vous ne puissiez pas prendre contact avec les médecins. Ma vie m'appartient.

Ari se raidit.

— Linda, je t'interdis de t'adresser à moi de cette manière.

Elle ouvrit les mains et planta ses ongles dans le cuir de ses accoudoirs.

— Mon rôle, comme le tien, a été clairement défini.

— Je refuse d'en discuter avant d'avoir exécuté cette mission. Si vous voulez me voir — si vous pensez que nous avons autre chose à nous dire — je vous en laisse l'initiative. Maintenant, je dois vous quitter.

Elle se détourna et son masque de dureté parut se dissoudre.

— A moins que vous ne souhaitiez... me le dire maintenant.

— Linda, je t'en prie !

La confusion d'Ari était désormais plus grande que sa colère, mais elle savait qu'elle n'aurait rien à gagner en prolongeant cette entrevue. Plus tard, peut-être... Elle abdiqua et se leva de son fauteuil comme si c'était un trône.

— Ma chérie, que t'est-il arrivé ?

Dans l'esprit de Sparta, ressentiment et compassion s'affrontaient pour répondre. Elle préféra se taire, tourna le dos à ses parents et quitta la bibliothèque d'un pas rapide.

10

La torche à fusion du cutter blanc entra en action sitôt qu'il eut franchi le périmètre de sécurité de la Terre. Ensuite, l'appareil, aux lignes aérodynamiques surprenantes pour un vaisseau interplanétaire, accéléra sur une colonne de feu à l'éclat aveuglant.

Sparta passa les deux semaines de trajet en se

tenant à l'écart du seul autre passager et des trois membres de l'équipage. Elle ne leur adressait la parole qu'en cas d'absolue nécessité, prenait ses repas dans sa petite cabine et consacrait de nombreuses heures à entretenir sa forme physique. Elle s'entraînait à lutter contre son ombre jusqu'au moment où son corps souple de danseuse était en sueur. Puis elle lisait et regardait des vids, sans rapport évident avec sa mission... Eliot, Joyce, de bonnes traductions de l'épopée de Gilgamesh et de contes populaires africains. Elle lut un millier de pages du *Genji Monogotari* avant de s'embourber dans le célèbre passage qui est aux humanistes en herbe ce que le *pont aux ânes* est aux apprentis géomètres.

Elle dormait dix heures par jour.

A mi-chemin, l'accélération s'inversa en décélération. Finalement, la torche fut coupée et le cutter se plaça en orbite autour de Ganymède. La bande bleue et l'étoile dorée du Bureau du Contrôle spatial étaient à nouveau visibles dans le secteur de Jupiter.

Blake insista pour se porter à sa rencontre. Il loua le *Kanthaka*, une navette pansue — une simple boîte de conserve dotée de moteurs très puissants — et s'installa dans le siège du copilote pour grimper en orbite, où ils se placèrent moins d'une heure plus tard.

Il n'avait pas cessé de penser à elle, la femme qu'il aimait, depuis qu'il l'avait perdue, trois ans plus tôt, puis retrouvée et perdue à nouveau. Il ignorait quels sentiments il lui inspirait pour la simple raison — elle l'avait exprimé clairement — qu'elle doutait d'elle-même. Et on ne pouvait croire quelqu'un qui n'avait pas un minimum de confiance en soi, car cela empêchait de répondre sincèrement et en toute connaissance de cause à de telles questions.

Elle l'avait informé, en lui adressant un de ces messages codés qui étaient devenus entre eux bien plus qu'un simple jeu, qu'elle allait se joindre à lui. Pas simplement le rencontrer, l'observer ou le suivre, mais se *joindre* à lui. Pas à l'expédition, mais à lui.

Il n'existait rien au monde et dans tout le système solaire qu'il eût désiré plus ardemment. Il s'était cependant passé entre eux tant de choses étranges et intimes, qui appartenaient à ce qui était devenu une sorte d'univers privé parallèle, qu'il se méfiait autant de cette femme que de ses propres sentiments. Elle avait déclaré (mais était-ce une mise en garde ou une promesse ?) qu'elle avait changé.

Le *Kanthaka* était en orbite. Blake regagna la cabine des passagers à l'instant où le manchon de liaison pressurisé s'étirait vers l'écoutille du cutter. Il entendit des aimants claquer contre l'autre coque, des pompes battre et de l'air siffler, puis les pressions s'équilibrèrent et le panneau interne s'ouvrit sur Ellen qui flottait à l'intérieur du sas, seule, munie d'un sac de voyage minuscule et sans poids. Son cœur rata un battement.

Elle lui fit un petit sourire.

— Tu as tout d'un Mongol.

— Et toi, tu es tout simplement magnifique.

Il lui tendit les bras. La prudence s'imposait lorsqu'on voulait s'étreindre en apesanteur, et il veilla à ne pas lâcher le filin de sécurité.

— Il y a longtemps.

Avait-elle eu un mouvement de recul ou était-ce son imagination ? Il maudit ses peurs. La déception saturait ses sens... puis il sentit le corps de la femme perdre de sa raideur et, un instant plus tard, elle s'agrippait à lui comme s'il était l'unique élément stable dans le tourbillon de l'univers.

— Tu es seule ? demanda-t-il. Il ne vient pas ?

— Il restera à bord du cutter, jusqu'à nouvel ordre.

Blake courut le risque de lâcher le filin. Ils roulèrent lentement dans les airs, à l'intérieur de ce réduit aux parois capitonnées. Il n'entendit qu'en partie les mots qu'elle lui murmura :

— J'avais bien plus besoin de toi que je n'en étais consciente.

Pour toute réponse, il la serra contre lui avec passion.

Ils furent interrompus par un cri joyeux.

— Quand vous voudrez, les enfants.

Une petite femme brune, le pilote, les lorgna par l'écoutille du poste de pilotage.

Sparta s'écarta de Blake, à regret.

— Sait-on que je suis ici ?

Il hésita avant de répondre :

— Un cutter du Bureau spatial éveille toujours l'attention des curieux. Des rumeurs circulent depuis la fin de la mise en quarantaine. Le professeur n'a pas jugé utile de passer ta venue sous silence.

— Il n'a tout de même pas...

Blake hocha la tête.

— Si, il a même organisé une conférence de presse. (Elle soupira.) Il a subi des pressions. Il y a un mois que Randolph Mays est sur Ganymède. Il a déposé de nombreuses plaintes auprès du Bureau spatial et du Comité de l'Information parce que Forster lui refusait une interview. Le professeur n'a en effet accepté de recevoir aucun journaliste. Il est resté caché si longtemps que la plupart d'entre eux en ont eu assez et sont partis. Cependant, Mays les a tous rameutés.

— Donc... Forster a décidé de me jeter en pâture aux médias, déclara Sparta.

Elle prit un siège et s'y sangla.

Blake était visiblement embarrassé.

— Nous serons tranquilles sitôt après cette conférence de presse. Forster y participera, lui aussi.

— Il existe une différence de taille. *Il* adore ce genre de trucs.

— Je sais que tu t'en tireras à merveille, affirma-t-il avant de demander au pilote, sans aucun enthousiasme : Avez-vous besoin de moi, là-haut ?

— Vous voulez rire ? répondit la femme.

Elle referma l'écoutille.

Une minute plus tard les rétrofusées grondaient pour imprimer à l'appareil une poussée d'une douceur inhabituelle. Blake et Sparta, assis côte à côte avec leurs harnais de sécurité dangereusement desserrés, ne remarquèrent même pas la lente décélération qu'ils devaient au romantisme de leur pilote.

Après une course folle en buggy lunaire et deux changements de véhicule destinés à leur permettre d'échapper à la vigilance d'éventuels observateurs, ils atteignirent la caverne de glace et le *Michaël Ventris* qui attendait toujours, sous le dôme pressurisé du silo. La soute amovible et la cale étaient closes. Des rubans de vapeur s'échappaient des réservoirs de carburant. Il ne restait dans cette grotte que les huttes de leur petit campement. Le vaisseau était paré à appareiller.

Sparta rencontra l'équipage. C'était presque un retour aux sources, pour elle. En plus de Forster, elle connaissait bien Walsh, la femme qui avait piloté le cutter à bord duquel elle s'était rendue sur la lune et sur Mars. Et il y avait McNeil...

— Angus, c'est bien vous.

Elle prit les mains de l'ingénieur corpulent dans

les siennes et le tint à bout de bras pour le fixer droit dans les yeux.

— Alors, vous êtes-vous trouvé un capitaine avec une cave à vins bien garnie ?

Il lui retourna un regard entendu.

— Et vous, faites-vous toujours des tournées d'inspection ?

— Vous vous demandez pourquoi je n'ai pas été promue lieutenant malgré toutes mes années d'ancienneté, c'est ça ?

— Une telle pensée ne m'aurait jamais traversé l'esprit. Je suis sacrément content de vous revoir, quel que soit votre grade.

Elle lâcha ses mains et l'étreignit.

— Moins que moi de faire équipe avec vous.

Dans la hutte de stockage du matériel, Forster fit servir un de ces excellents dîners qui contribuaient à rendre supportable leur existence dans cette grotte. Sparta s'assit entre le professeur et Tony Groves, et elle apprit sur le navigateur bien plus de choses qu'il n'aurait pu s'en douter car, comme à son habitude, c'était lui qui posait les questions. Alors qu'elle lui racontait la version officielle des exploits d'Ellen Troy, « dus à sa chance insolente », elle utilisa la fonction zoom de sa vision et celle d'analyse des timbres de voix de son ouïe pour obtenir confirmation de son impatience et de son audace. Mais ce fut surtout son odeur agréable qui l'incita à lui accorder sa confiance.

Il y avait un autre nouveau visage à la table. Celui du pauvre Bill Hawkins qui restait assis à broyer du noir et devait visiblement faire des efforts pour se montrer simplement courtois. Il se déclara ravi de la rencontrer, mais tout indiquait que son esprit était ailleurs. Lorsqu'il se retira pour aller se coucher, Groves se pencha vers Sparta afin de lui dire à voix basse ce qu'elle suspectait déjà :

— Déception sentimentale. Son amie l'a plaqué pour un autre type. Il en était fou, et c'est compréhensible. Elle est très belle. Et très intelligente, d'après ce qu'il dit.

— Nous la lui ferons oublier sous peu, grommela J.Q.R. Forster. Maintenant que l'inspecteur est parmi nous, nous n'avons plus aucune raison de retarder notre départ.

Blake partagea avec Sparta sa hutte obscure et chaude et son lit étroit.

— Pense que dans vingt-quatre heures un torrent de feu se déversera dans cette caverne... si ce n'est pas avant, murmura-t-elle.

Elle étouffa le rire de Blake sous sa bouche.

Ils cherchèrent une position plus confortable.

— Une seule chose, fit-elle en hésitant. Certaines parties de mon corps sont très sensibles, alors fais attention.

— Je te ménagerai, rassure-toi.

— Je ne plaisante pas. Ici et là...

Elle lui désigna les points où les chirurgiens avaient procédé à des interventions.

— Hum ! As-tu l'intention de me fournir des explications ou devrai-je me contenter de te croire sur parole ?

— Je te dirai tout. Mais patience...

Beaucoup plus tard, Blake s'assit sur son lit pour la contempler sous la lumière de l'unique lampe torche, réglée au minimum de son intensité. Sparta était nue et offrait à son regard ses membres fuselés et ses petits seins, mais sous cette clarté réduite rien n'indiquait que son corps avait des caractéristiques autres qu'humaines.

Elle l'observait elle aussi, dans le spectre des infrarouges. L'image qu'elle recevait était bien plus lumineuse. Elle voyait la chaleur irradiée par le sang courir dans ses veines et se diffuser lentement dans sa chair.

— Tu n'as pas sommeil ? lui demanda-t-elle.

— Non. Et toi ?

Elle secoua la tête.

— Tu voulais des explications. C'est une longue histoirc. Tu en connais déjà certains passages, mais pas dans leur ordre chronologique.

— Raconte-moi tout. Dans l'ordre qui te plaira.

A l'extrémité opposée de la caverne de glace Bill Hawkins fixait les ténèbres, allongé sur son lit. En apprenant l'imminence de l'arrivée de l'inspecteur Troy, et en conséquence du lancement du *Ventris*, Forster l'avait enfin soustrait au feu des projecteurs pour lui permettre de rejoindre les autres membres de l'expédition dans leur cachette. il s'en félicitait. Il souffrait un peu moins depuis son départ de l'*Interplanétaire*, où tout était, pour lui, évocateur de pénibles souvenirs.

Il se rappelait sans cesse les quelques heures vécues avec Marianne et se jugeait avec sévérité. Il avait eu un comportement lamentable.

La situation avait commencé à se dégrader sitôt après qu'il avait couché avec elle. Ils avaient rendez-vous dans un petit restaurant de la place où elle arriva, le sourire aux lèvres et les yeux pétillants de bonheur. Elle revenait de l'agence de voyages et elle lui annonça qu'elle avait annulé la suite de son Grand Circuit. La réaction de Hawkins changea sa joie en colère. Que diable comptait-elle faire ici sans lui ? Elle trouverait bien de quoi s'occuper en attendant son retour d'Amalthée. Il lui infligea alors un long sermon sur la nécessité d'étendre ses connaissances sur le système solaire, etc. Elle lui lança à la figure ses propres déclarations. Ne lui avait-il pas dit que deux semaines ne suffisaient pas pour découvrir tous les attraits de Ganymède ? Il eut la sagesse de ne pas insister, mais elle avait eu le temps de l'accuser de lui parler comme sa *mère*, bon Dieu !...

Et ce n'était qu'un début. Il s'empêtrait dans des considérations d'ordre moral chaque fois qu'il lui fallait décider de reprendre ou non quelqu'un qui exprimait des idées reçues inexactes — Vénus avait-elle été autrefois une comète ? Etait-il vrai que d'anciens astronautes extraterrestres avaient tracé des routes dans les déserts du Pérou ? — et un « démon de la perversité » l'empêchait de se taire sitôt que Marianne commettait de telles erreurs, même lorsqu'elles étaient moins grossières. La jeune femme le supporta avec une patience digne d'éloges, consciente qu'elle était de grappiller ici et là quelques bribes de connaissance.

Mais son amour-propre la poussa tout de même à lui tenir tête. Et, par malheur pour lui, ce fut au sujet des théories de sir Randolph Mays qu'elle refusa de céder. Quelque chose en cet homme la plongeait en extase — peut-être la liste impressionnante des faits qu'il citait à l'appui de ses dires, son érudition extraordinaire, comme s'il avait lu cinq fois plus de livres que n'importe qui... Hawkins défendait alors le rationalisme avec emportement... sans doute parce que les exemples cités par Mays ne prêtaient pas par eux-mêmes à controverse. C'était la façon dont il les présentait et les assemblait qui s'avérait sujette à caution...

Plus Marianne soutenait Mays, plus Hawkins le prenait à partie. Il avait remporté toutes leurs joutes verbales, certes, mais quand il y réfléchissait l'intervention de cet homme dans leurs débats lui semblait rétrospectivement inévitable.

Il devait se l'avouer : il avait réussi à faire taire Marianne, au-delà de toute espérance.

11

Un dôme démesuré en forme de stupa surplombait la plaine de glace striée qu'on pouvait découvrir par ses grandes baies de verre fumé incurvées. Par l'une d'elles, Randolph Mays regardait un buggy lunaire progresser en cahotant à l'extérieur.

Il restait à l'écart de la foule des journalistes qui s'étaient réunis en ce lieu dans l'espoir d'arracher quelques informations à l'inspecteur Ellen Troy et au professeur J.Q.R. Forster. La nouvelle assistante du professeur Mays tendait le cou afin de voir la porte, pour l'instant close, qu'emprunteraient les proies des médias.

— Ne devrions-nous pas nous rapprocher ? demanda Marianne. Ils vont arriver d'une minute à l'autre.

— Nous sommes à la meilleure place, répliqua Mays.

Il avait parlé dans le micro qui le reliait au récepteur inséré dans l'oreille de la jeune femme. Quand viendrait le moment de prendre des images et de poser des questions, sa haute taille et sa voix au timbre caractéristique lui éviteraient de devoir se mêler à la cohue.

— Je ne vois pas l'estrade, se plaignit Marianne.

— Moi si, rétorqua-t-il.

Ce qui mit un terme à ces jérémiades.

Il n'était pas utile que son assistante fût mieux placée pour faire ce qu'il attendait d'elle. Il avait estimé qu'elle pourrait l'aider et décidé de fermer les yeux sur son incompétence dans certains domaines s'il obtenait sa coopération totale en d'autres. Et l'efficacité de Marianne le surprenait. Elle se chargeait d'organiser leurs déplacements et leurs rendez-vous d'une voix à la fois autoritaire et enjôleuse en utilisant le téléphone comme si cet appareil était une extension de sa personne. Elle ne renâclait même pas à porter ses bagages. Elle avait même pensé à fourrer dans sa vieille sacoche de cuir ses enregistreurs et une bonne réserve de puces, ainsi que le calepin qui lui servait à l'occasion de pense-bête.

Mays avait décidé de séduire Marianne et il eût probablement remercié Bill Hawkins qui lui avait facilité la tâche, s'il n'avait pas été le genre d'homme qui n'adresse des remerciements à ses bienfaiteurs que contraint et forcé.

— Ils arrivent, Randolph, dit-elle.

Les journalistes sifflèrent et se bousculèrent. Elle lui tendit sa caméra et un microphone.

Mays enfila l'équipement et cadra rapidement la porte pour enregistrer son ouverture. Forster entra le premier avec, sur ses talons, le reste de son équipe. La dernière venue était l'inspecteur Ellen Troy, très élégante dans son uniforme bleu du Bureau spatial. Surexcitée, Marianne se tenait près de Mays et suivait la scène sur le moniteur de contrôle auxiliaire.

— Bonjour, mesdames et messieurs, commença le professeur. J'aimerais...

— Pourquoi avez-vous fui les médias ?

— Qu'avez-vous à cacher ?

— Troy ! Inspecteur Troy ? Est-il exact que...

— ... que vous avez passé l'année écoulée dans un asile psychiatrique ?

— ... que vous avez essayé de tuer Howard Falcon et de saboter la mission *Kon-Tiki* ?

Forster ferma la bouche et le claquement de ses lèvres fut presque audible. Il rentra le menton et fronça ses sourcils poivre et sel pour fixer l'assistance d'un air menaçant. Finalement, la cacophonie diminua et il se racla la gorge.

— Je vais vous lire une brève déclaration. Vous pourrez ensuite nous poser vos questions.

Il y eut de nouveaux cris mais la plupart des journalistes comprirent que le professeur ne céderait pas et firent taire leurs collègues.

— S'il dit quoi que ce soit ayant le moindre *intérêt*, réveillez-moi pour que je l'enregistre, marmonna Mays.

— Merci, dit Forster dans un silence tendu. Permettez-moi tout d'abord de vous présenter les membres de l'expédition Amalthée. L'équipage de notre vaisseau, le *Michaël Ventris* : Josepha Walsh, pilote, Angus McNeil, ingénieur, et Anthony Groves, navigateur. M'assisteront pour les opérations qui se dérouleront à la surface de cette lune le Dr William Hawkins et Mr Blake Redfield. L'inspecteur Ellen Troy représente quant à elle le Bureau du Contrôle spatial.

— Pas uniquement, je parie, grommela Mays.

— Nous avons deux objectifs, continuait Forster. Nous souhaitons déterminer la structure géologique d'Amalthée et, plus particulièrement, résoudre l'énigme posée par les anomalies de ses émissions de radiations. Pendant plus d'un siècle — jusqu'à l'année dernière et à l'expédition *Kon-Tiki* — les scientifiques ont constaté que cette lune irradiait plus d'énergie qu'elle n'en recevait directement du soleil et, par réflexion, de Jupiter. Presque toute la chaleur excédentaire pouvait être attribuée aux ceintures ionisantes de la planète géante... mais j'ai dit *presque*. Nous nous sommes fixé pour but de découvrir d'où provient le reste.

— Surtout depuis qu'on a monté le chauffage, commenta Mays.

— La question se pose avec plus d'acuité à présent qu'Amalthée connaît une phase d'activité géologique intense. L'énergie diffusée est désormais bien plus importante que celle reçue. D'où provient la chaleur qui a provoqué l'apparition de ces geysers qui lui font perdre près d'un pour cent de sa masse toutes les vingt-quatre heures... soit après deux révolutions autour de son primaire ?

— Oh ! je brûle d'impatience de l'apprendre ! fit Mays *sotto voce*.

— Et nous espérons aussi établir les rapports qui peuvent exister entre ces phénomènes et les habitants des nuages de Jupiter, ces créatures que nous appelons des méduses. Vous pouvez poser vos questions, lança-t-il aux journalistes, morts d'ennui.

— Troy ! Où avez-vous passé l'année qui vient de s'écouler ?

— Est-il exact que vous étiez dans un asile d'aliénés ?

Elle adressa un coup d'œil à Forster, qui hocha la tête. Il savait ce qui intéressait le plus les médias.

— J'ai procédé à une enquête dont je ne suis pas autorisée à révéler la nature, répondit-elle.

— Oh ! allons..., gémit l'homme qui avait posé la dernière question. Ça ne...

Mais sa voix fut couverte par les cris de ses collègues.

— Et les extraterrestres, professeur ? N'allez-vous pas sur Amalthée dans l'espoir de trouver des représentants de la Culture X ? Vous et Troy, vous êtes nos ambassadeurs auprès de ces êtres, c'est ça ?

Une voix perçante se détacha du brouhaha :

— Vous prétendez que votre expédition est *scientifique*, mais sir Randolph Mays affirme que vous êtes un prophète du Libre Esprit. Qu'avez-vous à répondre ? demanda une femme.

— Etes-vous certaine de citer correctement ses propos ? Pourquoi ne pas lui en demander confirmation ? Il est ici, au dernier rang.

Toute la meute se tourna vers Mays, qui marmonna :

— Qu'est-ce que c'est que *ça* ?

Sans cesser pour autant de filmer la scène avec sa caméra photogrammique.

— Tenez-vous prête, dit-il à Marianne. Nous allons devoir lancer un pavé dans la mare plus tôt que prévu.

— Eh bien, sir Randolph ? insista la femme. Ne pensez-vous pas que Forster fasse partie de cette secte ?

Mays gardait sa caméra braquée sur les journalistes et, derrière eux, sur l'équipage du *Michaël Ventris* qui attendait, visiblement mal à l'aise.

— Je n'ai jamais déclaré que vous participiez à ce complot, professeur, répondit-il avec un sourire qui révélait toutes ses dents. Seulement que vous disposiez d'une information connue du Libre Esprit et inconnue de nous tous. Révélez-nous la véritable raison de cette expédition sur Amalthée. Expliquez-nous pourquoi vous vous êtes procuré une taupe des glaces. Dites-nous à quoi doit vous servir un sous-marin Europan.

— Une taupe des glaces !

— Un sous-marin !

— Quelle sera l'utilité de ce matériel, professeur ?

— En ce qui concerne le Libre Esprit, sir Randolph, je précise que je ne sais absolument rien.

Le sourire de Forster était aussi menaçant que celui de Mays. On aurait dit deux babouins se disputant le statut de mâle dominant.

— Quant à Amalthée, je crains que vous n'ayez pas prêté attention à ce que je viens de dire. Cette lune expulse dans l'espace la matière qui la compose, par d'énormes jets de vapeur. Il en découle qu'elle est principalement constituée d'eau sous forme solide, ce qui rend l'utilité d'une taupe des glaces évidente, et sous forme liquide... un milieu pour lequel les sous-marins Europan ont été conçus.

Josepha Walsh se pencha pour lui tapoter l'épaule.

Il s'interrompit afin d'écouter ce qu'elle avait à lui dire puis se tourna de nouveau vers la salle.

— On m'informe que le compte à rebours de notre lancement a déjà débuté, déclara-t-il avec malice et amusement. Je me vois malheureusement contraint de clore plus tôt que prévu cette conférence de presse. Je vous remercie tous pour votre attention.

Les cris de rage des journalistes frustrés étaient assez menaçants pour justifier l'intervention des services de sécurité. Des gardes vinrent s'interposer afin de protéger Forster et les membres de son équipe qui se retiraient. Seuls le Pr Forster et Sparta avaient adressé la parole aux représentants des médias.

— Ils ne vont rien ajouter ? se plaignit Marianne.

Elle était déçue. Aucune réponse n'avait été donnée aux milliers de questions qu'elle se posait.

Mays retira son communicateur.

— Il s'est fichu de moi.

Il gardait les yeux rivés sur un point situé au-dessus de ses collègues, comme perdu dans ses pensées. Finalement, il baissa les yeux sur son assistante.

— Nous n'en sommes qu'au *début* de notre reportage sur cette expédition. Pour mener à bien la tâche que nous nous sommes fixée nous devrons faire preuve d'imagination... et d'*audace*. Etes-vous toujours prête à me suivre, Marianne ?

Les yeux de la jeune femme brillaient. Son dévouement à leur cause ne faisait aucun doute.

— Je serai à vos côtés où que vous alliez, Randolph.

TROISIÈME PARTIE

LA MANTE,
LA CAPSULE,
ET LA VIEILLE TAUPE

12

Tous les membres de l'expédition qui n'étaient pas de permanence se réunirent dans le carré des officiers du *Michaël Ventris* pour suivre leur approche finale sur les vidéoplaques. Amalthée apparut tout d'abord comme une petite lune gibbeuse en suspension dans l'espace, son secteur nocturne faiblement éclairé par le reflet de la splendeur de Jupiter.

La planète géante envahissait l'écran. Elle finit par occuper la totalité du ciel, en rotation au-dessus d'eux à une vitesse folle pendant que le vaisseau se plaçait sur la même orbite que leur cible en déplacement rapide. Ce qui avait été un bloc de roche sombre de deux cent soixante-dix kilomètres tacheté de poches neigeuses s'était réduit à une ellipse de glace polie, aux formes abstraites comme une sculpture de Brancusi, et à l'axe longitudinal dirigé vers les nuages grumeleux orangés et jaunâtres de son primaire.

Même s'ils n'avaient pas eu à leur disposition tous les systèmes optiques du bord, ils auraient pu voir à l'œil nu les centaines de panaches de vapeur qui s'élevaient de la surface de glace sculptée, tant ils étaient proches des geysers de ce parc de Yellowstone céleste. Au lieu de retomber vers le sol, l'eau gazeuse dessinait une courbe gracieuse qui allait se perdre dans l'espace, où elle se dissipait. Les voiles de brume féeriques donnaient l'impression qu'une douce brise caressait Amalthée... même s'il ne pouvait y avoir le moindre souffle de vent dans le vide.

Si loin de Jupiter — qui malgré ses dimensions imposantes se situait à près de cent dix mille kilomètres de distance — la seule « atmosphère » était le flux de particules de ses ceintures. Comme la queue d'une comète sous l'effet du soleil, les gaz ténus d'Amalthée s'embrasaient et étaient chassés du côté opposé.

Ce fut dans ce sillage brumeux que Josepha Walsh fit plonger le *Ventris*... l'unique emplacement du secteur de l'espace proche de Jupiter à l'abri de ses radiations mortelles. C'était là qu'un an plus tôt le *Garuda* était resté parqué pendant qu'Howard Falcon piquait au sein des nuages joviens à bord de l'aérostat *Kon-Tiki*. La mission des membres de l'équipage du *Garuda* avait été d'une extrême simplicité, comparée à la leur : ils devaient attendre quelques jours le retour de Falcon, alors que l'expédition Forster n'était pas limitée dans le temps et que son objectif changeait de minute en minute.

Jo Walsh manœuvra afin de se rapprocher le plus possible d'Amalthée, sans toutefois la toucher. Finalement, Jupiter disparut des écrans. La planète géante venait de passer sous l'horizon proche et fortement incurvé de sa lune. Quelques minutes plus tard, le *Michaël Ventris* était si près de son but qu'un petit bond eût suffi pour sauter du sas principal dans les brumes qui le nimbaient.

Bien avant l'immobilisation du vaisseau, les observateurs réunis dans le carré remarquèrent d'étranges marques circulaires noires à la surface d'Amalthée. Ce fut Hawkins qui posa la question que tous avaient à l'esprit :

— Qu'est-ce que c'est ? Des cratères ?

Groves et McNeil vinrent rejoindre Blake, Bill et le professeur. Tous étaient là, à l'exception de Walsh qui n'avait pas terminé les manœuvres, et de Sparta qui s'était séparée de leur groupe avant leur appareillage de Ganymède.

Sur l'écran principal, l'enregistrement de leur approche repassait au ralenti. En trois points de la face visible de cette lune, sous la brume ténue, apparaissaient de grands cercles aux contours nettement délimités — des lignes noires concentriques, comme tracées à l'encre de Chine avec une plume très fine sur du vélin blanc —, des ronds dans d'autres ronds, espacés avec trop de précision et de régularité pour que ce pût être le résultat du hasard.

— Professeur, étiez-vous au courant ?

— Disons que ce n'est pas, pour moi, une surprise.

On pouvait lire une certaine suffisance sur le visage aux traits juvéniles et aux yeux de vieux sage de Forster. Le feu des questions se précipita.

— Le Bureau spatial a pu tenir secrètes la plupart des observations effectuées par sa sonde automatique. La seule bavure, la vue que Mays s'est appropriée, était prise de trop loin pour révéler quoi que ce soit d'important, et les caméras à haute définition n'ont révélé l'existence de ces marques que le mois dernier. Nous sommes les premiers à les voir de près.

Les images continuaient de défiler, sous un angle en modification constante, car la caméra se rapprochait de la surface. Il devint bientôt évident que ces anneaux n'étaient pas creusés dans le sol mais saillaient au contraire. Ils avaient sous les yeux des structures, des motifs délicats de métal ou d'un matériau composite qui surplombaient la glace de quelques mètres.

— Quelqu'un a-t-il des hypothèses à avancer ? demanda Forster.

— Eh bien, monsieur, je proposerais...

— Pas vous, Angus. Vous avez dû deviner au premier coup d'œil. Bill ? Tony ? Des suppositions ?

Groves secoua la tête et sourit.

— Pas la moindre. Même si ça me fait penser à une cible pour fléchettes géantes.

— Un jeu de fléchettes, renifla McNeil. Drôles de fléchettes, oui !

— Bill ? fit le professeur.

Hawkins répondit, maussade et visiblement irrité par ces devinettes :

— Je suis linguiste, pas planétologue.

— Et vous, Blake ?

— N'existait-il pas un rapport avec le faisceau d'ondes radio que les méduses ont dirigé vers Amalthée à l'arrivée de Falcon ? sourit celui-ci.

— Ce serait donc vrai ? s'enquit sèchement Hawkins. Mays l'a affirmé, mais le Bureau spatial n'a ni confirmé ni démenti cette nouvelle.

— C'est la stricte vérité, Bill, lui répondit Forster. Je vous montrerai mes analyses de ce signal. Et je pense que vous devriez arriver à des conclusions identiques aux miennes sur leur signification.

— Qui serait... ?

— Un message qu'on pourrait traduire par : « Ils sont arrivés. » Je crois que les méduses annonçaient la venue de visiteurs dans les nuages de Jupiter.

— Les méduses ! protesta Hawkins. Vous n'allez tout de même pas prétendre qu'elles sont dotées d'une intelligence ? Nous sommes en présence de simples animaux.

— Nous n'avons pas la moindre idée de leur Q.I. Nous ne savons d'ailleurs pas comment calculer un

Q.I. lorsque le sujet est extraterrestre. Mais avec une programmation ou un entraînement approprié, il n'est pas nécessaire de posséder un esprit très développé pour avoir un comportement à première vue complexe. Il suffit pour cela que le sujet reçoive la stimulation qui le déclenche. Je citerai pour exemple les perroquets.

— Si c'est bien un signal qu'ont émis ces méduses, il devait y avoir, sur Amalthée, des récepteurs pour le capter, dit Blake.

— Des antennes *radio* ? fit Hawkins, incrédule.

— C'est mon hypothèse, confirma le professeur.

Angus McNeil hocha la tête.

— J'y souscris. Conçues pour les ondes métriques, comme celles vues sur les méduses. Ce qui m'étonne, c'est que nous soyons les premiers à les remarquer.

— Il y a seulement un an — jusqu'à l'apparition des geysers — Amalthée était recouverte d'une couche de poussière d'un noir rougeâtre, répondit Forster. La couleur d'une matière carbonifère riche en substances organiques et, par ailleurs, le camouflage idéal pour ces structures artificielles.

— Vous croyez qu'elles auraient été dissimulées à dessein ? demanda Tony Groves, sceptique.

— Je ne sais pas. Les particules dues aux collisions avec des météorites ont pu s'accumuler au fil des millénaires, déclara le professeur avant de se tourner vers Blake. Eh bien, qu'en pensez-vous ?

— Ce qui semble irrationnel à l'homme peut être d'une logique irréfutable pour des extraterrestres. Mais pourquoi auraient-ils caché des antennes qui devaient servir à alerter une... *présence*, que Jupiter recevait des visiteurs ? Etait-il important que ces derniers voient ces installations et décident d'effectuer un détour par ici avant de se diriger vers la planète géante ?

— Oui, si la *présence* en question — pour vous citer — ne souhaitait pas être découverte par hasard.

— Ce qui signifie ? grommela Hawkins.

— Il y a un an, et bien que les hommes aient envoyé plus de trois cents sondes automatiques vers ce monde depuis un siècle, nous ignorions que des méduses géantes vivaient dans l'atmosphère jovienne. Tant que nous ne serons pas retournés là-bas pour en interroger une, nous ne saurons rien sur leur degré d'intelligence... et la nature de cette dernière si elle existe. Il se peut que la *présence* précitée ne souhaite pas être importunée par des robots. Ni par des perroquets bien dressés. Peut-être ne veut-elle pas établir un dialogue avec des entités qui découvriraient par hasard leur signe ou leur marque sur Amalthée. Il n'est pas à exclure qu'elle n'accepte d'entrer en contact qu'avec des initiés.

— Ceux qui ont trouvé et déchiffré la plaque martienne ? s'enquit Hawkins, avant d'ajouter avec dégoût : Des gens comme vous ?

Forster lui adressa un sourire qui manquait de franchise.

— Cette plaque... ou son équivalent.

— A en croire cet insupportable prétentieux qu'est sir Randolph Mays, le Libre Esprit aurait préservé depuis l'antiquité un tel *équivalent*. Les prophètes appellent ça la *Connaissance*.

— Je n'appartiens pas au Libre Esprit, Bill, et je ne lui suis associé ni de près ni de loin, malgré ce qu'insinue cet homme.

Ce fut Blake qui rompit le silence :

— A notre tour de vous poser une colle, professeur. Qu'allons-nous chercher, là en bas ?

Forster prit le temps d'arracher un poil follet de ses épais sourcils avant de lâcher :

— Excellente question ! Trouver une réponse représente l'essentiel de notre tâche. J'ai échafaudé plusieurs hypothèses mais je n'ai aucune certitude. Je ne sais rien de plus que vous, ajouta-t-il en inclinant la tête vers Bill Hawkins. Voilà pourquoi nous débuterons par une observation orbitale rapprochée.

Ils volaient dans un paysage nuageux fantastique, une couronne de gaz qui ceignait la surface de la lune comme des cheveux électrisés. Le *Ventris* ne se prenait pas dans ces tresses évanescentes, il les fendait sans y engendrer le moindre tourbillon. Seule la cage supraconductrice de son bouclier antiradiations imprimait aux particules un mouvement circulaire d'une précision mathématique.

Ils atteignirent « l'avant » de la lune, dépouillé de ses gaz par le souffle de la planète géante, et y découvrirent un sol d'une blancheur aveuglante, apparemment aussi lisse et dur qu'une boule de billard, et qui brouillait les signaux radar qui s'y réfléchissaient. Ils relevèrent l'emplacement des geysers et constatèrent que, s'ils n'étaient pas absolument équidistants, ils occupaient les points de jonction d'une grille imaginaire régulière, couvrant la surface ellipsoïdale de cette lune. Ils répertorièrent six de ces « jeux de fléchettes » géants, aux pôles de l'axe longitudinal et à égale distance sur le pourtour de l'équateur.

Dès qu'ils furent de retour dans la zone de protection offerte par l'ombre d'Amalthée, Tony Groves — le responsable du relevé cartographique — résuma en peu de mots les résultats qu'ils venaient d'obtenir :

— Mes amis, il n'y a absolument rien de naturel sur cette prétendue lune.

La première équipe d'exploration — composée de Blake, Angus McNeil et Bill Hawkins — effectua une sortie douze heures plus tard. Entre-temps, Amalthée et le *Michaël Ventris*, son parasite qui n'était proportionnellement pas plus gros qu'une puce, avaient fait un tour complet de Jupiter et retrouvé, par rapport à cette planète et aux lunes galiléennes, une position presque identique à celle qu'ils avaient occupée à l'arrivée du vaisseau.

L'écoutille s'ouvrit sur les trois explorateurs qui sortirent dans l'ombre d'Amalthée, au centre du cercle de clarté jaunâtre d'un projecteur braqué sur eux depuis le sas. McNeil avait effectué d'innombrables sorties de ce genre sur des centaines d'astéroïdes et de lunes, même s'il ne lui était jamais arrivé de le faire au sein de cette sorte de brouillard blanc, à la fois lumineux et opaque, bien plus ténu, diaphane, difficile à troubler que de la vapeur.

On ne pouvait tourmenter cette brume ou y créer des remous d'un geste brusque des bras ou des mains. Elle n'avait pas plus de substance que la clarté diffuse qui nimbait l'univers à ses débuts, à l'ère du photon.

Lorsque Forster avait donné la liste des participants à cette sortie, McNeil s'était permis de murmurer à Tony Groves qu'Hawkins manquait d'expérience pour se livrer à de telles activités extravéhiculaires. Mais le professeur avait fait clairement comprendre à tous qu'il ne reviendrait pas sur sa décision.

Blake n'était pas, lui non plus, un vétéran. Dire qu'il possédait une connaissance *éclectique* de l'espace eût été un euphémisme. Il avait fait des bonds sur la lune terrestre et essayé les combinaisons pressurisées martiennes mais, à l'exception d'une brève aventure près de Phobos, les sorties en scaphandre étaient une nouveauté pour lui.

McNeil devrait donc veiller sur eux. En trente années vécues ailleurs que sur le plancher des planètes il avait dû affronter et régler seul la plupart des urgences.

Ils atteignirent la surface et foulèrent une écume de glace pure sculptée et façonnée par des phénomènes énigmatiques et discrets. Ils évoluaient dans un univers cristallin duveteux comparable à des cristaux de neige... vastes comme des récifs de corail et aussi complexes, mais sans plus de substance qu'un nuage de poudre.

La gravité insignifiante d'Amalthée ne leur permettait pas de marcher. Ils s'étaient encordés, tels des alpinistes, pour se propulser au-dessus de cette plaine par de brèves poussées de leurs modules de manœuvre dorsaux.

La voix de Forster résonna dans leurs scaphcoms, vibrante d'impatience :

— C'est comment, là en bas ?

— J'ai l'impression de me promener sur un sorbet, répondit Blake.

— Vues de près, ces structures sont extraordinaires, précisa Hawkins. Récursives à l'infini, sans doute jusqu'à la molécule.

— Qu'est-ce qu'il raconte ? marmonna McNeil.

Lui et Blake se trouvaient aux deux extrémités de la corde, de façon à pouvoir modérer les élans d'enthousiasme d'Hawkins, qui avait la réputation d'y céder facilement. Ils venaient de le ramener dans l'alignement pour la deuxième fois quand ils entendirent de nouveau la voix de Forster.

— Comment vous sentez-vous, Bill ?

— Certains doivent s'imaginer qu'il est très amusant de se promener en scaphandre sur une planète privée d'air et de gravité, mais je peux vous affirmer qu'ils se trompent.

— Vous vous sentez nerveux ? grommela McNeil.

— A cause de toutes ces précautions, surtout...

— Chassez de votre esprit ce qui est secondaire. Savez-vous où vous êtes ?

— Est-ce bien utile, dès l'instant où je ne risque pas de me détacher de ce fichu cordon ombilical ? !

— Avez-vous assez d'air ?

— Evidemment...

— Alors, n'oubliez pas de respirer !

Ils progressèrent en silence pendant cinq minutes, jusqu'à deux cent cinquante mètres de leur objectif : un des groupes de cercles noirs concentriques, repérés depuis l'espace et dont ils discernaient à présent les contours indistincts au sein de la brume.

— C'est peut-être un relais amplificateur, suggéra McNeil. Il se peut que certaines de ces antennes soient braquées vers l'étoile d'origine de ceux qui les ont construites.

— Pourquoi y en aurait-il six, en ce cas ? rétorqua Hawkins. Même avec celle pointée en direction de Jupiter, il y en aurait quatre de trop.

— Vous oubliez la rotation, fit remarquer Blake.

— L'attraction du primaire a dû stabiliser très rapidement Amalthée, protesta Hawkins. Elle doit avoir son orientation actuelle depuis un milliard d'années.

— Vous oubliez ses révolutions autour de Jupiter.

— Exact ! confirma McNeil. Six émetteurs permettent de couvrir en permanence la totalité du ciel.

— Quelle que soit l'utilité de ces machins, ce ne sont pas des illusions d'optique, conclut Hawkins.

Les trois hommes en scaphandre rebondirent et s'arrêtèrent dans une bousculade, comme les spires de ces ressorts auxquels on fait dévaler les escaliers. La chose se dressait devant eux hors de la brume blanche, noire et arachnéenne, parée d'incrustations de glace hérissées de tous côtés.

Son origine artificielle était indéniable — il s'agissait probablement d'une antenne radio — mais ses détails laissaient les observateurs humains perplexes. Plutôt que sur une lune, ils se seraient crus au fond d'un océan.

Une heure s'écoula. Blake gaspilla son énergie à tenter de détacher un éclat de la structure. En vain. Le matériau n'était pas rouillé. Ce n'était donc pas du fer ou un autre métal sensible à la corrosion. Ils étaient en présence d'une matière plastique noire indestructible. Il ne découvrit pas la moindre fissure où glisser la lame d'un couteau. Il ne pouvait rien dévisser ou arracher, car il n'y avait ni vis ni boulons, et pas davantage de rivets. Quant à la base, elle devait être enfouie sous plusieurs mètres de glace.

La vaste installation circulaire formait un treillis concave peu profond de plus d'un kilomètre de diamètre, une parabole avec un mât en son centre. Angus McNeil fit remarquer que ce dernier n'avait pas une forme appropriée pour capter des ondes électromagnétiques.

— Je veux bien que ce soit une antenne, mais elle manquerait singulièrement de rendement, dit-il. Je ne peux croire que des extraterrestres, assez évolués pour venir installer un poste d'écoute en ces lieux, n'aient pas été capables de concevoir un récepteur ou un émetteur digne de ce nom.

— Ce n'est peut-être pas un relais chargé de retransmettre des signaux vers leur étoile d'origine, avança Blake. Il est possible qu'Amalthée abrite une banque de données où sont enregistrées des informations devant être récoltées par la suite.

— Mais vous êtes bien d'accord, ces installations ont dû rester enfouies sous les glaces un milliard d'années ? intervint Hawkins.

En examinant l'énorme construction qui s'étendait devant eux, telle une toile d'araignée tendue dans la brume, il leur était difficile de se souvenir que les cristaux de glace fragile qui l'auréolaient étaient d'apparition récente, que peu de temps auparavant ce lieu avait été enfoui sous une épaisse couche de poussière.

— Vous voulez dire que sa forme aurait été calculée en fonction de la vitesse de propagation des ondes dans un tel milieu ?

L'intonation de McNeil en disait long sur ce qu'il gardait pour lui : soit vous ignorez tout des lois de la physique, docteur Hawkins, soit vous êtes moins bête que vous n'en avez l'air.

— Aurais-je dit une chose pareille ? demanda Hawkins.

McNeil opta pour la première possibilité.

— L'eau limite la propagation des ondes radio, grommela-t-il.

— Tout ceci n'était pas enfoui profondément sous la glace, fit remarquer Blake. Seulement de quelques mètres.

— C'est une hypothèse, concéda McNeil. Je ferai les calculs.

— Cependant... si nous partons du principe que ce sont bien des antennes, où est leur source d'énergie ? ajouta Hawkins qui prenait un malin plaisir à se faire l'avocat du diable.

— Si j'étais chargé de concevoir un tel émetteur, je le doterais d'une alimentation indépendante, de batteries et de condensateurs supraconducteurs, déclara McNeil. Une mesure du champ et nous serons fixés. Et si l'énergie vous intéresse, pensez à celle nécessaire à ces geysers.

— Elle ne provient pas forcément d'Amalthée, intervint Blake.

— Que voulez-vous dire ?

La question avait été posée par le Pr Forster, dont la voix venait de résonner dans leurs casques.

— Il y a seulement un an, cette lune était un corps céleste solide. En admettant que sa cohésion ait été maintenue artificiellement, le signal des méduses a pu arrêter le dispositif qui permettait d'obtenir ce résultat. Les phénomènes actuels seraient alors dus à l'influence de Jupiter, la chaleur serait engendrée par la planète géante.

— Comme pour les volcans d'Europe.

— Oui, professeur. Si Amalthée se compose principalement d'eau, les phénomènes de dilatation et de contraction pendant qu'elle tourne autour de son primaire devraient suffire à la porter à ébullition, dès l'instant où rien ne vient contrer ces effets.

— Ce qui revient à dire que nous ne savons toujours pas vers quoi orienter nos recherches, marmonna Angus McNeil.

Plus tard, pendant « la nuit » à bord du *Ventris*, McNeil fit apparaître les résultats de ses mesures et calculs sur l'afficheur graphique. Les structures circulaires avaient bel et bien la géométrie requise pour faire office d'antennes sous une couche de glace de faible épaisseur.

Ils étaient censés consacrer ces heures au repos mais aucun n'aurait pu trouver le sommeil après une journée aussi fertile en événements. Blake dîna avec les autres dans le carré, puis les laissa débattre des mystères posés par les émetteurs pour retourner dans le petit laboratoire du vaisseau.

Il avait utilisé une sonde laser et un piège à ions pour obtenir des échantillons moléculaires de la structure extraterrestre, et il consacra la soirée à essayer de déterminer leur composition. Le spectromètre ne lui fut guère utile. Rien d'inconnu n'apparaissait dans les pics et les vallées du spectre — quelques métaux communs, du carbone, de l'oxygène, de l'azote et d'autres éléments légers — dont même les proportions n'avaient pas de quoi surprendre. Ce qui apportait à cette construction une solidité et une longévité exceptionnelles devait être sa structure cristalline... dans laquelle le laser avait semé le chaos.

Il renonça et s'intéressa ensuite aux carottes de glace qu'ils avaient prélevées. Elles étaient plus... suggestives.

Il scrutait les cadrans en secouant la tête quand il prit conscience que Forster l'observait depuis le seuil de la petite pièce encombrée.

— Bonsoir, lui dit Blake. Etes-vous venu me voir apprendre la chimie ?

— Que faites-vous ?

— Je pourrais vous dresser une longue liste d'expériences qui n'ont rien donné, professeur. Structure et composition de la glace. Son âge, que j'ai essayé de déterminer sur les divers échantillons prélevés aujourd'hui, sans y parvenir.

La surface d'Amalthée se sublimait dans l'espace et mettait constamment à nu de nouvelles strates. Toutes avaient été bombardées par les particules de la ceinture de radiations de Jupiter et des rayons solaires et cosmiques. En mesurant le pourcentage d'isotopes dans la glace récente, il était théoriquement possible de calculer depuis combien de temps les autres couches avaient cessé d'en recevoir.

— Quel est le problème ?

— Les résultats sont aberrants. Des échantillons voisins fournissent des valeurs qui diffèrent de cinq ou six ordres de grandeur.

— Avez-vous calibré les instruments ?

— Oui, professeur. Il n'est toutefois pas à exclure que j'aie mal interprété les instructions des manuels... s'ils ont été traduits de l'esquimau ou du finno-ougrien.

— Pourquoi mettez-vous ces valeurs en doute ? Une carotte ne peut-elle être ancienne et l'autre récente ?

— Je ne parle pas d'ancien et de récent, professeur, mais de récent et d'extrêmement récent. La plupart des échantillons auraient un milliard d'années alors que ceux prélevés sur Ganymède, Callisto ou Europe sont quatre fois et demie plus vieux.

— Ce qui laisserait supposer qu'Amalthée n'a pas la même origine que les autres lunes joviennes, répondit Forster d'une voix à la fois bourrue et amusée. Elle a pu se retrouver capturée dans son orbite par la suite.

— Autrement dit, elle ne viendrait pas du système solaire. *Ecoutez ça!* Voilà que je parle comme cette grande gueule de sir Randolph.

— Et le reste ?

— Entre un et dix milliers d'années.

— Indiscutablement moins vieux que le système solaire, commenta le professeur qui arborait à présent un large sourire.

— Eh bien, si vous étiez un créationiste...

— Où avez-vous effectué ces prélèvements ?

— Au pied de l'antenne extraterrestre.

— Voilà un excellent emplacement où entamer nos recherches, dit Forster avant de soupirer. Dommage que Troy ne soit pas parmi nous. Les enseignements de son culte pourraient nous être utiles.

— Elle n'apprécierait guère de vous entendre dire que le Libre Esprit est *son* culte.

— La Salamandre, alors, ou ce que vous voudrez. Le Pr Nagy a bien essayé d'éclairer ma lanterne mais j'avoue ne pas avoir assimilé toutes ses explications.

— La Connaissance est incomplète, répondit Blake afin de changer de sujet. On n'y trouve aucune référence à Amalthée.

— En ce cas, n'est-il pas étrange que Troy sache plus de choses que n'en révèle cette Connaissance ? Dommage qu'elle ne demeure jamais assez longtemps au même endroit pour pouvoir se rendre utile.

— Elle n'a jamais fait faux bond à ceux qui ont eu besoin d'elle, rétorqua Blake, sur la défensive.

Forster était bien placé pour le savoir.

— C'est exact ! Mais pourquoi est-elle restée sur Ganymède ? Vous a-t-elle parlé de ses intentions ?

— Désolé. Je ne sais rien de plus que vous.

— Hum ! Eh bien, je regrette qu'elle n'ait pas daigné nous en informer. Nous aurions pu écourter d'une ou deux semaines notre séjour dans cette sinistre caverne.

Le professeur reporta son attention sur la table du laboratoire et tapota l'écran du spectromètre laser.

— Qu'avez-vous d'autre à me montrer, mon garçon ?

— Jetez un coup d'œil à la composition de ceci. Regardez les pourcentages.

Blake fit tout d'abord apparaître un grossissement des cristaux de glace puis une analyse chimique des minéraux qu'ils contenaient.

Sans détacher les yeux des images colorées et des graphiques, Forster arbora un sourire joyeux.

— Fichtre, monsieur le sorcier !

— Qu'avez-vous à l'esprit, professeur ? s'enquit Blake en constatant qu'il n'était aucunement surpris.

— A vous l'honneur, jeune homme... A quoi cela vous fait-il penser ?

— La structure cristalline est en soi assez banale. De la glace ordinaire, telle qu'elle se forme sous une pression atmosphérique réduite.

— Il fallait s'y attendre, non ?

— Mouais ! A moins qu'Amalthée ne soit un fragment du noyau d'une lune de glace bien plus grosse.

— Vous y avez songé, n'est-ce pas ?

— J'avoue que cette idée m'a traversé l'esprit. Je doute que ceci se soit solidifié dans le vide. Comment pourrait-on expliquer la présence de ces minéraux dissous... sels, carbonates, phosphates et autres...

Il désigna le graphique affiché sur l'écran.

— Allez-y ! Je vous écoute. Qu'est-ce que ça vous évoque ? lui demanda alors Forster.

— Et si je répondais... de la glace d'eau de mer ?

13

Bien que sa gravité fût très faible, Amalthée attira lentement le *Michaël Ventris* et les trois patins de son train d'atterrissage s'enfoncèrent profondément dans la glace spongieuse. La taupe était suspendue dans la soute, sous la lumière crue des projecteurs. Blake et Forster se glissèrent dans son habitacle et se sanglèrent méthodiquement sur leurs sièges. Le professeur bouillait d'impatience.

— Une sacrée antiquité, murmura Blake qui se familiarisait avec le panneau de contrôle illuminé comme un sapin de Noël.

Il prit son temps pour procéder aux nombreux réglages même si Forster, qui était resté sur les charbons ardents tout au long des préparatifs, n'arrivait qu'à grand-peine à dissimuler sa nervosité.

— C'est vraiment une *vieille* taupe, pas vrai ? fit la voix rauque et joyeuse de Josepha Walsh par le com.

— Mais elle déborde d'énergie, déclara finalement Blake. Les tests démontrent que tout fonctionne. Parés pour le largage.

— Finissons-en ! dit Forster.

Blake se tourna vers le micro.

— Tout est prêt, Jo ?

Elle s'en assura puis répondit :

— Vous avez le feu vert. Vous pouvez y aller.

Blake rabattit la bulle transparente au-dessus de leurs têtes et la verrouilla.

— Confirmation d'une pression atmosphérique normale, aucune fuite à signaler.

— De toute façon, vous ne risquez absolument rien avec vos modules-E, leur rappela Walsh.

Ils portaient un scaphandre léger qui les protégerait d'une éventuelle dépressurisation, et gardaient pour l'instant la visière de leur casque relevée. Cette taupe était d'un modèle trop ancien pour qu'ils puissent y connecter une de ces combinaisons à réalité artificielle qui donnaient au pilote l'impression de faire corps avec sa machine.

— Je ne crains pas une dépressurisation, déclara sèchement Forster.

Blake lui lança un coup d'œil. Peut-être était-ce la sensation d'isolement, l'impression d'être coupé de l'extérieur qui lui tapaient sur les nerfs. Ces préparatifs pouvaient lui rappeler ceux de sa descente à la surface de Vénus, une expédition qui avait failli tourner au drame.

— Je ne vous retarderai plus très longtemps, promit Walsh.

Les portes de la soute s'écartèrent...

... sur des étoiles qui surplombaient une nappe de brume blanche surnaturelle. Ils voyaient à l'horizon le halo rougeoyant de Jupiter dont le disque se dissimulait sous la courbure de la lune.

Leur machine était suspendue à une petite grue électrique dont les gémissements leur parvenaient par le câble qui les hissait hors de la cale. Ces plaintes s'interrompirent et la taupe se balança doucement à l'extérieur de la coque. Ils entendirent les cliquetis des grappins magnétiques, puis du dispositif qui libérait le ressort du système de largage. Ils furent poussés en douceur à l'écart du vaisseau. Presque aérienne, la foreuse entama une lente descente. Elle bascula en avant et plongea dans la brume, tel un ballon d'hélium en partie dégonflé. La chute parut interminable.

A bâbord, les contours de l'énorme antenne extraterrestre se matérialisèrent hors de la nappe d'une blancheur laiteuse. Le *Ventris* avait largué la taupe à proximité de cette structure car les échantillons de glace prélevés en ce point indiquaient que le sol y était beaucoup plus récent que partout ailleurs.

L'impact sur la surface fragile fut presque imperceptible mais des tourbillons de cristaux de glace se formèrent à l'extérieur et grimpèrent à la rencontre de la bulle de l'habitacle.

Au-dessus d'eux, en retrait, à peine visibles à travers le dôme givré, deux silhouettes blanches miroitantes semblables à des anges se découpaient sur la noirceur du ciel : Hawkins et Groves, chargés de surveiller le déroulement du gros câble électrique qui reliait la taupe aux modules d'alimentation auxiliaires du *Ventris*.

— C'est bon, vous pouvez y aller, annonça gaiement Hawkins par son scaphcom.

Il avait perdu sa gaucherie initiale. En fait, après une seule journée d'entraînement en combinaison spatiale, il évoluait dans le vide comme un poisson dans l'eau.

— Nous sommes parés, déclara Blake.

— D'après les indications qui apparaissent sur mon pupitre toutes les liaisons sont bonnes, répondit Walsh depuis la cabine de pilotage.

— Quand vous voudrez, dit Forster d'une voix tendue.

Blake poussa les curseurs des potentiomètres linéaires.

Sous eux, les deux forets entamèrent une valse lente qui devint rapidement endiablée. La taupe disparut dans un nuage de cristaux de glace. Sur une dizaine de mètres le sol était léger et spongieux, puis il y eut une secousse et la machine s'enfonça dans une zone alvéolée. Finalement, les lames de titane aux arêtes en diamant crissèrent au contact d'un secteur plus ancien et plus dur, et entreprirent d'y creuser un puits.

Forster se détendit et poussa un soupir, comme s'il avait retenu son souffle jusqu'à cet instant. Plus ils se rapprochaient du noyau de cette lune, plus sa tension nerveuse devenait évidente. Comme la gravité, son obsession croissait de façon inversement proportionnelle à la distance.

Le grand écran du centre de la console leur fournissait une image tridimensionnelle du sous-sol d'Amalthée. Ils y voyaient leur position et le milieu qu'ils traversaient. Les informations recueillies par les satellites du Bureau spatial en une année d'observations et les résultats des récentes études séismiques du *Ventris* avaient été mis en mémoire dans les circuits de la taupe. Et si cette lune ne leur avait pas déjà réservé bien des surprises, ils auraient été bien étonnés par ce qui apparaissait sur la vidéoplaque...

Pendant plus d'un siècle, depuis qu'Amalthée avait été photographiée pour la première fois à distance rapprochée par la sonde automatique primitive *Voyager I*, tous avaient cru cette lune privée de substances volatiles... une hypothèse étayée par son absence d'atmosphère et d'activité géologique. Elle était très différente d'Io, sa grosse voisine si riche en liquides et en gaz qu'il y avait toujours eu au moins un de ses énormes volcans de soufre en éruption, quelque part sur sa surface, depuis leur découverte par le même *Voyager I*. *Voyager I* avait été le premier observateur de l'humanité à atteindre l'orbite de Jupiter. Ses images avaient révélé que la Terre n'avait pas l'exclusivité de l'activité géologique dans le système solaire.

Presque entièrement constituée de glace, Amalthée n'aurait pu être plus volatile, mais malgré le bombardement constant des ceintures de radiations de Jupiter et l'attraction qu'exerçait sur elle la planète géante — un monde si massif qu'il s'en fallait de peu pour qu'un processus d'ignition spontanée n'en fît une étoile — elle restait gelée, à l'état solide.

Empêcher sa fonte dans un tel environnement réclamait une énergie considérable. Ils avaient fourni aux ordinateurs du *Ventris* toutes les données disponibles et appris que l'écart dans la balance énergétique d'Amalthée n'était pas dû à la consommation de ses émetteurs, mais aux besoins autrement importants de ce qu'ils avaient appelé son « réfrigérateur » faute d'un terme plus approprié.

Un réfrigérateur n'est autre qu'un calorifère qui porte à une température supérieure à celle du milieu ambiant une partie de ce qui doit être refroidi et déplace cette chaleur de sa source vers un radiateur. La poussière rouge sombre qui recouvrait Amalthée jusqu'à une période récente tenait ce rôle, elle dissipait les calories prélevées dans la glace sous-jacente. Un phénomène qui passait inaperçu dans le flux des ceintures de radiations de Jupiter. Pendant plus d'un siècle nul n'avait suspecté que cette petite lune leur apportait sa contribution.

Mais quelle était la source d'énergie ?

Le programme graphique de la Vieille Taupe avait des capacités limitées, et il fallait prendre des mesures pour l'empêcher de présenter comme des certitudes de simples possibilités lorsqu'il traitait les données fournies par ses périphériques. On ne voyait sur la carte que le contour de la sphère à la composition et aux dimensions incertaines qui occupait le noyau de la lune. Depuis sans doute un milliard d'années, c'était certainement de là que provenait l'énergie nécessaire à Amalthée pour rester gelée et donc solide.

La débâcle avait débuté un an plus tôt. Cependant, le phénomène était trop rapide pour que les ceintures de radiations ou l'attraction de Jupiter puissent le justifier à elles seules. Amalthée fondait parce que la diffusion de chaleur de son noyau avait augmenté de plusieurs ordres de grandeur. Le réfrigérateur s'était changé en calorifère.

Cela apparaissait sur la carte séismique visible sur la console. Sous une écorce de glace dont la surface — percée d'évents par où s'échappaient des gaz et de l'eau — se sublimait dans le vide, un manteau liquide épais de trente kilomètres contenait en son centre un cœur solide de composition inconnue et assez chaud pour porter à ébullition tout ce qui l'entourait.

La taupe ne s'en approcherait pas. Elle avait pour unique fonction de forer un puits dans la croûte gelée de cette lune.

La glace fondue et les éclats projetés par les lames tournoyantes s'amalgamaient et s'écoulaient en ruisselets le long de la bulle en polyverre de l'habitacle. Les occupants avaient l'impression de progresser en milieu vivant, même s'ils savaient qu'au-delà des parois lisses de ce boyau il n'y avait que de la glace.

— Nous y sommes presque, dit Blake.

— Ne ralentissez pas, ordonna Forster.

Comme s'il craignait de voir le pilote pécher par excès de prudence, il tirailla son nez et lâcha quelques borborygmes en regardant sur l'écran la taupe progresser vers le point où la glace cédait la place à l'eau.

Forster était certain de connaître la nature de ce qui occupait le cœur d'Amalthée. Des données reçues quelques jours plus tôt lui en avaient fourni la certitude. Mais bien des années s'étaient écoulées depuis que de simples hypothèses l'avaient incité à emprunter la voie difficile qui menait à ces découvertes.

Au-delà du dôme il n'y avait que les ténèbres, percées par les reflets des instruments du bord. Ils voyaient sur l'écran principal la taupe ronger son chemin vertical dans la gangue de cette lune. Derrière elle, la glace liquéfiée se changeait en vapeur et était expulsée vers les hauteurs du puits. Aux yeux de Forster, le milieu dans lequel ils s'enfonçaient miroitait sous l'effet d'une lointaine source de rayonnement.

Le même graphique apparaissait sur un écran du poste de pilotage du *Ventris*, avec la projection du programme de tomographie-séismique plus complet de l'ordinateur du bord. Ici ne subsistait aucune incertitude — dans la limite du pouvoir de résolution des ondes sonores qui se propageaient dans l'eau — sur les dimensions et la configuration de la croûte d'Amalthée et de son noyau. Les images étaient complétées par ces données ainsi que par la température, la densité et la réflectivité des secteurs qui divisaient arbitrairement l'intérieur de cette lune. Mais même sur les écrans du *Ventris* le cœur du satellite restait une simple tache noire car il absorbait les ondes du sonar.

Autour de lui, les flots en ébullition étaient reproduits avec netteté, en couleurs artificielles qui matérialisaient les tourbillons et les jets. Aucune image du noyau lui-même ne se formait. Quelle que fût sa composition, il n'émettait pas de vibrations et étouffait celles des perturbations qui l'assaillaient de toutes parts.

Tony Groves se penchait par-dessus l'épaule de Josepha Walsh pour suivre, fasciné, la descente de la taupe.

— Doucement, à présent, doucement !

Sa voix était presque un murmure.

Walsh trouva amusant de le prendre au mot.

— Le navigateur vous conseille d'être prudents, dit-elle dans le micro.

Groves rougit.

— Allons, Jo, je ne...

Il n'acheva pas sa phrase.

— Qu'est-ce qu'il y a, Tony ? s'enquit-elle.

— Un truc idiot... pendant que j'observais l'écran, j'ai eu peur qu'ils... ne tombent dans cet océan intérieur.

— Aucun risque.

Elle se pencha et fit pivoter l'image sur cent vingt degrés.

— C'est parfois nécessaire pour ne pas oublier certaines choses, quand le haut et le bas prennent trop d'importance.

— Tu te moques de moi, Jo, grommela Groves.

Mais un instant plus tard un cri lui échappait.

— Oh !

De surexcitation et d'espoir, car la foreuse venait de percer la croûte d'Amalthée.

Ils regrettaient amèrement l'absence de toute liaison vidéo. Les concepteurs de la taupe n'avaient pas jugé utile de doter d'une caméra une machine prévue pour évoluer uniquement dans des blocs de glace.

— Blake, professeur, voyez-vous quelque chose ? Dites-nous ce que vous découvrez, demanda Walsh.

La voix de Blake leur parvint après une courte attente.

— Eh bien, c'est plutôt bizarre. Nous n'avons aucun projecteur braqué sur ce machin, et il me paraît malgré tout moins sombre...

— Nous sommes dans l'eau, intervint Forster. Et la clarté de notre habitacle a un effet évident sur ce qui nous entoure.

— De quoi parlez-vous, professeur ?

C'était Blake qu'ils entendaient par le com...

... pendant que Walsh articulait sèchement :

— Pourriez-vous avoir l'amabilité de nous préciser à quoi vous faites référence, professeur ?

La voix de Forster leur parvint, vibrante, entre la satisfaction et la surexcitation.

— Elle grouille tout autour de nous. La *vie* ! Ces flots en sont saturés...

Des spirales pendaient de la coque du *Michaël Ventris*, aussi paresseusement que des volutes de fumée. C'étaient les câbles d'alimentation et de sécurité qui serpentaient ensuite sur la glace, en direction de la colonne de vapeur qui jaillissait du puits dans lequel ils plongeaient pour suivre la taupe vers les profondeurs de ce monde. Ce fut ce panache de blancheur qui confirma aux deux hommes présents à proximité que l'engin avait traversé de part en part la gangue de glace.

Ils suivaient l'échange de paroles entre la taupe et le *Ventris* par leurs scaphcoms, et Hawkins frissonna lui aussi à l'annonce de cette impossible découverte. La *vie* ! Ce qui lui permit d'oublier un court instant Marianne Mitchell et Randolph Mays.

14

Randolph Mays n'ignorait pas que l'équipe de Forster effectuait des découvertes spectaculaires sur Amalthée et — ainsi qu'il le déclara sans ambiguïté à Marianne — l'attente des nouvelles sur Ganymède le rendait fou.

Même en proie à cette folie, il gardait pour la jeune femme tout son charme. Elle était fascinée, subjuguée. Elle aurait pu être sa fille, mais son père était plus âgé encore que Mays, ce qui réduisait la barrière psychologique. Ce n'était pas un bel homme. Il était moins séduisant que... Bill Hawkins, par exemple. Cependant, son... air bourru et son... hum ! son physique grand et élancé lui donnaient une certaine allure, sans parler de l'atout que constituait son *esprit*...

Marianne était ravie de travailler pour Randolph Mays. Elle eût volontiers tout accepté de lui, même s'il la traitait avec une courtoisie toute professionnelle. Elle faisait de son mieux pour le satisfaire et n'avait pas hésité à trottiner derrière lui comme un caniche... dès le début.

Marianne n'était pas la seule femme à s'intéresser à sir Randolph Mays. Sparta ne cessait de penser à lui depuis la conférence de presse du Pr Forster, la veille de l'appareillage du *Ventris*. C'était la première fois qu'elle le voyait en chair et en os. Son intervention théâtrale avait à ce point intrigué Sparta qu'elle avait décidé de ne pas partir avec les autres en mission pour Amalthée.

— Vous devrez agir à visage découvert, désormais, déclara-t-elle au commandant. Renseignez-vous sur ce courtier, ce Von Frisch, et voyez si Luke Lim est bien l'individu qu'il prétend être. Agissez au grand jour, sans vous cacher... pour attirer l'attention sur vous.

— Tous vous croient avec Forster.

— Je rejoindrai l'expédition un peu plus tard. Quand ma présence sera nécessaire.

— Vous êtes persuadée que je vous conduirai toujours où vous voulez quand bon vous semblera, c'est ça ?

— Pas toujours. Seulement si vous en avez la possibilité.

Il ne répondit rien. Il fixait la paroi, morose. Il était assis sur une banquette à ressorts en plastique, les jambes étendues et les bras croisés, pendant qu'elle faisait les cent pas sur le sol carrelé de cette section réservée aux visiteurs du quartier général du Bureau spatial sur Ganymède. C'était un lieu sinistre et minuscule, dans une structure tout aussi laide, dissimulée aux regards dans un coin à l'écart du port... un bâtiment dont le dôme bas, l'absence de fenêtres et la couleur grise caractéristique des services administratifs révélaient que les rapports entre leur organisme et les communautés indo-asiatiques des lunes galiléennes auraient pu être meilleurs.

— Cette colonie est minuscule, ajouta-t-elle. Il suffirait qu'un curieux découvre la vérité pour que tous en soient aussitôt informés. Je me déguiserai en danseuse balinaise s'il le faut.

Il s'autorisa un petit rire.

— On vous verra sur toutes les vidéoplaques d'Océan sans rivage, si vous optez pour une tenue de ce genre.

— En nonne tibétaine, alors ? Je sais me rendre invisible, commandant. Avec votre aide.

— Ce n'est pas indispensable.

— Mays ne doit pas suspecter qu'il m'intéresse.

Le militaire changea de position sur la banquette aux ressorts en piteux état.

— Pourquoi perdez-vous votre temps avec lui ? Il ne peut constituer une gêne pour Forster. Il lui sera impossible d'aller sur Amalthée. Il est bloqué ici, sous surveillance.

— Il m'a paru très habile, dit-elle.

Et elle exprimait là une simple constatation.

Ganymède disposait d'un lanceur de fret électromagnétique semblable, quoique plus long, à ceux de la lune terrestre. Il mesurait en effet une cinquantaine de kilomètres afin de contrer la force d'attraction plus importante de ce satellite. Outre qu'il assurait l'envoi de colis et de conteneurs en orbite de stationnement, il offrait une possibilité de plus que les autres installations de ce genre : la visite guidée des lunes galiléennes de Jupiter.

Imprimer à une capsule l'accélération indispensable pour effectuer un tour du système jovien et revenir au point de départ était une opération très onéreuse. Et convaincre les touristes de dépenser une masse de nouveaux dollars pour effectuer un tel circuit n'était pas un jeu d'enfant. Au fil des ans, les publicitaires avaient peaufiné leur méthode et mis au point une technique de vente progressive.

Gratuitement et dans toutes les agences de voyages de la grand-place, on pouvait assister à une projection de diapositives où, en deux dimensions, on pouvait voir des lunes galiléennes à peu près telles qu'on les découvrait sur les écrans des capsules touristiques automatisées. Le commentaire qui les accompagnait résumait principalement des connaissances astronomiques... adroitement présentées par des psychologues spécialistes du marketing pour donner aux clients en puissance la conviction qu'il y avait à voir, là-bas, des choses fascinantes dont cette simple présentation ne pouvait donner qu'un bien piètre avant-goût.

— Qu'en pensez-vous, Marianne ? demanda Mays lorsqu'ils sortirent de la cabine de projection.

— Ce n'est pas ce que nous venons de voir qui permet de savoir si cette excursion en vaut la peine.

Pour la modique somme de quelques nouveaux *cents*, il était ensuite possible de s'offrir une tridisensorielle dans l'immense salle de l'*Ultimax*, juste après la place Shri-Yantra. *Des survols en rase-mottes à vous couper le souffle, de Callisto, Ganymède, Europe, Io ! Voyez les Cannelures et le Désert Tordu ! Découvrez notre lointain passé dans les Cratères ! Assistez à l'éruption du plus grand Volcan en activité de tout le système solaire ! A votre sortie, ne manquez pas de savourer nos spécialités frites et à la vapeur !*

— Qu'en pensez-vous, ma chère ?

— Eh bien... j'ai trouvé que ça manquait de relief.

Et pour un nouveau dollar de plus, on pouvait faire le Voyage Fantastique du Capitaine Io, avec un passage au ras du panache de la plus grande éruption de soufre d'Io. Les sièges qui s'inclinaient et vibraient, la vitesse élevée, les images haute définition, la musique assourdissante et les effets sonores en faisaient un spectacle plein d'émotions fortes, pour les enfants comme pour les adultes.

— Alors, qu'en dites-vous ?

— Je suis moulue...

Et quand on ne s'estimait toujours pas satisfait, il ne restait qu'à effectuer l'excursion en question.

— Début du compte à rebours ! Le couple suivant est prié d'embarquer. Veuillez vous presser, s'il vous plaît !

Randolph Mays et Marianne Mitchell avaient été pris en charge par le personnel des Rising Moon Enterprises, des jeunes gens en uniforme qui se ressemblaient tous, tels les clones d'un couple de Californie du Sud aux cheveux blonds...

... Des Ken et des Barbie dont la présence eût été déplacée dans ce monde asiatique sans les vieilles traditions disneylandiennes tant prisées en Orient. Si des pensées existaient derrière ces sourires étincelants et ces yeux bleus, les clients ne risquaient pas de le deviner. Les gentils organisateurs étaient rémunérés pour avoir le moral au beau fixe.

— Votre combinaison ne vous va pas ? Pourquoi ? Oh ! mon Dieu ! Ce n'est pas comme ça qu'il faut l'enfiler... monsieur.

— Ne retirez pas votre casque avant la fin du lancement, mademoiselle... et faites un bon voyage !

Marianne avait trop d'esprit critique pour ne pas déceler l'ennui et l'inquiétude derrière cette bonne humeur obligatoire. Elle se sentait angoissée mais il était trop tard pour se défiler. Elle était enfermée dans la minuscule cabine de la Capsule lunaire numéro quatre, allongée à côté de Mays, vêtue comme lui d'un scaphandre modèle standard puant la sueur du bon millier d'utilisateurs qui l'avaient porté avant elle. Devant eux, une grande vidéoplaque occupait la totalité de leur champ de vision. Quant à la console placée au-dessous, elle était si indigente qu'elle en paraissait factice. Elle ne comportait que quelques interrupteurs et curseurs, les commandes indispensables pour changer de canal et régler le volume du son et la netteté des images.

Ils découvraient sur cet écran la gare de triage du lanceur, telle qu'on pouvait la voir de la capsule. Les lieux étaient presque aussi mornes qu'une station de métro bostonienne du milieu du XXe siècle.

— Ce n'est pas ainsi que j'imaginais les reportages d'investigation interplanétaires, Randolph, se plaignit-elle.

Elle s'adressait à lui par son scaphcom et sa voix aiguë traduisait une lassitude proche de l'abattement.

— Pour comprendre ce qui se passe sur Amalthée il est indispensable de *visiter* au préalable tout le système jovien, répliqua Mays.

Mais sa voix manquait singulièrement de conviction.

— Je commence à mieux vous connaître, murmura Marianne. Je jurerais que vous me cachez quelque chose.

Leur capsule fit une embardée, ce qui évita à Mays de répondre. Quelque part, des machines se mirent à bourdonner et leur engin avança sur la piste magnétique. Ils se déplaçaient à l'intérieur de la gare de triage pour aller allonger la file d'engins semblables au leur, en attente de lancement. La plupart transportaient du fret à destination des vaisseaux en orbite, les autres partiraient à vide car la balance commerciale de Ganymède était fortement déficitaire. Et on ne devait pas compter plus de deux départs de touristes par semaine.

— Lancement dans une minute, annonça une voix androgyne apaisante issue d'un haut-parleur. Veuillez vous allonger et vous détendre. Nous vous souhaitons bon voyage !

Ils voyaient, sur la vidéoplaque, la capsule approcher de l'extrémité du canon électromagnétique qui les propulserait sous peu dans l'espace. A l'exception des programmes ludiques enregistrés sur des puces, les passagers ne pouvaient accéder qu'à une seule autre vue : la représentation schématique de la trajectoire prévue.

L'itinéraire de ces circuits variait constamment, en fonction des positions respectives des lunes galiléennes. Souvent, il n'y avait aucun départ. C'était le cas lorsque Io était inaccessible, par exemple, car avec son paysage multicolore et ses panaches de soufre hauts de cent kilomètres, ce satellite constituait le clou de la visite guidée.

Le périple durait en moyenne une soixantaine d'heures, soit deux jours et demi. Ce que les organisateurs se gardaient bien de préciser, c'était le peu de temps que les touristes passeraient au voisinage des corps célestes. La vidéothèque comprenait un large éventail de programmes pour tous les goûts, les réserves de nourriture et d'alcool étaient abondantes et le cabinet de toilette aménagé à l'arrière offrait le nec plus ultra en matière de massages cybernétiques. Les passagers avaient encore la possibilité d'opter pour le sommeil et de dormir tout au long des étapes sans intérêt, sous l'effet de cocktails de médicaments savamment dosés.

— Lancement dans trente secondes, annonça la voix. Veuillez vous allonger et vous détendre. Nous vous souhaitons bon voyage.

Sur la vidéoplaque, la capsule pénétrait dans la culasse du lanceur linéaire quand Mays tendit le bras pour basculer le sélecteur.

— Eh ! protesta Marianne. Notre départ sera bien la dernière chose intéressante à laquelle nous pourrons assister avant longtemps. Vous aurez ensuite dix-huit heures devant vous pour consulter la carte.

— Ce n'est pas notre engin que l'on voit sur l'écran, mais un simple enregistrement, rétorqua Mays.

C'était exact. Bien que les risques d'incident soient négligeables, les organisateurs préféraient offrir aux passagers le spectacle d'une capsule en parfait état qui effectuait un départ irréprochable.

— J'aime mieux ça qu'une carte, s'emporta-t-elle. Même si ce n'est pas du direct, c'est tout de même plus instructif.

— Comme vous voulez !

Il revint sur le canal précédent. Sur l'écran, un engin qui ressemblait au leur attendait dans la culasse du lanceur, au milieu des bobinages qui ne tarderaient guère à exercer sur lui leur force électromagnétique pour le projeter en avant.

— M'autorisez-vous à vérifier notre trajectoire dès que nous aurons quitté la piste ? Au moins la carte est-elle établie en temps *réel*.

— Comme vous voudrez, Randol...

La voix de synthèse interrompit leur conversation :

— Départ dans dix secondes. Veuillez vous allonger et vous détendre. Nous vous souhaitons bon voyage. Neuf secondes, huit, sept... Restez allongés. Détendez-vous, votre circuit va débuter... trois, deux, un, zéro.

L'accélération ne fut pas brutale comme un coup de poing. Ils eurent l'impression qu'on appliquait d'abord sur leur abdomen un oreiller en duvet, qui devint progressivement lourd comme un sac de farine, puis de ciment, et enfin de métal...

— Fin de la phase de lancement dans trente secondes. Détendez-vous !

A l'intérieur de l'habitacle, les deux passagers subissaient dix *g* d'accélération. Sur le tableau de bord les diodes étaient vertes, mais ils savaient qu'elles n'auraient pas viré au rouge, même en cas d'incident. Ce n'était qu'un décor destiné à rassurer ceux qui n'auraient pu, de toute façon, modifier leur destin.

Sur la vidéoplaque, l'enregistrement d'un lancement idéal défilait toujours. La capsule accélérait sans bruit de cent mètres par seconde, et elle finit par se déplacer plus rapidement que la balle d'un fusil.

Les bobinages de la rampe de lancement défilaient trop rapidement pour être encore visibles. Ils ne voyaient plus que le rail de guidage, un ruban de métal brillant rectiligne qui allait se perdre au-delà de l'horizon, pointé vers les étoiles.

Ils ne pesaient plus rien !

— Phase d'accélération terminée, annonça la voix de synthèse. Fin de la séquence de lancement dans cinq secondes. Détendez-vous !

La capsule parcourait sur sa lancée les derniers

kilomètres de la piste électromagnétique. C'était dans la section finale qu'on procédait aux réglages de cap et de vitesse, qui déterminaient si les projectiles iraient se placer en orbite d'attente ou suivraient un parcours permettant d'admirer les merveilles des lunes joviennes.

Le sol gelé s'incurvait sous le rail qui, pour conserver sa rectitude euclidienne, se juchait désormais sur de hauts pylônes.

En un clin d'œil, tout fut terminé. Ils laissèrent derrière eux le lanceur démesuré et les montagnes de glace. Sur l'écran, il n'y avait plus que des étoiles.

— Je peux ? demanda Mays.

Sans attendre son autorisation, il passa sur « Itinéraire ».

A cette échelle, le disque de Ganymède occupait la totalité de la vidéoplaque. Une ligne bleu vif rampait le long d'un pointillé vert pâle parallèle à l'équateur. Leur trajectoire réelle, telle que la relevaient les radars au sol et les satellites de navigation, se superposait à l'orbite idéale. Les deux traits se fondaient et, sauf incident, ils ne se sépareraient pas jusqu'à la fin du voyage.

Mays modifia le rapport de grossissement et Ganymède se réduisit à un petit point relégué dans l'angle inférieur droit de l'écran, sur un fond d'étoiles. Le disque de Jupiter, dont les bandes nuageuses étaient reproduites avec le plus grand réalisme, occupait à présent le centre de l'écran. Il était entouré par les anneaux concentriques des orbites d'Amalthée, Io, Europe et Ganymède. Callisto se trouvait plus loin, hors du secteur représenté sur la vidéoplaque. Il s'agissait du parent pauvre des lunes galiléennes, pas assez différent de Ganymède pour justifier le détour. Lorsque, en raison des lois de la mécanique céleste, il était plus facile et plus rapide de passer près de ce satellite, les touristes pouvaient alors porter sur lui un jugement personnel. Mais c'était rare.

La ligne vert pâle dessinait une boucle gracieuse qui revenait en arrière, au-delà d'Io, s'incurvait brusquement autour de Jupiter, frôlait Europe sur le chemin du retour et rejoignait enfin Ganymède, un tiers de sa révolution plus loin. Amalthée ne figurait pas sur cet itinéraire, car son orbite était beaucoup plus basse que la trajectoire prévue pour la capsule.

La capsule effectuerait la majeure partie du trajet sur sa lancée. Mais, en certains points du parcours, une brève poussée du propulseur auxiliaire serait indispensable pour lui permettre, tel un chariot de montagnes russes, de négocier les courbes.

Mays scrutait le graphique. A cette échelle, leur progression était indécelable à l'œil nu. La clarté orangée de la représentation de Jupiter se réfléchissait sur la visière de son scaphandre et faisait briller ses yeux.

Marianne bâilla.

— Je crois que je vais prendre des somnifères. Réveillez-moi quand nous serons en vue d'Io.

— Je n'y manquerai pas, ma chère, répondit-il au bout d'un long moment.

Quelque chose dans l'intonation de sa voix lui valut un regard intrigué de la jeune femme.

— Que comptez-vous faire, Randolph ? lui demanda-t-elle.

Mais le soporifique courait déjà dans ses veines et elle s'endormit avant d'entendre sa réponse...

... qu'il s'abstint d'ailleurs de fournir.

15

Les colonnes de vapeur blanche qui jaillissaient par les fissures de la glace évoquaient une puissance considérable, mais il s'agissait en fait d'une simple illusion, car il n'y avait là que des molécules très éloignées les unes des autres, en déplacement rapide sous une pression presque nulle. Des vents très faibles avaient soufflé les antennes extraterrestres dans l'espace. La débâcle avait dégagé la base de ces structures massives qui partaient à la dérive, telles des aigrettes de pissenlit portées par une brise estivale. Elles emportaient avec elles le secret de leur système de communication avec les étoiles... et avec le noyau de cette lune.

Allongé à côté de Forster dans l'habitacle du sous-marin Europan, Blake occupait la couchette du commandant de bord pour le piloter sur le sol de glace festonnée. Hawkins et McNeil participaient au guidage de l'engin en le tenant par les extrémités de ses ailes. La brume nacrée était si dense que les faisceaux des projecteurs frontaux des deux hommes s'y reflétaient à moins de deux mètres de distance.

Sans fil d'Ariane pour les guider ils auraient pu se perdre. Ils suivaient à tâtons leur chemin vers le puits d'entrée le long des câbles de communication, suspendus telles des guirlandes dans le brouillard. Ils trouvèrent enfin l'ouverture, une cavité forée dans la blancheur et la glace. Ils avaient laissé la Vieille Taupe à proximité, au cas où il serait nécessaire de dégager le boyau vertical sous lequel les flots avaient tendance à se solidifier.

— Nous sommes prêts, annonça Blake par le com.

— Vous pouvez y aller, répondit la voix de Walsh.

La manœuvre était très simple. Blake rabattit les ailes souples du submersible contre la carlingue afin que son diamètre fût inférieur à celui du puits. Hawkins et McNeil positionnèrent l'engin au-dessus de l'ouverture et le poussèrent doucement à l'intérieur en utilisant les modules propulseurs de leurs scaphandres.

Le sous-marin plongea dans le jet de vapeur. Cent mètres plus bas, il atteignit la surface de la mer en ébullition, sur laquelle une pellicule se formait pour se briser presque aussitôt et se solidifier de nouveau.

Programmées pour se mettre en action dès que le submersible rencontrait la moindre résistance, ses fusées se déclenchèrent pour le propulser sous la surface qui l'eût, autrement, rejeté. Elles continuèrent de cracher un jet de bulles brûlantes jusqu'au moment où l'engin put déployer ses ailes et s'en servir pour se diriger. Blake les utilisa pour descendre puis basculer sur le dos et raser la surface inférieure de la gangue de glace. L'eau grouillait d'une vie... animée, concentrée.

— Ces petits diables affamés ressemblent vraiment à des krills, dit Forster avec un rire joyeux. Et ils sont innombrables.

Il ne pouvait détacher le regard d'un essaim de créatures collé au polyverre. Il le suivit des yeux lorsqu'il changea de forme puis d'orientation et finit par s'éloigner.

— Ils viennent se nourrir ?

C'était la voix de Walsh qui leur parvenait par le sonarcom.

— La plupart, répondit Blake. Ils trouvent leur nourriture sous la glace, des tapis de machins pourpre. Si nous étions sur Terre, je dirais que ce sont des algues... ici, je ne sais pas. Et il y a des méduses miniatures, des nuages, qui se repaissent à leur tour de ces mini-crevettes.

— Laissons aux exo-biologistes le soin d'établir des classifications, intervint Forster. Je vais prélever quelques échantillons, Blake. Mais rappelez-moi à l'ordre si j'y consacre trop de temps.

— Si je ne savais pas que nous sommes à l'intérieur d'une des lunes de Jupiter je me croirais dans l'océan Arctique, commenta Blake. Au printemps.

Les deux hommes ne pouvaient se lever de leurs couchettes dans cet appareil biplace si exigu qu'un troisième occupant aurait dû se recroqueviller derrière eux dans le passage qui conduisait au sas. Ils lui avaient donné un nom de baptême, la Mante, car si une vieille taupe des glaces avait eu cet honneur, un submersible d'un âge presque aussi respectable y avait droit, lui aussi. Le sous-marin Europan avait pris la relève de la Vieille Taupe, et elle était devenue inutile après avoir foré ce puits dans la croûte d'Amalthée.

La Mante nageait sur le dos par rapport au centre de la lune et sa surface ventrale glissait à moins d'un mètre de la gangue de glace qui en formait la croûte. Les innombrables *biotes* des mers « arctiques » d'Amalthée — tout au moins un bon nombre d'entre eux, et débordants d'énergie — grouillaient devant eux, illuminés par les projecteurs et séparés des humains par la bulle de polyverre transparent de l'habitacle. L'eau était à ce point saturée de particules vivantes — en train de se nourrir ou de se faire dévorer — qu'on se serait cru dans un potage. Les bancs de krills translucides formaient des voiles mouvants aux couleurs de l'arc-en-ciel dans un faisceau de clarté blanchâtre.

Les occupants du sous-marin utilisaient des systèmes optiques grossissants pour examiner ces créatures. Les méduses, semblables aux cœlentérés qui évoluaient dans toutes les mers de la Terre, étaient caractérisées par des bandes luminescentes colorées clignotantes. Les crustacés que Forster appelait des krills ressemblaient à de minuscules crevettes à mille pattes et à la queue aplatie. Leur système circulatoire était visible à travers leur carapace transparente. Dès que les lumières du sous-marin les balayaient, tous prenaient frénétiquement la fuite... un comportement compréhensible dans un milieu où un « soleil » bouillant situé quelques kilomètres plus bas indiquait la direction opposée à celle de la nourriture.

— Qu'est-ce que c'était ? demanda soudain Blake.

— *Ventris*, nous venons d'apercevoir une nouvelle forme de vie, annonça Forster. Une créature bien plus grosse que celles que nous avons déjà rencontrées.

— On aurait dit un calmar, précisa Blake. Et j'en aperçois un autre... toute une bande. Je fais basculer la Mante.

Le sous-marin battit des ailes et pivota paresseusement sur son axe longitudinal, dans ces flots brumeux peuplés de créatures luminescentes à l'éclat papillotant. En contrebas, une multitude de torpilles coiffées d'un panache de tentacules exécutaient un ballet parfaitement synchronisé. Ces sortes de céphalopodes pas plus gros que la main d'un homme formaient un banc interminable qui filait d'un côté puis de l'autre comme un seul et même organisme. Translucides et argentés, ils étaient constellés de perles turquoise bioluminescentes. Ainsi réunis, ils évoquaient une écharpe bleue démesurée ondulant dans les ténèbres.

— Ils plongent à nouveau, annonça Blake.

— Nous allons les suivre, *Ventris*, déclara Forster dans le sonarcom. Je prélèverai des échantillons au retour.

Blake poussa les commandes et la Mante piqua du nez. Ses ailes flexibles la propulsèrent vers les profondeurs.

Bien que de conception plus récente que la Vieille

Taupe, la Mante était technologiquement dépassée. Il régnait dans son habitacle une atmosphère de type terrestre. L'azote liquide était stocké dans des réservoirs et elle prélevait directement l'oxygène dans l'eau, mais si les systèmes d'échange — ses « ouïes » — étaient très efficaces à une profondeur constante un certain temps leur était nécessaire pour s'adapter aux différences de pression.

Sur Amalthée ces variations étaient moins importantes que sur un monde plus volumineux comme la Terre, mais elles n'étaient pas négligeables pour autant. En surface, sous une pression nulle et dans un vide quasi absolu, un homme en combinaison spatiale devait peser un ou deux grammes. Au cœur de cette lune le même individu ne pesait plus rien mais la pression de la colonne d'eau atteignait plusieurs centaines de tonnes au centimètre carré.

Blake était irrité de ne pouvoir plonger aussi vite que le banc d'exo-calmars. La sirène d'alarme se déclencha moins de quatre mille mètres plus bas :

Veuillez vous abstenir de descendre à une profondeur plus importante avant la fin du processus d'adaptation des ouïes, lui intima la voix de synthèse agréable mais autoritaire de l'ordinateur du bord.

Blake laissa la Mante se stabiliser. Il fallait attendre que le mélange d'enzymes artificiels des tubulures se soit enrichi. A l'extérieur évoluait un bestiaire de créatures fantastiques : de nouvelles espèces de méduses et des cténophores vitreux aux couleurs vives. Un poisson à la gueule plus grande que le ventre passa, en dirigeant vers eux des yeux aussi gros que des balles de golf.

— Ils reviennent, annonça Forster.

— Professeur ?

Blake prêtait attention aux instruments de bord et non pas à ce qu'il y avait à l'extérieur de la bulle.

— L'image que nous recevons est malheureusement de très mauvaise qualité, dit Walsh par le sonarcom. Pourriez-vous nous préciser de quoi vous parlez ?

— Les calmars. On pourrait presque croire qu'ils nous attendent. Et à les voir danser, qu'ils se moquent de notre lenteur.

— Vous vous laissez influencer par votre humeur, professeur, lui reprocha Blake en souriant.

— Peut-être avons-nous le même mode de pensée.

Blake tourna la tête vers lui, intrigué.

— Vous et eux ?

Forster ne fournit aucune précision.

Blake regarda le rideau bleuté qui ondulait cinq cents mètres plus bas, comme agité par des courants, un essaim composé d'un millier de petites flèches, des projectiles empennés avec des tentacules.

Vous pouvez reprendre la plongée, annonça la Mante.

Et une note prolongée leur indiqua que la descente était désormais sans danger. Blake poussa les commandes. Immédiatement, le voile de céphalopodes ignés se déroula pour piquer vers la nébulosité lumineuse du cœur d'Amalthée.

Ici, l'eau n'était plus troublée par des éléments nutritifs mais par des rideaux de bulles qui grimpaient des profondeurs. Le submersible plongeait à la rencontre de ces colonnes de petites billes d'air paresseuses.

— La température extérieure s'élève rapidement, dit Blake.

Bien que toujours lointain, le noyau n'était plus une simple tache de lumière. Il était désormais devenu une sphère de blancheur papillotante trop lumineuse pour pouvoir être observée à l'œil nu, un soleil miniature dans la noirceur d'un espace liquide.

L'alarme résonna de nouveau. La pression atteignait presque une tonne par centimètre carré.

Veuillez vous abstenir de descendre à une profondeur plus importante avant...

— Je sais, je sais, grommela Blake en retirant les mains des commandes.

Cette fois, ils durent attendre un très long moment avant que l'oxygène présent dans les ouïes du sous-marin se fût dissous dans les fluides de son système circulatoire.

— Mais, ils remettent ça, ma parole ! s'exclama Forster.

Les calmars s'étaient arrêtés, cette fois encore, comme pour leur laisser le temps de les rejoindre. Ils tournaient et filaient d'un côté et de l'autre en se maintenant à une profondeur constante, un millier de mètres plus bas. La voix du professeur vibrait d'une surexcitation enfantine.

— Ne croyez-vous pas qu'ils essayent d'établir un contact avec nous ?

— Peu d'indices viennent étayer cette hypothèse, rétorqua Blake qui s'était attribué le rôle du sceptique.

Vous pouvez reprendre la plongée, annonça la Mante.

La note prolongée se fit entendre et Blake poussa les curseurs.

Ici, l'eau était saturée de sphères qui montaient par millions vers la surface, des bulles minuscules et d'autres, bien plus grosses, qui oscillaient et paraissaient vivantes. Le banc de calmars avait, lui aussi, repris sa descente et obliquait sur la droite.

— Elles sont *chaudes,* fit Blake.

— C'est de la vapeur, dit le professeur. Les calmars les évitent... et nous devrions en faire autant si nous ne voulons pas qu'elles fassent bouillir nos ouïes.

La Mante battit des ailes et vira dans le sillage invisible des céphalopodes luminescents. Brusquement, elle se retrouva dans des eaux plus tempérées et paisibles.

Sous eux, le noyau avait la taille apparente du soleil vu de la Terre... trop lumineux pour être regardé directement sans le filtre du cockpit de polyverre qui s'était assombri. Des torrents de bulles brillantes s'échappaient du cœur d'Amalthée et s'assemblaient en colonnes qui ondulaient comme des serpents pour s'éloigner symétriquement du point de pression maximale et se diriger vers la surface, de tous côtés.

— Je parie qu'il y a un geyser au sommet de chacune d'elles, dit Blake.

— Ne comptez pas sur moi pour relever ce pari, répondit le professeur qui avait remarqué la disposition géométrique régulière des colonnes de bulles. Je suis absolument convaincu du bien-fondé de votre hypothèse.

Des lumières ambrées brillaient sur le tableau de bord, sous le dôme sphérique transparent.

Veuillez redoubler de prudence, fit la voix de synthèse. *Vous atteignez la profondeur maximale autorisée.*

La coque interne de polyverre de la Mante qui leur offrait le confort d'une atmosphère de type terrestre imploserait sous la pression écrasante des flots, s'ils poursuivaient leur descente.

— Nous ne pouvons pas aller plus loin, dit Blake.

— Nous devons remonter, reconnut Forster. Après avoir pris un maximum d'images. Et je vous demanderai de faire des paliers tous les cinq cents mètres pour me permettre de prélever des échantillons d'eau à ces diverses profondeurs.

— Entendu !

Blake tendit les mains vers les commandes...

... mais le professeur se pencha et referma doucement ses doigts noueux sur les siens.

— Un instant. Seulement un court instant.

Blake céda à ce désir. Il essayait de deviner les pensées de Forster. Cet homme était en vue de l'objet d'une très longue quête à laquelle il avait consacré sa vie, mais son but restait provisoirement hors de portée.

Il écoutait les sons qui leur parvenaient à travers la coque, retransmis par le sonar : le pétillement des milliards de bulles microscopiques qui s'échappaient du noyau en bouillonnant, le bruissement et le clapotis de celles, plus importantes, qui se heurtaient et fusionnaient. Et, couvrant presque ces chuchotements, il y avait les cris et le pépiement de la multitude de créatures qui peuplaient cet aquarium planétaire, ce grand globe obscur plein d'eau riche en éléments nutritifs, semblables à ceux présents dans les océans de la Terre.

Et le brouhaha de la vie comportait des thèmes, les modulations sans signification particulière propres à des activités telles que se nourrir, migrer et se reproduire... et d'autres encore qu'il aurait été possible d'interpréter de façon bien plus audacieuse.

Le banc de calmars les attendait toujours en contrebas. Il tournoyait, plongeait, remontait, oscillait. Ces milliers de céphalopodes semblaient chanter, formant un chœur rythmé qui rappelait celui des oiseaux. Et sous la mélodie aiguë on pouvait discerner les grondements d'une basse, comme le bourdon d'un temple dans la nuit tropicale.

Forster tendit l'oreille, crut déchiffrer le message que contenaient ces vibrations et arriva à la conclusion que le noyau l'invitait à descendre jusqu'à lui.

16

Elle était devant eux : une sphère hérissée de montagnes de soufre orange, recouverte d'une lave de soufre rouge, balayée par des vents saturés de poussière de soufre jaune, piquetée de cendres de soufre calciné noir et de soufre gelé blanc...

Les premiers humains à avoir vu les images d'Io transmises par *Voyager I* l'avaient comparée à une pizza. Quelle métaphore leur serait venue à l'esprit s'ils n'avaient pas vécu dans les faubourgs de Los Angeles, mais à Moscou, São Paolo ou Delhi ?

Ou s'ils avaient découvert cette lune comme le faisaient à présent Randolph Mays et Marianne Mitchell ? Les deux voyageurs suivaient, sur la vidéoplaque de la boîte de conserve spatiale, leur approche rapide d'Io en temps réel, de la même manière que s'ils l'avaient regardée par un hublot. Pour Marianne, ce satellite évoquait moins une pizza qu'un enfer gelé. A l'exception de l'aménagement intérieur de certains vaisseaux, elle n'avait rien vu d'aussi laid depuis son départ de la Terre. Mais cette laideur était si outrancière, exhibée avec si peu de pudeur, qu'elle en devenait presque artistique.

Elle ne regrettait pas de s'être laissé convaincre par Randolph d'effectuer ce circuit touristique. Elle sourit et cessa d'observer la lune multicolore pour regarder avec tendresse son compagnon de voyage.

Il semblait perdu dans ses pensées. Il ne voyait pas les paysages d'Io mais un point situé au-delà, dans l'infini.

Une voix, qu'elle considérait désormais comme un simple bruit de fond, trancha le fil de ses rêveries.

— De la position qu'occupe actuellement votre capsule, il est possible de voir quatre volcans en activité dont les panaches s'élèvent de trente à plus de deux cents kilomètres d'altitude...

Mays ne se laissa pas distraire par ces commentaires. Marianne le comparait à un moine zen en posture de relaxation, l'esprit vide de toute pensée, uniquement conscient de l'air qu'il inhalait et exhalait tour à tour.

— ... le plus visible se situe dans le quart inférieur droit de l'écran, à proximité de la ligne de séparation entre le jour et la nuit. Observez le panache fongiforme de matière qu'il éjecte à près d'un kilomètre par seconde, plus d'un tiers de la vitesse de libération d'Io. Si vous souhaitez observer la sphère de gaz cristallisés qui l'entoure, il suffit de régler la vidéoplaque sur le spectre des ultraviolets...

A présent, leur engin approchait si rapidement d'Io que le mouvement devenait perceptible. Ce qui avait été jusqu'alors un paysage détaillé et fascinant, mais lointain, prit une dimension nouvelle. Marianne se revit au bord du Grand Canyon, debout sur un promontoire, admirant les buttes et les mesas au loin. Le sol avait brusquement cédé sous ses pieds et elle avait glissé pour s'arrêter à moins de dix centimètres de l'abîme...

Ce souvenir la terrifia.

— Randolph, nous tombons !

— Hum ! Vous dites, ma chère ?

— Il s'est passé quelque chose ! Nous allons nous écraser sur... dans ce volcan !

Mays faillit sourire.

— Si vous pensez pouvoir détacher un instant les yeux de notre funeste destin, je vous montrerai quelle trajectoire nous suivons.

Sur l'écran, une carte remplaça les images du satellite. Mays enfonça des touches afin de changer d'échelle et d'y inclure la surface d'Io.

Le parcours idéal passait à trois cents kilomètres

du sol. Sans ce grossissement, et si le trait bleu déviait du vert, ce ne pouvait être de plus d'un ou deux pixels, car il s'y superposait toujours à l'œil nu.

Mais leur vitesse était impressionnante... ils progressaient sur l'écran de plusieurs millimètres par seconde. Le cœur de Marianne s'était emballé, respirer devenait difficile.

— Il n'est pas faux de dire que nous tombons, reconnut Mays. Mais c'est au-delà de ce volcan et non pas dans son cratère. Nous faisons une chute qui nous emportera *derrière* cette lune, où nous serons happés par l'attraction de Jupiter.

Il changea d'échelle. L'ellipse verte avait toujours la même forme et dessinait une boucle pour revenir vers Ganymède.

— Sauf accident, nous ne nous écraserons pas non plus sur la planète géante.

Il lui adressa un sourire assez chaleureux pour lui apporter le réconfort dont elle avait grand besoin.

Marianne observa le graphique comme si sa vie en dépendait. Son pouls ralentit, elle sentit sa tension nerveuse se dissiper.

— Désolée, Randolph, fit-elle d'une petite voix.

— Il n'y a pas de quoi. Je dois avouer que ces changements de perspective sont impressionnants.

— Disons que... j'assimile parfaitement vos explications mais mes sens refusent de les admettre... Je crains d'être une élève dissipée et de ne pas avoir bien étudié mes leçons.

— Laisser dominer l'intuition lorsqu'on se penche sur un problème de physique conduit presque toujours à des conclusions erronées, dit-il avait d'émettre un petit rire de professeur d'histoire. Aristote l'a maintes fois démontré.

Elle ne trouva pas cette précision amusante mais sourit malgré tout.

— Nous devrions passer sur l'autre canal. Je vais essayer de faire abstraction de mon... intuition.

Elle joignit le geste à la parole. L'image qui apparut sur l'écran était très différente de la précédente. Sous l'effet de l'attraction d'Io ils tombaient désormais à 60 000 kilomètres par heure, une vitesse impressionnante si près de la surface. Ses mâchoires se contractèrent. Elle continua toutefois de sourire et de regarder.

Les projections du volcan étaient sombres et fluides comme du sang, et des coulées translucides plus claires se répandaient sur le pourtour du cratère avec une symétrie magnifique. Leur capsule filait, tel un missile, vers le centre du renflement du panache qui s'enflait comme pour les engloutir. Tout autour d'eux se dressaient des montagnes aux formes douces, couleur chair.

Puis le sol s'incurva, chuta brusquement.

La voix de synthèse annonça :

— Le champ de la caméra de votre capsule ne couvre plus la surface d'Io. Si vous souhaitez poursuivre votre observation de cette lune, vous pouvez modifier l'angle de prise de vue en choisissant l'option de « suivi automatique » sur la console vidéo.

— Non, merci, murmura Marianne.

— De toute façon, tout est enregistré. Nous pourrons visionner ces images plus tard, si vous le souhaitez. Une fois loin d'ici.

— Randolph, fit-elle d'une voix basse teintée de colère, ne pourrions-nous pas retirer ces foutus scaphandres ? J'ai besoin que vous me preniez dans vos bras.

Sans attendre la réponse elle déboucla le harnais qui la retenait sur la couchette d'accélération.

Il suivit son exemple, sans rien dire. Le temps de déverrouiller ses sangles elle avait retiré sa combinaison. Elle vint s'agenouiller au-dessus de lui pour l'aider à en faire autant, libérée de toute pesanteur.

Ensuite, elle se dépouilla de ses dessous et ils roulèrent dans la faible clarté diffusée par l'écran, nus tous les deux : une jeune femme brune au corps souple et parfait, et un homme bien plus âgé dont les formes laissaient à désirer.

Esclave de son désir, elle ne prêta pas attention au léger grondement du populseur auxiliaire de leur engin. Faute d'avoir appris ses leçons et de s'être véritablement intéressée aux graphiques, elle ignorait que le programme de navigation ne prévoyait aucun changement de cap à cet instant.

— C'est fait, dit Sparta.

Depuis que Mays et Marianne étaient partis pour Io elle hantait la pénombre scintillante du CGATJ, le Centre de Gestion Automatique du Trafic Jovien, un service du Bureau spatial chargé de relever la position de tous les appareils présents dans ce secteur de l'espace.

— Qu'est-ce qui est fait, inspecteur ? voulut savoir le contrôleur de vol.

C'était une jeune Allemande aux cheveux blonds coupés en brosse, aussi carrés et brillants que les épaulettes de son uniforme bleu. Avec un mépris évident, elle ajouta :

— Je ne relève aucune altération de la trajectoire de cette boîte de conserve pour *touristes*.

Vos sens ne vous le permettent pas, pensa Sparta. Mais elle se contenta de répondre :

— Continuez de la surveiller, pendant que je demande à notre cutter de s'apprêter à appareiller.

Cinq minutes plus tard le contrôleur remarqua une modification mineure du cap de la capsule, un écart qui ne sortait pas de la fourchette d'imprécision du système de poursuite. Sparta passait déjà un appel par son com personnel.

— Vous me contactez à un moment inopportun, Ellen, entendit-elle grommeler.

— Désolée, commandant. Seriez-vous aux toilettes ?

— J'enregistre une opération de contrebande qui se déroule chez Von Frisch. Je vais devoir transmettre l'affaire aux autorités locales.

— Ce qui devrait améliorer les rapports entre nos services. Je réclame votre intervention pour que le cutter me conduise sur Amalthée séance tenante. J'ai déjà fait rappeler l'équipage et une navette est prête à me conduire à son bord.

— Entendu, je confirme ces dispositions. Pourriez-vous me dire ce qui se passe ? Au cas où on me demanderait des explications...

— Tout indique que Mays est passé aux actes.

— Quoi ?! Je vous rejoins dans une demi-heure.

— Mieux vaut que vous restiez sur Ganymède, commandant. Pour couvrir nos arrières.

Il rit.

— Je suis trop vieux pour participer à l'action, c'est ça.

Il paraissait très las, ce qui ne lui ressemblait guère.

— Ne vous laissez pas abattre, chef. La guerre est loin d'être finie.

A bord de la capsule lunaire le temps s'écoulait lentement.

— Tu ne dors pas, murmura Marianna.

Mays ouvrit les yeux.

— C'est impossible, ma chérie, dit-il avec un peu moins d'énergie que d'habitude. Tu m'as rendu ma jeunesse.

— Tu ne t'imagines tout de même pas qu'on va en rester là ?

— Oh ! Je... j'espère bien que non, répondit-il après une hésitation. Mais je suis égoïste. J'aime la variété.

— Voilà qui est prometteur, dit-elle d'une voix qui s'apparentait à la fois au ronronnement et au feulement.

— Il serait vraiment dommage de rater les images d'Europe... que nous atteindrons dans moins d'une heure...

» Et je veux pouvoir faire durer le plaisir, ajouta-t-il, la voyant offensée.

L'expression de la jeune femme s'adoucit. Ce n'était pas un rejet. Elle comprenait qu'elle devait tenir compte de sa... maturité.

— Est-il indispensable de nous rhabiller ? Peux-tu citer une seule raison valable pour renfiler ces machins puants à l'intérieur d'une petite boîte de conserve aussi confortable ?

Il la regarda sous la chaude clarté jovienne qui leur parvenait de l'écran — sa peau lisse, ses courbes gracieuses, ses cheveux noirs que l'apesanteur faisait mousser autour de sa tête — avant de baisser les yeux sur son propre corps disgracieux.

— Rien ne le justifie dans *ton* cas. Mais mon aspect...

— Je veux te voir tel que tu es.

— Et moi, je ne tiens pas à *me* voir. Je suis maigre. Mes membres sont si longs qu'ils traversent mon champ de vision au moindre mouvement.

Il saisit son pantalon qui flottait non loin et entreprit de l'enfiler, non sans difficulté.

Elle l'observa un moment puis soupira et récupéra sa propre combinaison.

— Je vais en faire autant. Je ne vois pas pourquoi je serais en position désavantageuse. Même si c'est sur un plan purement symbolique.

— Attends que nous ayons passé Europe, ma chérie. Marianne avait perdu de son ardeur et acheva de se vêtir sans rien ajouter. Mays s'était de nouveau retiré dans ses pensées et elle se propulsa vers sa couchette. Avant de s'y sangler, elle jeta un coup d'œil à la vidéoplaque. La faible courbe de Jupiter se découpait sur un champ d'étoiles.

Elle se pencha vers l'image et son front se plissa.

— Randolph, tu viens de dire qu'Europe était à moins d'une heure de voyage. Ne devrait-elle pas apparaître sur l'écran ?

— Mais si, certainement...

Il tressaillit et regarda à son tour. La planète géante était seule, sans aucune de ses lunes. Il passa sur la représentation schématique de leur plan de vol.

— Mon Dieu, c'est impossible !

Peu après Io la ligne bleue de leur trajectoire réelle se scindait de la ligne théorique. L'angle était peu important, mais leur vitesse très élevée... et elle ne cessait d'augmenter. Ils suivaient désormais un trajet en spirale qui les emportait vers Jupiter.

— Le signal d'alarme ne s'est pas déclenché ! Comment se fait-il que nous n'ayons rien entendu ? gronda Mays d'une voix vibrante de colère.

Celle de synthèse de la capsule s'éleva au même instant :

— Veuillez vous détendre et vous préparer pour l'étape suivante de cette visite guidée du système jovien. Votre capsule est sur le point de passer près d'Europe, le monde aux océans enfouis !

Marianne ne pouvait détacher les yeux du graphique.

— Randolph, nous tombons vers Jupiter !

— Nous avons du temps devant nous avant d'atteindre son atmosphère. Et je devrais pouvoir redresser la situation, à condition d'avoir accès aux circuits de contrôle de cet engin. C'est probablement très simple mais...

Il s'interrompit, comme s'il avait été sur le point d'apporter des précisions qu'il valait mieux taire.

— Qu'est-ce que tu allais dire, insista-t-elle.

Elle le regarda sans ciller, avec courage.

— Eh bien, nous avons déjà pénétré dans la ceinture de radiations, dit-il enfin. Même si je réussis à modifier notre trajectoire nous... nous en recevrons une dose importante.

— Mortelle ? voulut-elle savoir.

Il ne fit aucun commentaire. Il pensait à autre chose.

— Pas de ça avec moi, Randolph ! Je n'ai pas l'intention de mourir avant mon heure. Et tu n'as pas le droit de baisser les bras... Je te l'interdis !

17

— Mante, répondez !

Le sous-marin avait disparu des écrans du poste de pilotage du *Michaël Ventris*. Le sonar ne captait plus que les battements du cœur d'Amalthée et le bruit de fond aquatique désormais familier.

— Professeur Forster, Blake, répondez !

Les appels de Josepha Walsh étaient vains, et elle se tourna vers ses compagnons pour leur dire, sans anxiété excessive :

— Nous les avons perdus dans les turbulences thermiques, mais ça n'a rien de surprenant.

Tony Groves occupait la console technique de McNeil. Hawkins et lui avaient regagné la passerelle en combinaison spatiale et s'étaient contentés de retirer leur casque pour suivre la progression de la Mante sur les écrans à haute définition. Leur attitude était proche de celle du capitaine : ils étaient vigilants et graves, mais non pas alarmés outre mesure. Ils avaient écouté les commentaires de Blake et du professeur pendant la plongée, vu les images en provenance du vieux sous-marin, lu les données fournies par le sonar. Ils avaient compris que le noyau était insondable et que les liaisons deviendraient problématiques à proximité de sa surface en ébullition. Il n'existait aucune raison valable de s'inquiéter.

— Ils ont annoncé, dans leur dernier message, qu'ils avaient l'intention de remonter. Angus, Bill, vous devriez retourner dans le sas. Bientôt il faudra...

Un son plaintif du radiocom l'interrompit.

Nous captons un signal de détresse, émis par un vaisseau spatial en perdition, annonça une voix de synthèse au débit rapide. *Je répète. Nous captons un signal de détresse, émis par un vaisseau spatial en perdition.*

— Bien reçu, dit Jo Walsh. Je demande les coordonnées du vecteur sous forme graphique.

Une carte de l'espace environnant apparut sur le grand moniteur. L'objet approchait sur la gauche de l'écran, le long d'une trajectoire qui s'achevait dans l'ombre d'Amalthée... qu'il finirait par percuter.

— Je lui laisse trois heures pour nous atteindre, dit Groves.

— De qui peut-il s'agir ? demanda McNeil.

— Ordinateur, a-t-on identifié cet appareil ? s'enquit posément Walsh.

C'est la capsule touristique automatisée numéro AMT 476. Elle appartient aux Rising Moon Enterprises, est basée sur Ganymède et a quitté sa trajectoire préétablie...

— Cette précision est superflue, grommela Groves.

Elle ne répond pas aux essais de contact radio, ajouta la voix.

— C'est peut-être une question idiote, mais sommes-nous certains qu'elle a des passagers à son bord ?

— Ordinateur, la présence d'humains à son bord est-elle confirmée ?

Ils sont deux, d'après le manifeste d'embarquement : Marianne Mitchell et Randolph Mays.

McNeil se tourna vers Groves et ne put s'empêcher de rire. L'autre homme hocha la tête, l'air entendu.

Bill Hawkins les regarda, visiblement choqué.

— Ils sont dans la ceinture de radiations depuis des heures ! A l'intérieur d'une... boîte de conserve même pas équipée d'un blindage digne de ce nom. Ils auront cessé de vivre quand nous les sortirons de là.

— Excusez-moi, fit McNeil. Mais ce Mays... quel type ! Quel culot !

— De quoi parlez-vous donc ? s'emporta Hawkins.

— Plus tard, messieurs, intervint Walsh. Nous devons faire quelque chose pour eux.

— Quelles sont tes intentions, Jo ? s'enquit Groves.

— Larguer la cale amovible, les gars, et tout ce qu'il est possible de laisser ici. Tony, tu resteras avec moi pour les calculs de trajectoire.

— D'accord, mais après ?

— Dépouillé au maximum, ce vaisseau a une capacité d'accélération suffisante pour faire le tour de Jupiter, se placer sur la même orbite que la capsule et nous permettre d'embarquer ses passagers. Nous les atteindrons en moins de trois heures, ferons un autre tour et serons revenus dans l'ombre d'Amalthée environ quatre heures plus tard... sans avoir encaissé trop de radiations.

— Nous devons secourir tout appareil en détresse mais aussi mener à bien notre mission, leur rappela McNeil. Si nous utilisons tout notre carburant pour cette opération de sauvetage, nous resterons coincés ici.

— Expliquez-vous ! insista Hawkins.

Son teint clair de Britannique avait pris des couleurs.

— Ce n'est pas une excuse valable, Angus, dit Walsh sans faire cas de cette interruption. Le Bureau spatial viendra nous tirer de là. Entre-temps, quelques heures de traitement antirads nous auront remis sur pied.

— Nous, peut-être, insista McNeil. Mais pas eux.

— Il marque un point, fit Groves. S'ils restent exposés aux radiations jusqu'à notre retour, même avec la protection de notre blindage, ils seront vraiment mal en point. Nous avons les delta-v suffisants pour aller les récupérer, mais pas le temps nécessaire pour effectuer cette opération.

— Nous le gaspillons à discuter, dit Walsh.

Elle passa la main dans ses cheveux roux en brosse. Les autres avaient appris depuis longtemps à interpréter ce geste machinal comme un moyen de chasser son anxiété lorsqu'elle se concentrait.

— Nous suivrons ma proposition, sauf si l'un de vous a une suggestion à nous faire.

— En voilà une, dit Groves. La capsule approche à une vitesse différentielle d'environ trois cents mètres par seconde par rapport à Amalthée. Si sa trajectoire est bien celle prévue...

— Oui ?

— Il suffit d'attendre qu'elle s'écrase au sol.

— *Quoi ?* s'emporta Hawkins. Vous voulez les laisser *mourir* ?

— Oh ! fermez-la cinq minutes, lui lança sèchement Walsh.

Comme Groves, elle n'était pas choquée par la suggestion du navigateur.

— Ecoutez, Walsh... capitaine Walsh... J'insiste...

— Nous n'avons pas l'intention de les abandonner à leur sort, Hawkins. Alors, vous avez le choix entre la boucler ou sortir immédiatement du poste de pilotage.

Bill finit par comprendre que ses compagnons savaient une chose qu'il ignorait et avaient besoin de silence pour étudier la question. Il alla s'isoler dans un angle.

— La couche de glace sublimée doit avoir une dizaine de mètres d'épaisseur, dit McNeil. Elle absorbera une partie de l'impact.

— C'est certain. En tenant compte de la densité de la neige — tu l'estimes à combien, zéro quatre g-c ? — et de leur inertie...

Groves s'était penché sur le pupitre et enfonçait des touches.

— Ils subiront une décélération instantanée de... oh ! Environ quarante g. Il faudrait jeter un coup d'œil aux caractéristiques de cette capsule, mais je pense qu'elle pourrait encaisser un choc plus important.

— Et ses passagers ? demanda Walsh.

— Bien sanglés... ils ont des chances de s'en tirer.

— En supposant qu'ils arrivent dans le bon sens, ajouta McNeil. S'ils ont la malchance de tomber la tête en bas...

Il ne termina pas sa phrase.

— Exact, fit Walsh. Jetons-leur un coup d'œil avec le télescope.

Groves se pencha sur la console pour annuler la fonction de poursuite automatique et réorienter l'instrument d'optique selon des coordonnées fournies par l'ordinateur de bord. L'image floue d'un objet gris tubulaire ceint de réservoirs de carburant et doté d'une unique fusée d'appoint apparut sur la grande vidéoplaque. A cette distance, il paraissait immobile contre le limbe de Jupiter.

Tous regardèrent l'écran sans rien dire. Puis Jo Walsh brisa le silence :

— C'est incroyable !
— Doit-on parler de hasard ou de chance ? demanda McNeil.
— Ni l'un ni l'autre, répondit sèchement Groves.
Hawkins ne put se contenir plus longtemps.
— Mais qu'est-ce qu'il y a, bordel ?
Ce fut McNeil qui se chargea de lui fournir des explications. La capsule était orientée de telle manière que son propulseur auxiliaire se trouvait dans l'alignement idéal pour ralentir sa chute vers Amalthée. Et même sans tenir compte de sa rétrofusée, cet engin n'aurait pu avoir une meilleure position pour limiter les effets d'un atterrissage en catastrophe.
— Depuis deux minutes, l'hypothèse d'un accident est à exclure, commenta Jo Walsh.
— Comme resquilleur, ce Mays se pose un peu là, surenchérit Groves.
— Vous voulez dire qu'ils auraient fait *exprès* de quitter leur trajectoire ?
C'était Hawkins, qui écarta une mèche de cheveux blonds humides de sueur de devant ses yeux.
— Ça ne change pas grand-chose sur le plan pratique, déclara McNeil, visiblement amusé. Qu'ils en soient ou non conscients, ils auront encaissé une dose de radiations presque mortelle et nous devrons les prendre sous notre aile.
— D'accord, Tony, tu as gagné, dit Walsh. Nous allons les laisser s'écraser puis nous irons ramasser les restes.
— Espérons qu'ils ne nous tomberont pas sur la tête, dit Groves.
— Ce serait une coïncidence de trop... faut pas exagérer !
La repartie de Walsh ne fit rire personne.

Trois heures s'écoulèrent. Walsh n'avait pas un instant de répit : la capsule arrivait sur l'écran latéral tandis que la Mante remontait sur l'écran principal. Mais le pilote gardait la tête froide. Il lui était arrivé de se charger de cas d'urgence plus épineux.

Walsh avait décidé de laisser le Pr Forster et Blake Redfield se débrouiller sans elle. Hawkins et McNeil étaient déjà dans leur scaphandre, prêts à voler au secours des passagers de l'engin en perdition, sitôt après l'impact. Groves resterait avec elle dans le poste de pilotage, afin de l'aider à gérer la situation.

Ce fut la capsule qui atteignit la première la surface.

Silencieuse jusqu'à la fin, trop rapide pour que l'œil pût la voir, sa prise de contact avec le sol fut ponctuée par un éclair orangé et un nuage de vapeur hémisphérique.

— Ouf ! laissa échapper Tony Groves.

Walsh ne lui jeta qu'un coup d'œil. Sa signification était évidente : *J'espère que tu n'as pas fait une erreur de calcul.*

Quelques secondes plus tard Hawkins et McNeil sortaient du sas du *Ventris* et se propulsaient vers le point d'impact au-dessus du paysage embrumé.

— Ils sont tombés bien trop vite ! Avez-vous vu la flamme de la rétrofusée ? demanda Hawkins, la gorge nouée. Vous pensez qu'ils ont eu le temps de freiner ?

— Tout s'est passé trop rapidement pour moi, répondit McNeil qui n'osait préciser que le propulseur d'appoint ne s'était, à première vue, pas déclenché. Ils ont pu survivre. On a vu des gens résister à des pointes de soixante g, soixante-dix, et même plus.

Survivre ! S'il était possible d'employer ce terme en pareil cas...

Leur objectif était facile à localiser à l'œil nu car le souffle avait dégagé un grand trou dans la brume et un nuage annulaire gardait sa forme et sa position au-dessus d'un cratère peu profond. Au centre de cette large cuvette, nimbée de vapeur, la capsule refroidissait rapidement mais rougeoyait encore.

— Est-ce que ça va, là-dedans ? cria Hawkins dans son scaphcom. Marianne, tu me reçois ? Mays ?

Il devait croire que les deux voyageurs l'entendraient plus facilement s'il se rapprochait d'eux et hurlait. Il se rua sur l'engin planté verticalement dans la glace.

— Attention, ne le touchez pas avant qu'il n'ait refroidi ! l'avertit McNeil. Vos gants partiraient en fumée.

— Que... oh !

Il s'arrêta, juste à temps.

— Ils sont peut-être à l'agonie, là-dedans !

— Un peu de patience, Bill. Si vous ouvrez le sas et qu'ils n'ont pas revêtu leurs scaphandres, vous allez les achever.

Rongeant son frein, Hawkins restait en suspension à côté de l'épave fumante et utilisait la poignée de sa lourde foreuse laser pour marteler l'écoutille. Aucun signe de vie ne leur parvenait de l'intérieur.

La voix de Walsh résonna dans leurs casques.

— Quelle est la situation, Angus ?

— La capsule semble intacte, mais nous n'avons pu établir aucun contact avec ses passagers.

— Qu'allons-nous faire ? gémit Bill Hawkins, torturé par l'angoisse.

— Détachez la fusée auxiliaire et les réservoirs, puis ramenez l'engin jusqu'au *Ventris* et fourrez-le dans la soute, leur ordonna Walsh.

L'épave noircissait en refroidissant et le voile de brume se déchirait. NcNeil montra à Hawkins comment larguer tout ce qui pouvait l'être, puis ils allèrent se placer à distance quand les boulons explosifs libérèrent l'élément propulseur.

Quoique les modules de manœuvre de leurs scaphandres fonctionnassent à plein régime, ils eurent fort à faire pour imprimer un mouvement à cette masse. Les faisceaux de leurs projecteurs frontaux creusaient d'étranges puits de lumière dans le brouillard pendant qu'ils redoublaient d'efforts. Finalement, la capsule s'éleva comme à contrecœur du cratère fumant qu'elle avait creusé dans la glace.

Le surprenant cortège des deux astronautes en scaphandre blanc qui portaient entre eux une épave calcinée dans ce décor brumeux faisait penser à quelque plafond baroque, une parodie d'apothéose. Les feux lointains du *Ventris* les appelaient au sein de ces limbes laiteux.

Les grandes portes de la soute étaient béantes. Sans la Mante, qui était toujours quelque part sous les flots, ni la Vieille Taupe remisée près du puits d'accès, la cale était bien assez vaste pour recevoir l'épave de la capsule lunaire. Groves descendit les aider. Des moteurs gémirent puis le silence retomba et le sas se referma lentement. Des valves claquèrent et de l'air emplit les lieux, tout d'abord sans bruit puis avec un murmure et finalement un sifflement qui alla en s'amplifiant.

Ils relevèrent la visière de leurs casques

— *Il faut l'ouvrir, il faut l'ouvrir*. On va utiliser un levier à réaction.

— Attention, ce sont des boulons explosifs...

— Soyez prudent, Hawkins !

— ... laissez-moi les désamorcer, je ne tiens pas à me faire décapiter.

L'écoutille s'ouvrit. Hawkins le premier se pencha à l'intérieur de la petite cabine. Il y découvrit les deux corps inertes au visage noirci et aux yeux exorbités injectés de sang.

18

Promu responsable médical du bord, Angus McNeil installait deux modules de survie artificielle dans le minuscule gymnase du vaisseau pour le transformer en clinique. Bill Hawkins n'avait toujours pas quitté son scaphandre désormais puant de sueur. Il demeura planté devant un des moniteurs du carré pour regarder travailler Angus jusqu'au moment où Jo Walsh le convainquit d'aller retirer sa tenue et d'enfiler des vêtements propres.

Tony Groves restait à l'écart, conscient qu'Hawkins le tenait pour responsable de ce qui s'était produit. N'était-ce pas *lui* qui avait persuadé le capitaine d'attendre que la capsule se fût écrasée au sol ? Il s'en mordait les doigts, lui aussi.

Force et durée de l'impact étaient les facteurs de la courbe critique et il avait commis une erreur. En cet endroit, la couche de neige qui couvrait le sol était moins épaisse que prévu et la glace dure avait stoppé trop brusquement l'engin. En outre, la rétrofusée ne s'était pas déclenchée. La certitude cynique de Groves et de McNeil — tous deux convaincus que Mays avait saboté son appareil et savait comment redresser la situation — était sans fondement.

Hawkins s'abandonnait au désespoir. Dans l'impossibilité de se rendre utile ou seulement d'aller voir ce qui se passait dans la clinique improvisée, faute de place, il consultait les fichiers de la bibliothèque à la rubrique « traumatismes kinétiques » et essayait de devenir un expert en la matière.

La lecture des rapports, établis à partir des accidents survenus en un siècle de voyage spatial, était rébarbative et macabre : « 8 500 g/s initiaux avec une moyenne de 96 g pour une durée de 0,192 seconde ont entraîné la mort en quatre heures avec une pathologie globale importante... Le temps nécessaire pour passer de 8 500 g/s à une pointe de 96 est de 0,011 seconde, correspondant à 23 hertz, fréquence qui fait entrer en résonance l'ensemble du corps... L'orientation de la force d'impact correspond à l'axe de déplacement des organes internes, de la pression hydraulique dans les vaisseaux sanguins et de l'interaction des masses représentées par la tête, le thorax et le bassin avec leurs points de jonction sur la colonne vertébrale... »

Mays était le plus gravement atteint, avec les vertèbres lombaires et cervicales brisées, la moelle épinière sectionnée. Les os de Marianne — plus légère, plus jeune, plus petite, moins massive et donc plus souple — étaient intacts. Cependant, ses organes avaient été affectés, comme ceux de Mays, par la « résonance de l'ensemble du corps ».

Hawkins était incapable de s'apitoyer sur le sort de sir Randolph, même s'il mourait. Mais la mort de Marianne lui serait insupportable, et il savait qu'il se la reprocherait jusqu'à la fin de ses jours.

La Mante remontait des profondeurs. Dès qu'elle se fut éloignée du noyau en ébullition et de ses turbulences, les communications furent rétablies avec le *Ventris*, ce qui permit à Blake et au professeur de suivre les événements qui se déroulaient à la surface.

Le submersible jaillit des flots bouillonnants puis se fraya sans assistance un chemin dans la brume, par de brèves poussées de ses propulseurs auxiliaires. Ils atteignirent la cale du vaisseau et posèrent sans incident leur engin peu maniable... il n'avait pas été conçu pour évoluer hors du milieu aquatique de façon autonome. Au-delà de la nappe de brouillard un point brillant venait d'apparaître dans le ciel cuivré d'Amalthée, un cutter du Bureau spatial qui s'immobilisait dans son sillage.

Blake et Forster franchirent l'écoutille de la soute à temps pour entendre l'ordinateur du bord annoncer :

Le CWSS 9 du Bureau du contrôle spatial s'est placé en position stationnaire. L'inspecteur Ellen Troy sollicite la permission de monter à bord du Ventris.

En haut, dans le poste de pilotage, Jo Walsh répondit :

— Autorisation accordée. L'inspecteur Troy devra emprunter le sas principal.

La voix de Sparta leur parvint par les haut-parleurs :

Je suis sur place. Des problèmes ?

— Aucun, vous pouvez venir nous rejoindre, répondit Walsh.

Blake et le professeur arrivèrent dans la cabine de pilotage à l'instant où Sparta y pénétrait par l'écoutille du plafond, son casque sous le bras.

— Comment se portent les blessés ? demanda-t-elle.

— Plutôt mal, inspecteur, répondit Walsh. Mais vous arrivez au bon moment... (Presque trop, pensa-t-elle avant d'ajouter :) Nous devons les transporter à bord du cutter pour les transférer dans un établissement de soins digne de ce nom.

— Je regrette, mais il est trop tard.

— Que voulez-vous dire ? s'enquit Walsh en la foudroyant du regard.

— Il a déjà appareillé.

Elle désigna d'un signe de tête la vidéoplaque de la console de navigation, à l'instant où le point qui représentait le vaisseau du Bureau spatial acquérait de la brillance puis grimpait rapidement le long d'une trajectoire ascendante.

— Puis-je savoir à quoi ça rime ? demanda Forster.

— La quarantaine d'Amalthée est officiellement levée, lui répondit Sparta. Nous nous retrouvons livrés à nous-mêmes, professeur. Et je dois m'entretenir avec vous, de toute urgence et en privé.

Walsh ne lui laissa pas le temps de répondre.

— J'ignore ce qui se passe, coupa-t-elle, mais je présume que c'est important. J'espère que vous êtes prête à assumer la responsabilité du décès des deux blessés, inspecteur. Vous venez de leur faire perdre leur unique chance de survie.

Walsh avait passé des milliers d'heures dans l'espace à bord d'appareils du Bureau spatial. Elle connaissait Sparta depuis longtemps et elle ne contint sa colère que grâce à son sens profond de la discipline.

— J'en endosse l'entière responsabilité, Jo, lui répondit Sparta. Et si c'est en mon pouvoir, je ne les laisserai pas mourir.

La clinique improvisée était juste assez vaste pour recevoir les deux victimes de l'accident. Des sangles à peine tendues les empêchaient de dériver dans ce milieu pratiquement en apesanteur. De toute façon, ils n'auraient pu aller bien loin, captifs du filet de tubes et de câbles des appareils chargés de surveiller leurs rythmes cardiaques, cérébraux et pulmonaires ; leurs systèmes circulatoires, nerveux et digestifs ; leurs équilibres chimiques et hormonaux...

En plus des chairs déchiquetées, des os fracturés, des nerfs sectionnés et des organes déplacés, Mays et Mitchell avaient subi une forte irradiation dans cette capsule au bouclier bien trop mince pour un séjour de huit heures dans une des ceintures de Jupiter. Et ce problème était autrement plus grave que le précédent.

Des molécules modifiées par génie génétique empruntaient des tubes microscopiques pour pénétrer dans leur système circulatoire, où elles se ruaient tels des véhicules de premiers secours. Il y avait des éléments biochimiques naturels et de minuscules structures artificielles, des « nanocytes refaçonnés » qui n'intervenaient pas en incisant et en sectionnant, comme l'auraient fait des machines lilliputiennes bourdonnantes, mais par catalyse instantanée, complexification et décomplexification des molécules imbriquées. Cet arsenal biochimique recherchait les muscles, les ligaments et les chairs en lambeaux, les fibres nerveuses effilochées, les os broyés. Les éléments endommagés étaient ingérés et digérés, les déchets pillés de leurs composants. Des pièces de rechange étaient fabriquées sur place à partir de la mer nutritive où nageaient des essaims de protéines naturelles et artificielles et d'acides nucléiques...

Sparta s'enferma dans la clinique et y resta tout au long du processus de reconstitution, avec ses broches digitales déployées et insérées dans les ports du système de contrôle de la machine. Sous son front, la masse plus dense de son œil de l'âme procédait à une vérification des analyses. Elle *humait* les équations complexes soumises à son inspection mentale et les *voyait* s'inscrire sur l'écran de son conscient. A intervalles réguliers, plusieurs fois par seconde, elle apportait de légères modifications aux formules chimiques.

Six heures s'écoulèrent ainsi... moins de la moitié d'une révolution autour de Jupiter, car en perdant de sa masse, Amalthée s'était graduellement placée sur une orbite plus élevée, et donc plus lente.

Les témoins virèrent au jaune pour signaler que les patients étaient hors de danger. Ils seraient épuisés et souffriraient à leur réveil, et il leur faudrait du temps pour s'accoutumer à la raideur des tissus reconstitués, mais ils seraient en voie de guérison. Sparta l'avait su avant même que les moniteurs ne l'annoncent. Elle était allée s'allonger sur la couchette qu'on lui avait attribuée et dormait profondément, exténuée.

Blake était près d'elle, à son réveil. Ils partageaient la même cabine.

Sparta portait la même tenue que lors de leurs retrouvailles sur Ganymède, un ensemble composé d'une tunique et d'un pantalon en tissu velouté noir. Blake la trouvait aussi désirable, qu'elle fût en combinaison de style « ne-me-touchez-pas » ou en scaphandre informe, mais depuis quelque temps elle ne se préoccupait plus guère de l'opinion d'autrui. Il fut moins surpris qu'il ne l'aurait été un an plus tôt lorsqu'elle lui adressa un sourire empreint de lassitude et entreprit de retirer les vêtements froissés qu'elle avait gardés pour dormir.

— Que se passe-t-il... Linda ?

Nue à présent, elle s'assit en face de lui sur la couchette et replia ses jambes en position de lotus.

— Ça concerne la Connaissance, et sa véritable signification.

Elle reprenait le débat qu'ils avaient entamé sur Ganymède comme si rien ne l'avait interrompu.

Il hocha la tête.

— Je m'en doutais.

— Tu sais que je n'ai pas été initiée. Je n'ai jamais appartenu au Libre Esprit, pas plus qu'à la Salamandre. C'est parce que tu as dû te soumettre à ces rites que j'en connais les détails.

— Le plus important à ce sujet, c'est que les prophètes m'auraient laissé mourir en cas d'échec... comme tous ceux qui n'ont pu réussir ces épreuves.

— Ils voulaient sélectionner des surhommes. Pas uniquement par orgueil. Là-bas, à Granite Lodge, j'ai longuement interrogé mon père, le commandant et les autres membres de l'équipe, afin d'apprendre ce qu'ils savaient des pratiques du Libre Esprit et comment ils interprétaient la Connaissance. Je voulais savoir s'ils appréhendaient ses enseignements de la même manière que moi. Tu sais que la Connaissance a été directement inscrite dans mes neurones.

— N'est-ce pas ce qu'ils ont essayé d'effacer ?

Elle hocha la tête.

— J'ai beaucoup appris au cours de cette année. Par des tiers et, surtout, par une exploration méticuleuse de ce que contenait ma mémoire. Mon souvenir le plus marquant était celui d'une expérience vécue pendant ma... folie. Dans les ténèbres de la crypte creusée sous St Joseph's Hall, la résidence de Kingman, lorsque j'ai regardé à l'intérieur d'une cache aménagée à l'aplomb d'une représentation de la Croix du Sud qui occupait le centre de la voûte. Sous une dalle où était reproduite une tête de Méduse.

— La déesse de la mort.

— Dans un de mes rêves, je m'appelais Circé. Cette magicienne incarnait la mort, elle aussi.

— Est-ce toujours ainsi que tu te considères ?

— Nous avons tous de nombreuses facettes, Blake. Chacun de nous. Dans cette cachette j'ai trouvé des parchemins, la puce de l'enregistrement de la reconstitution du corps de Falcon et un calice sur lequel était représenté le dieu des tempêtes, mais ce qui m'a frappée, c'est la vue de deux petits squelettes aux os fragiles, jaunis et très anciens. Des bébés de la même taille. J'ai aussitôt pensé à des jumeaux. Et à ce qu'ils symbolisaient. Comme le roi et la reine des alchimistes, ils étaient les Jumeaux Célestes — et les Parents Célestes — l'Or et l'Argent, le Soleil masculin et la Lune féminine.

— C'est conforme aux enseignements de la Salamandre.

Elle sourit.

— Je t'ai averti que mon histoire était longue.

— Tu arrives à ce qui m'intéresse le plus. Les écrits anciens.

— Parfait. L'important, c'est que pendant des millénaires un culte a été rendu à la Connaissance, sous bien des noms différents destinés à dissimuler l'existence de cette secte. Le Libre Esprit est apparu récemment, au XIIe ou au XIIIe siècle, mais ces fanatiques se sont toujours employés à répandre une *fausse* Connaissance, afin de garder pour eux seuls leurs précieux secrets.

Blake ne put s'empêcher de faire un commentaire :

— Les mythologies égyptienne, mésopotamienne et grecque contiennent de nombreux indices. On en trouve d'autres chez Hérodote, dans les contes des mages persans... des adeptes, eux aussi. Et il y a Hermès Trismégiste. Ces livres censés contenir les enseignements des prêtres de l'ancienne Egypte étaient, en fait, de simples fictions hellénistes concoctées par des adorateurs du Pancréateur pour orienter les curieux vers de fausses pistes. Mais ces affabulations n'étaient-elles pas merveilleuses, admirablement imprécises et très suggestives ? Certains y croient encore, même à notre époque ! Quant aux soi-disant *grandes* religions... Tu n'aurais pas dû me lancer sur ce sujet.

— J'essaierai de ne pas l'oublier, à l'avenir, dit-elle en souriant.

— Au début était le Verbe, et le Verbe était mensonge, fit-il avec véhémence. L'hérésie originelle du Libre Esprit... ces malheureux qui faisaient des pieds de nez à l'Eglise officielle et marchaient droit à la mort n'étaient que des fantassins, des troupes sacrifiées, alors que les responsables portaient les titres de cardinaux ou d'évêques.

Il fit une pause et nota son air amusé. Il rit et secoua la tête.

— Désolé, c'est toi qui es censée me le dire.

— Le spécialiste de ce sujet, c'est toi. Ce qui m'intriguait le plus, c'était l'alchimie — tous ces textes ésotériques dont certains datent de la période romaine, sans aucune signification théorique ou pratique. J'ai fini par comprendre qu'ils étaient le reflet de traditions bien réelles, et épouvantables, vues au travers d'un prisme déformant.

Elle récita, d'une voix un peu rauque à la monotonie lancinante :

Salut à toi, belle lampe des cieux
qui inondes le monde de ta lumière. Ici
te voici unie à la lune, ici
apparaît le lien avec Mars et la
conjonction avec Mercure... Quand
ce trio est dissous, non
en eau pure mais en suc
mercuriel, notre gomme bénie qui
se dissout elle-même et est appelée
le Sperme des Philosophes,
il faut en hâte le lier et
le fiancer à la vierge...
etc.

— En as-tu saisi le sens ? demanda Blake.

— Ce qu'il contient de pire, en tout cas. Les prophètes ont érigé des temples-planétariums depuis le néolithique — dans les écrits alchimiques ils sont symbolisés par l'alambic, le vase scellé —, et pour consacrer leurs fondations, les adeptes de la Connaissance tuaient et dévoraient deux petits enfants, un garçon et une fille, des jumeaux... de préférence la progéniture des membres de ce culte. Des jumeaux qui remplaçaient le chef spirituel.

— Sinon ils l'auraient mangé, lui ?

— Ou mangée, elle. Il ne devait subsister en fin de compte qu'un seul être qui réunirait en lui les principes masculin et féminin. Le but suprême du plus élevé des cercles était d'engendrer cette entité sacrée et magique. De tout temps, le Libre Esprit a utilisé les arts et les sciences les plus avancés de l'époque pour essayer de créer l'être humain parfait.

— L'Empereur des Derniers Jours, fit Blake.

— Oui, et c'est toi qui m'as appris que lorsque le Pancréateur descendrait du ciel, de son étoile d'origine située dans la constellation de la Croix du Sud, l'Empereur — ou l'Impératrice — devrait se sacrifier pour assurer le salut des prophètes.

— Ouais ! Ce Pancréateur est vraiment un dieu juste et bon, comme celui de la Bible. Un Dieu jaloux, qui réclame que des êtres humains lui soient immolés.

— L'antique symbole de l'Empereur, ce personnage sacré rendu parfait, était l'Ouroboros, le serpent qui se dévore lui-même... accompagné par la légende : « Si vous n'avez pas Tout, Tout n'est Rien. »

— Tout sera bien, murmura Blake.

— Ils ont changé ce qui était à l'origine destiné à apporter l'espoir en une abomination. Je pense que la pratique du sacrifice des jumeaux s'est interrompue à la fin du XVIIIe siècle — quand le culte a subi l'influence de la science moderne — même si on en trouve encore de vagues réminiscences dans les banquets rituels des chevaliers et des anciens. Alors que le renoncement à la vie librement consenti par l'Empereur, ou l'Impératrice, n'est pas censé être purement symbolique...

— Nous n'avons plus entendu parler de ces fanatiques depuis la répression de la mutinerie du *Kon-Tiki*, rétorqua Blake. Nous avons tranché la tête du serpent.

— Nos adversaires ont échoué parce qu'ils avaient mal interprété la Connaissance. Quand ils ont voulu faire de moi cette Impératrice, ils ont commis de nombreuses erreurs. Je les ai corrigées.

Il la dévisagea, dérouté.

— Ces interventions chirurgicales...

— Je n'ai pas l'intention de m'immoler, rassure-toi. Cependant, et à ma grande surprise, j'ai pris conscience — en répertoriant ce que j'avais appris, par eux ou par moi-même — que je venais de recouvrer ma foi dans le Pancréateur. Il existe. Et je crois que nous le rencontrerons sous peu.

— Pure superstition, fit-il posément, de plus en plus mal à l'aise. Nous sommes tous convaincus que nous découvririons bientôt des vestiges de la Culture X, c'est presque une certitude. Mais le Pancréateur est un mythe, rien de plus.

— Le Libre Esprit ne m'a pas convertie. Toutefois, il est indéniable que je suis cette Impératrice.

Elle lui adressa un sourire pincé. Ses yeux brillaient tels des saphirs.

— Et que tu es mon jumeau.

Forster les réunit dans le carré.

— Angus, voudriez-vous nous dire ce que vous avez trouvé en examinant la capsule ?

L'expression de l'ingénieur était aussi sévère que celle d'un inspecteur de police annonçant les conclusions d'une enquête.

— Les systèmes de communication et de télémétrie ont été sabotés. Un expert en navigation a reprogrammé l'ordinateur de guidage de cet engin afin qu'il change de trajectoire à proximité d'Io...

— Que voulez-vous dire, McNeil ? l'interrompit Hawkins. Qu'ils voulaient se suicider ?

Le technicien se contenta de secouer la tête avant de reprendre ses explications :

— ... et qu'il mette le cap sur Amalthée, où Mays espérait pouvoir se poser en douceur. Il a dû faire une erreur de calcul. D'après le Doppler, le propulseur auxiliaire s'est effectivement déclenché... quelques secondes trop tard pour leur être d'une quelconque utilité. Ils avaient déjà percuté la glace.

— Tu avais raison, Tony, grogna Jo Walsh.

— C'est malheureusement insuffisant pour me donner bonne conscience. Leur atterrissage a été brutal, très brutal.

— S'ils étaient morts, vous ne pourriez pas employer le terme « d'atterrissage », lança Hawkins avec colère.

— Je ne tolérerai plus d'interruptions, gronda Forster en le foudroyant du regard. Vous exprimerez votre point de vue quand ce sera votre tour. Je pense, quant à moi, que Tony a analysé la situation avec justesse. Mays avait tout prévu et, bien que la rétrofusée ne se soit pas déclenchée, cet homme et... sa compagne, ajouta-t-il après un coup d'œil à Hawkins, laquelle devait tout ignorer de ses intentions, ont survécu et se retrouvent parmi nous.

On lisait sur les traits de Hawkins toute une gamme de sentiments contradictoires.

— Josepha, se hâta d'ajouter Forster, assurez-vous que nous avons des enregistrements de tout ce qui s'est passé et qu'ils sont en lieu sûr. Je pense plus particulièrement à ce qu'Angus a découvert. Vérifiez également que le circuit de surveillance fonctionne normalement.

— Bien, professeur.

Walsh n'était pas du genre à manifester sa surprise. Tout avait été enregistré, les règlements du

Bureau du Contrôle spatial l'imposaient et les systèmes automatiques se chargeaient de pallier les éventuelles négligences des hommes. Forster devait craindre un autre sabotage.

— A mon avis, si Mays en avait eu la possibilité il aurait récrit le programme de l'ordinateur de bord — ou détruit cet appareil, si nécessaire — et prétendu que l'accident était dû à une panne. S'il est ici, c'est pour nous espionner.

Il s'isola un instant dans l'univers de ses pensées puis déclara :

— J'ai terminé. J'attends vos commentaires.

— Ils se réveilleront dans moins d'une heure, professeur, fit remarquer Groves. Tenaillés par la faim, curieux et impatients de se débarrasser des tubes, des câbles et des sangles qui les entravent. Que devrons-nous faire ?

— Nous avons une mission difficile à accomplir et seulement quelques jours pour la mener à bien. Je ne vois pas comment empêcher sir Randolph de prendre connaissance de ce que nous apprendrons, sitôt qu'il pourra se lever et se déplacer librement.

— Je présume que vous n'envisagez pas de les boucler en lieu sûr ? demanda McNeil qui paraissait le regretter.

— C'est hors de question. Je veux que ce soit bien entendu. Nous devrons tous respecter l'éthique et les lois de l'espace.

Il se racla la gorge.

— Voilà pourquoi il faut trouver à cet homme et à sa jeune amie des occupations qui ne leur laisseront guère de loisirs.

QUATRIÈME PARTIE

AU CŒUR DES PROFONDEURS

19

Amalthée s'amenuisait et perdait un pourcentage toujours plus important de sa masse. Plus elle se réduisait, plus vite elle fondait.

Son océan intérieur finirait par s'évaporer et disparaître. Forster aurait pu se contenter d'attendre pour découvrir son noyau, mais trop de questions resteraient alors sans réponse et la patience n'était pas son fort.

Ce fut avec Sparta aux commandes que la Mante plongea à nouveau dans la mer grouillante de vie.

— Elles sont déjà là, dit Forster, surpris. Les créatures que nous avons aperçues la première fois.

— Elles attendaient votre retour, commenta Sparta. Je parie qu'elles ont été désappointées de vous voir faire demi-tour, vous et Blake.

Un banc de calmars luminescents formait un magnifique tapis miroitant en contrebas, un voile vivant qui ondoyait tel un organisme unique et paraissait y prendre du plaisir.

Forster se tourna vers la femme en haussant un de ses sourcils broussailleux.

— On dirait que c'est une certitude pour vous.

— Elle a raison, professeur, intervint Blake, recroquevillé dans l'étroit passage derrière eux. Ecoutez l'hydrophone.

Sparta suivit sa suggestion et régla le volume des micros externes. Le fracas surnaturel du monde sous-marin les assourdit.

— J'entends, mais je ne suis pas biologiste, déclara Forster. Je présume que tous les poissons de notre planète en font autant... (Un tic nerveux agita ses sourcils.) J'y découvre cependant un thème, bien plus précis que la première fois. Il n'est pas régulier, non, mais je reconnais des passages importants qui se répètent. Croyez-vous que ce soit un signal ?

— Sous forme de cris et de sifflements, dit Sparta.

— Et son sens est identique, précisa Blake. Identique à celui émis par les méduses joviennes.

— Oui, professeur, c'est la même chose, confirma Sparta.

— Ils sont arrivés, murmura Forster qui réfléchit un instant puis ajouta : Je ne vous demanderai pas comment vous le savez, Troy...

— Votre analyse le confirmera, quand vous comparerez les enregistrements.

— Je crains de ne pas en avoir le temps... pas avant notre départ d'Amalthée. Vous n'avez pas tout dit, n'est-ce pas ? demanda-t-il en la regardant. Vous saviez depuis le début ce que nous trouverions.

Elle hocha la tête.

— Et également que c'est aujourd'hui que nous ferons la grande découverte ! ajouta-t-il, triomphant.

Sparta avait cessé de lui prêter attention et se concentrait sur leur plongée. Par des battements de ses ailes puissantes, la Mante suivait le banc de calmars luminescents vers le cœur igné de cette lune. Comme la fois précédente, le sous-marin dut s'arrêter pour s'adapter à la profondeur. Amalthée avait diminué de volume, ce qui rendait la pression supportable, même à proximité du noyau.

Leur but n'était plus inaccessible.

Le cœur entier de la lune irradiait de la lumière, alors que les émissions de chaleur étaient circonscrites à certains points de son enveloppe. Lorsqu'ils furent plus proches de lui, ils purent constater que les torrents de bulles sortaient d'étranges structures complexes, des tours incandescentes d'un kilomètre ou plus de hauteur dressées sur un objet ellipsoïdal aussi lisse qu'un miroir. La clarté de ces constructions verticales, qui semblaient proches du point de fusion — car bien que filtré par la masse liquide, leur éclat était plus vif que celui des filaments d'une ampoule à incandescence — se réfléchissait sur le miroir convexe. C'étaient ces reflets, tout autant que leur source, qui donnaient de loin l'impression que la totalité du noyau était lumineuse.

Le professeur s'adressa à Sparta :

— Vous savez de quoi il s'agit, n'est-ce pas ?

— Oui.

— Pas moi, avoua Blake.

— Un vaisseau spatial, expliqua Forster. Une nef vieille d'un milliard d'années. C'est à son bord que des représentants de la Culture X sont venus de leur étoile à la nôtre. Ils l'ont laissée ici, dans les ceintures de radiations de Jupiter, le secteur le plus dangereux de notre système, le soleil excepté. Et ils l'ont enchâssée dans une gangue de glace assez épaisse pour assurer sa protection aussi longtemps qu'il le faudrait. Ils ont ensemencé de vie les nuages de la planète géante. Des générations et des générations de méduses ont monté passivement la garde, pour *nous* attendre — sans jamais évoluer car elles vivaient dans un écosystème d'une extrême simplicité, et protégé des bouleversements cataclysmiques propres aux mondes qui ont une activité géologique

— jusqu'au jour où le *Kon-Tiki* leur a révélé que l'humanité était devenue une espèce spatiopérégrine. Que *nous* étions arrivés.

Il fit une pause et une expression de bonheur quasi extatique métamorphosa son visage de vieil homme à l'expression encore juvénile.

— Et voilà que le vaisseau-monde s'éveille, qu'il se dépouille de son manteau de glace.

Amusée par cette envolée lyrique mais redoutant ses sautes d'humeur, Sparta lui demanda posément :

— Que va-t-il se passer, selon vous ?

Il la lorgna, l'œil pétillant de malice.

— Il y a plusieurs possibilités, ne croyez-vous pas ? Ils pourraient venir nous saluer, ou repartir chez eux après avoir constaté que leur mission était terminée. S'ils ne sont pas tous morts, bien sûr.

— Ils pourraient aussi instaurer le Paradis sur Terre, fit Blake, caustique.

— C'est ce qu'enseigne votre culte, je suppose ?

— Ce n'est pas *mon* culte, pas plus que le sien.

Ils se turent. Sous eux, le noyau brûlant grandissait et emplissait la totalité de leur champ de vision. Bien que petit par rapport à la gangue qui l'enchâssait, il était énorme, bien plus gros que la plupart des astéroïdes — trois fois plus que Phobos, la lune intérieure de Mars. Ils savaient depuis les premiers sondages que ce n'était pas un objet d'origine naturelle, mais voir de ses yeux un artefact mesurant trente kilomètres de diamètre avait de quoi rendre songeur, même quelqu'un d'aussi blasé que Sparta.

Elle utilisait sa vision infrarouge pour observer les courants de convection chauds et froids qui s'écoulaient sur l'étendue brillante de l'ellipsoïde en créant des turbulences. Portées à ébullition, les colonnes d'eau qui s'élevaient des tours incandescentes apparaissaient sous forme de galaxies de bulles microscopiques qui brillaient tels des quasars, dans les fréquences auxquelles ses yeux étaient sensibles. De l'eau plus fraîche, plus limpide, ruisselait le long des structures verticales comme une nuit purpurine, pour s'engouffrer dans les bouches d'aspiration ouvertes à leur pied.

Elle éloigna la Mante de la zone de chaleur et laissa les courants froids l'entraîner vers le bas. Même sans sa vision infrarouge pour la guider, elle eût choisi le même chemin en suivant simplement le banc de calmars.

Il y en avait d'autres à proximité du noyau. Ils piquaient vers la base des grandes tours et semblaient se ruer à l'intérieur et à l'extérieur de ces bouilloires embrasées sans en être incommodés.

— J'aimerais savoir quelle est la source de tant de chaleur, dit Forster.

Il avait dû crier pour se faire entendre. Les grondements et les rugissements des tours-calorifères les assourdissaient.

— Je pense à de l'énergie nucléaire.

— Impossible, rétorqua Blake. Nos instruments ne détectent pas de neutrons. Ni de rayons gamma. Nous pouvons donc éliminer la fission et la fusion.

— Nous aurons le temps de nous pencher sur la question par la suite. Pour l'instant, l'important est de trouver l'entrée.

Ils suivaient toujours les calmars.

— Nos petits amis vont peut-être nous guider jusqu'à elle, avança Sparta.

La Mante n'était plus qu'à quelques mètres de la surface polie. Ils n'y voyaient aucun rivet, joint ou irrégularité. Ce miroir était parfait. Ils survolèrent en battant majestueusement des ailes cette étendue convexe qui semblait recouverte d'une pellicule de diamant. L'horizon s'incurvait, comme celui d'une lune, et le ciel d'eau noire était constellé d'étoiles filantes organiques.

— Et si nous ne pouvons pas entrer ? demanda Blake.

La réponse de Forster traduisit des hésitations qui pouvaient surprendre.

— Il serait difficile d'imaginer quelque chose de plus... *frustrant* que de nous retrouver bloqués à la porte de ce qui constitue la plus grande découverte archéologique de l'Histoire de l'humanité.

Sparta restait muette. Comme en méditation. Rien ne semblait devoir la bouleverser ou simplement la surprendre.

Le banc de calmars scintillants s'était apparemment fixé pour but un large dôme aplati de plus d'un kilomètre de circonférence. Leur engin arriva bientôt à l'aplomb de cette structure, cernée par les grandes tours incandescentes qui capturaient les lointaines plaines de diamant dans un réseau de reflets.

Les céphalopodes viraient désormais au-dessus des humains. Comme des feuilles d'automne aux couleurs vives prises dans un tourbillon. Ils s'élevaient dans le ciel liquide pour retomber et être emportés à nouveau. La Mante battait des ailes pour progresser dans la spirale ascendante de créatures transparentes. Sous eux, au centre du dôme d'un seul tenant, les explorateurs remarquèrent une brèche, un trou circulaire d'approximativement deux mètres de diamètre.

— Trop étroit pour autoriser notre passage, grommela Forster, dépité.

Sparta les amena vers l'ouverture obscure qu'elle sonda avec les projecteurs du submersible. D'autres structures se dépliaient à l'intérieur. C'était une sorte de tunnel aux parois de métal brillant sculptées et ornées d'étranges filigranes.

— A première vue, ce n'est pas artificiel, ajouta Forster, de plus en plus pessimiste.

— Peut-être s'agit-il du point d'impact d'une

météorite, suggéra Blake en se penchant entre leurs têtes pour mieux voir.

— Tu ne la trouves pas trop régulière pour avoir une origine naturelle ? lui demanda Sparta.

— Les cratères dus aux grosses météorites sont toujours circulaires, sauf lorsqu'elles arrivent sous un angle très bas, rétorqua-t-il comme s'il s'était fixé pour but de détruire leurs espoirs.

— Je doute qu'un tel projectile puisse transpercer ce matériau, rétorqua Sparta. C'est le même que celui de la plaque martienne.

— Inspecte le rebord, insista Blake. On voit qu'il s'est produit une explosion.

— Je ne suis pas de ton avis. Les motifs sont trop compliqués pour avoir une origine accidentelle.

Forster se racla la gorge et grogna :

— Alors, qu'est-ce que ce serait, d'après vous ?

— Une porte, qu'ils ont laissée ouverte à notre intention.

— *Ils ?* Ce n'est qu'une machine... une machine vieille d'un milliard d'années.

Elle hocha la tête.

— Très vieille, et très intelligente.

— Vous la croyez programmée pour nous autoriser à entrer ?

Il espérait obtenir une confirmation de ses espoirs. N'importe qui s'en serait rendu compte.

Sparta acquiesça de nouveau, pour lui faire plaisir. Mais s'il voulait l'entendre dire qu'*ils* étaient toujours là à les attendre, elle allait le décevoir.

Sparta examina l'intérieur de la cavité circulaire, ses surfaces dentelées et striées. Elle grava leur dessin dans sa mémoire puis, pour un court instant...

... elle entra en transe, dans un espace mathématique aux dimensions impossibles à se représenter et totalement coupé du monde réel. Ici, elle ne percevait rien du milieu extérieur... hormis les pépiements des calmars qui résonnaient toujours à l'intérieur de son crâne. Son œil de l'âme procéda à des analyses et à des calculs, et elle comprit brusquement les principes de fonctionnement de ce système. Elle cligna des paupières...

... et refit surface dans l'étrange univers sous-marin mi-obscur mi-lumineux, mi-froid mi-chaud. La Mante dansait, sensuelle, dans les flots sombres. Sans se donner la peine de fournir des explications à ses compagnons, Sparta manipula les bras mécaniques du submersible et fit courir leurs doigts de titane sur les motifs compliqués de la surface interne du trou cylindrique. Ils effleuraient et comprimaient des protubérances dont la texture rappelait celle de scories métalliques, ou encore de bijoux finement ciselés, mais qui correspondaient, en fait, à une chose plus simple et plus évidente qu'une constante mathématique, comme l'écriture des décimales de pi.

— Il y a du nouveau, annonça le professeur.

— Je ne vois rien, dit Blake. Et je n'entends rien.

— Je le sens... mais ne me demandez pas par quel moyen, précisa Forster dont les yeux s'écarquillaient. Regardez ! Qu'est-ce que c'est ?

Le dôme aplati au-dessus duquel ils restaient en suspension paraissait se dissoudre, les reflets des tours-bouilloires perdaient de leur netteté.

— Il semble plus lumineux, dit-il, surexcité.

— Vraiment ?

La voix de Sparta était moqueuse.

— Le sol — ou la coque, si c'est bien une coque — devient luminescent.

— Les instruments ne détectent pourtant aucune élévation de la température, rétorqua Blake.

— Je n'ai pas... Regardez !

Forster se pencha et colla son nez à la bulle en polyverre de la Mante.

— Je peux voir au travers !

Le dôme s'éclairait progressivement, tel un immense lustre relié à un variateur d'intensité manipulé très lentement. Le renflement hémisphérique de la lune de diamant rosissait, comme une enseigne au néon. Puis son éclat crût brusquement, et ce qui ressemblait à une surface de métal opaque et poli devint aussi limpide que du cristal.

Jo Walsh, qui n'était pas intervenue depuis plusieurs minutes, s'adressa à eux par sonarcom.

— Nous enregistrons une modification du profil séismique du noyau, professeur.

— Quelle modification ? voulut savoir Forster.

— L'ordinateur ne peut lui trouver un sens. Le cœur d'Amalthée n'est plus imperméable aux sons. Je ne sais pas si nous disposons de programmes capables d'interpréter ce qui se passe...

— Contentez-vous de tout enregistrer. Nous analyserons ces données par la suite.

— Entendu, professeur.

A bord de la Mante, tous fixaient la scène qu'ils avaient sous les yeux, émerveillés. A travers le dôme d'un kilomètre de large désormais d'une transparence absolue, ils plongeaient le regard dans un espace dégagé et lumineux bien plus vaste que la plus colossale des cathédrales de la Terre.

— C'est un sas, assez grand pour accueillir des vaisseaux spatiaux, dit Forster.

— Pas un sas, le contredit Sparta.

— Quoi ? Oh ! bien sûr... il ne contient pas d'air.

— Comment s'ouvre cette écoutille, à votre avis ? demanda Blake.

Comme pour lui répondre, le dôme de cristal se mit à fondre. Le mécanisme de verrouillage situé juste au-dessous d'eux — toujours visible mais désormais aussi arachnéen qu'une sculpture en sucre filé — se mit à vibrer et disparut à leur vue. A sa place un tourbillon se forma, selon les règles établies par Léonard de Pise. Le matériau de la coque s'était apparemment divisé en couches très minces qui disparaissaient l'une après l'autre, de plus en plus vite, jusqu'à la dernière strate de molécules... dont il se dépouilla à son tour.

Les flots comblèrent aussitôt ce vide. Prise dans la turbulence, la Mante fut aspirée à l'intérieur du noyau.

Quelques secondes plus tard tout était terminé. La coupole s'était reconstituée au-dessus d'eux. Des pellicules de tuiles moléculaires trop petites pour être visibles s'étaient juxtaposées en ordre inverse, et le grand dôme avait retrouvé son opacité encore plus rapidement qu'il ne l'avait perdue. La dernière vision que les trois occupants de la Mante avaient eue du monde extérieur pendant que leur sous-marin roulait dans les tourbillons était celle d'un banc de calmars bioluminescents qui s'égaillaient dans toutes les directions, tel un essaim de météorites.

Il fallut à Sparta un moment pour stabiliser l'engin et l'orienter en fonction du centre d'Amalthée — le « sol » — et du milieu du dôme — le « plafond ».

Ici régnait un profond silence. Ils n'entendaient plus ni le vacarme des tours-bouilloires ni les grondements infrasonores qui évoquaient les battements du cœur d'un géant. Les hydrophones du sous-marin ne captaient plus que le pétillement des bulles de sa propre respiration.

— Jo, vous me recevez ? demanda Sparta par sonarcom.

Elle ne fut ni surprise ni inquiète de constater que la liaison était coupée. Elle adressa un regard à Forster. L'expression du professeur traduisait de la surexcitation mais aucune peur.

— Ce qui assure la signature séismique de cette chose a repris ses fonctions, commenta Blake.

— Tant que nous serons ici, nous ne pourrons pas communiquer avec la surface, dit Sparta.

— Je m'y attendais, déclara Forster. Walsh et les autres comprendront ce qui s'est passé. Essayons de respecter l'emploi du temps dont nous sommes convenus.

Sparta doutait que leurs compagnons puissent deviner ce qui s'était produit mais elle les savait assez disciplinés pour ne pas s'écarter de leur plan de mission. Elle jeta un regard à la console.

— La pression externe diminue rapidement.

— Un système très efficace, commenta Blake.

— D'énormes pompes doivent être en action et je n'entends aucun bruit, déclara Forster avec surprise.

— Elles sont minuscules, intervint Sparta. Des machines moléculaires, comme des cellules biologiques, sur toute la surface du dôme.

La Mante n'était plus qu'un point perdu au milieu d'un bol renversé démesuré, plus petite qu'un *guppy* dans un grand aquarium. Les parois et le sol faiblement luminescents diffusaient une clarté bleu pâle rappelant celle qui régnait dans les mers tropicales de la Terre, à une douzaine de mètres de profondeur. Sous la coupole elle-même, des têtes d'épingles disposées apparemment au hasard émettaient une lumière plus blanche et bien plus vive.

Quoique le spectre ne s'étendît pas aux infrarouges ou aux ultraviolets, la luminescence diffuse permettait à Sparta de discerner l'architecture gracieuse de la salle. L'espace était dégagé et les pilastres et les voûtes affaissées aux formes coulantes rappelaient les œuvres de Gaudi. Le tout englobait des réseaux de conduites fractales à la disposition compliquée, comparable à celle des embranchements alvéolaires d'un poumon de mammifère.

Blake pouvait voir ce qui les entourait presque aussi nettement que Sparta et...

— Il y a quelque chose, ici... qui m'est familier, dit-il. Il en prenait conscience en même temps qu'elle, même s'il ne pouvait analyser son impression.

Pour Sparta, c'était même un motif *très* familier.

— Tu as vu les holos du temple du Libre Esprit, sous la résidence de Kingman ?

— Oui.

— Eh bien, il suffirait de fournir son image à un programme graphique et de l'aplatir d'environ quatre cents pour cent pour voir ceci.

La crypte creusée sous le manoir anglais avait été construite dans le style gothique flamboyant de la fin du XIVe siècle, alors qu'ici l'espace s'enflait vers l'extérieur avec plus d'extravagance encore que dans les dômes centraux de la Mosquée bleue. Mais les éléments architecturaux — les arcs gracieux, la symétrie octuple, les ogives entrecroisées, les motifs de feuilles qui dessinaient des rayons à partir de la bosse centrale —, tout cela faisait effectivement penser à une construction gothique qu'on aurait écrasée.

Forster tendait le cou pour regarder au-dessus de lui, par la bulle de la Mante.

— Et ces lumières blanches qui nous surplombent. On dirait une constellation.

— La Croix du Sud, expliqua-t-elle. Ces extraterrestres étaient de grands sentimentaux. Ils ont représenté au centre de l'écoutille leur étoile d'origine.

— Avec, à son aplomb, le saint des saints, fit Blake.

— Oui. L'entrée doit se trouver juste au-dessous, précisa-t-elle à l'intention du professeur.

Elle fit descendre la Mante dans les flots bleutés. Le sol était aussi accidenté qu'un récif de corail, un enchevêtrement de représentations de créatures munies de nombreux appendices. Sous les humains s'étendait une forêt de tentacules métalliques figés aux courbures et aux torsions baroques, disposés tels les bras d'une étoile de mer. Au centre de l'ensemble, à l'emplacement qu'aurait dû occuper la bouche, s'ouvrait un puits obscur. Sparta y fit plonger le petit submersible.

Un instant plus tard ils glissaient dans les ténèbres.

Elle utilisa les projecteurs pour balayer le plafond. Des ovales de lumière dansaient dans le lointain. La Mante progressait dans un espace si vaste que les faisceaux lumineux allaient s'y perdre sans rien rencontrer sur leur passage.

— J'ai l'impression d'être une araignée suspendue sous le dôme de la basilique Saint-Pierre, commenta Forster en scrutant les ténèbres.

— Je ne vous savais pas dévot, professeur.

Sparta avait dit ces mots d'une voix plate, pour ne pas laisser deviner son amusement.

— Oh! Je faisais simplement référence à une construction imposante, voilà tout.

— Est-ce ce que vous vous attendiez à trouver ? Le vaisseau à bord duquel les représentants de la Culture X ont atteint notre système solaire ?

— Oui, certainement. J'en ai même parlé dans un article que nul n'a dû se donner la peine de lire... à moins que ceux qui l'aient lu n'aient feint d'ignorer que j'avais commis une pareille imprudence.

— Je me souviens de l'avoir lu dans un numéro de *Nature* de 74, déclara Blake. Il a suscité de nombreux remous.

— N'êtes-vous pas un peu trop jeune ?

— J'ai déniché cet exemplaire dans une bibliothèque, bien après sa parution.

Forster se sentit flatté.

— C'était un assez bon exposé de mes thèses, ne trouvez-vous pas ? En supposant qu'une civilisation se propose de traverser l'espace interstellaire... comment résoudrait-elle les problèmes inhérents à de tels déplacements ? J'ai avancé qu'elle pourrait construire un planétoïde mobile — que j'appelais un vaisseau-monde — même s'il lui fallait consacrer des siècles à cette tâche.

— *Au moins* des siècles.

Sparta l'encourageait de la voix à poursuivre. Simultanément, elle poussait la Mante dans les flots limpides comme du cristal et privés de toute lumière.

— Comme on devait trouver dans cet appareil de quoi satisfaire tous les besoins de ses occupants pendant de nombreuses générations, il fallait nécessairement qu'il soit aussi grand que... que *celui-ci*. Je me demande combien de systèmes stellaires ces êtres ont visités avant de trouver le nôtre et de comprendre que leur quête était à son terme.

— Vous aviez donc tout deviné avant notre départ, dit Blake.

— Oh, non ! Pas tout.

— Non ? insista Sparta, curieuse, en lui adressant un bref regard.

— Je n'aurais pu, par exemple, supposer que nous avions affaire à des créatures marines. Même après avoir découvert cette mer intérieure grouillante de vie, il ne me serait jamais venu à l'esprit qu'*ils* vivaient dans un milieu aquatique. A notre entrée dans le sas, j'avoue avoir pensé que cette nef avait une fuite, que ses occupants étaient morts et que c'était à la débâcle d'Amalthée qu'on devait l'eau qui emplissait leur vaisseau-monde.

— Qu'est-ce qui vous a fait changer d'avis ?

— Vous le savez déjà. Ici, la pression et la température sont comparables à celles des mers les moins profondes de la Terre.

— Oui. Et des mers qui existaient autrefois sur Mars et Vénus, dit Sparta.

— Les *mondes de sel*... pour reprendre le terme employé sur la plaque martienne. Nous savions qu'il devait signifier les planètes océaniques mais nous ignorions que ces dernières étaient si importantes pour eux. Des flots qui contenaient la bonne proportion de produits nutritifs pour assurer la survie de leur espèce.

Quelque chose émergea des ténèbres, loin en contrebas : les piliers dentelés démesurés d'une coupole cristalline. Bien plus bas, d'après les indications fournies par le sonar de la Mante, s'étendait la surface lisse d'une autre coquille.

— Si on me demandait de faire une hypothèse, je dirais que nous sommes dans un hangar, dit Blake. Ces extraterrestres devaient disposer de vaisseaux de dimensions plus modestes pour assurer la liaison avec les planètes.

— En trouverons-nous un ? s'interrogea Forster. Sont-ils revenus ici il y a un milliard d'années ?

— Si c'est un hangar, il n'abrite que nous, affirma Sparta.

— C'est exact, et c'est bien dommage.

— Pourquoi, professeur ? demanda Blake.

— Leurs machines merveilleuses se sont remises en activité à un signal donné. Une multitude de créatures ont été tirées de leur sommeil cryogénique et ont effectué ce pour quoi elles avaient été génétiquement programmées. Or, tout laisse supposer que nous arrivons quelques millions d'années trop tard. A l'extérieur, tout est vivant et en ordre de marche. Ici, à l'intérieur, il n'y a plus que le néant et les ténèbres.

Sparta et Blake ne firent aucun commentaire et Forster se tut. Il ne souhaitait rien ajouter. La Mante glissait paresseusement dans les eaux sombres et les faisceaux blancs de ses projecteurs révélaient des ornements aux formes aussi délicates que celles des frondes du varech ou des branches des coraux. Sur les côtés, des seuils obscurs les invitaient à s'aventurer à l'intérieur de quelque labyrinthe, mais les entrées étaient bien trop nombreuses pour que le choix fût évident.

— Nous devrions remonter avant que nos compagnons ne commencent à s'inquiéter, suggéra Sparta.

Forster hocha la tête. Il ruminait toujours de sombres pensées et elle voulut le réconforter.

— Songez à tout ce que vous allez découvrir !

— Je sais, mais ce vaisseau est vraiment *trop* vaste. Et je m'abstiendrai de faire allusion à l'eau qui le remplit.

— Ne vous tracassez pas pour ça, nous vous donnerons tous un coup de main.

— Comment ? Je ne suis pas certain de comprendre.

— Tous les membres de notre équipe pourront effectuer des plongées... ils n'auront qu'à mettre un scaphandre et nous les descendrons jusqu'ici à bord de la Mante, deux par deux. Il est possible d'emplir d'eau son habitacle, et dans le noyau la pression est supportable. Nos combinaisons rigides y résisteront, croyez-moi. Cette découverte archéologique reste la plus importante de toute l'Histoire de l'humanité, professeur. Même pleine d'eau, ajouta-t-elle avec un fin sourire.

20

— Il n'est pas dans mes intentions de procéder ici à une nouvelle description des merveilles d'Amalthée. Ce sujet a déjà fait l'objet d'un grand nombre de docu-puces, de photogrammes, de cartes et de dissertations passionnantes — et j'en profite pour rappeler que Sigwick, Routledge & Unwin publieront à brève échéance mon propre livre-puce — mais j'aimerais vous faire partager les émotions ressenties par un des premiers êtres humains qui ont pénétré dans cet étrange monde englouti...

Bill Hawkins se tourna, à la recherche d'une position plus confortable dans les sangles qui le maintenaient sur sa couchette, avant de reprendre le murmure de son monologue onirique.

— Je dois avouer — et j'ai conscience que c'est difficile à croire — que je ne me souviens plus de ce que j'ai éprouvé à ma sortie du sous-marin Europan, lorsque je me suis retrouvé dans les ténèbres. Je pourrais sans doute prétendre que face à une telle abondance de trésors fantastiques, j'ai oublié tout le reste...

Dans ses rêves, Hawkins était un orateur qui s'exprimait avec aisance — et humilité, bien sûr — bien que son auditoire fût chaque fois différent, de salles de conférence bondées en vidéostudios plus intimes, à moins que ce ne soit quelque cercle restreint de barbus en tenue de soirée, réunis dans la salle aux murs tapissés de cartes d'un Club d'Explorateurs imaginaire...

— Je n'ai certes pas oublié la sensation de grandeur écrasante, ce que de simples holos ne permettront jamais de restituer. Les bâtisseurs de ce monde, originaires d'une planète océanique, étaient des géants quatre fois plus grands que les humains... c'est tout au moins ce que laissent supposer les dimensions des portes et des couloirs, assez vastes pour permettre à notre submersible de s'y déplacer sans encombre. Nous n'étions que des têtards nageant au milieu de leurs réalisations.

» Nous dûmes nous contenter d'explorer les niveaux extérieurs, ce qui nous empêcha de découvrir bien des merveilles qui furent mises au jour par les expéditions ultérieures. Nous aurions cependant tort de nous plaindre. Nous avions déjà de quoi nous occuper. Nous pensions visiter des secteurs résidentiels, des salles de contrôle, etc, mais l'architecture était si étrange et obsédante que nous ne pouvions déterminer avec certitude la nature de ce que nous avions sous les yeux... nous aurions pu visiter un jardin extraordinaire. Les inscriptions étaient nombreuses, des millions de glyphes, et je consacrai maintes heures à essayer de les déchiffrer dans l'espoir de leur trouver un sens. Leur lecture était le plus souvent ennuyeuse, de simples inventaires ou les légendes de schémas de dispositifs incompréhensibles.

» Chose étrange, il n'y avait pas la moindre représentation de leurs auteurs, aucune image des êtres qui vivaient autrefois dans ces salles tarabiscotées. Nous savions par la plaque martienne qu'ils n'étaient pas exempts de vanité, mais ils n'avaient pas laissé la moindre effigie, et il n'existait même pas de surfaces assez lisses et régulières pour servir de miroir... comme les artefacts découverts sur Mars et sur Vénus, s'ils n'avaient été couverts de symboles.

Hawkins marmonna et grommela. En rêve, il regardait une plaque réfléchissante et le visage qui se reflétait au milieu des glyphes n'était pas le sien...

Il reconnut la femme psychiatre avec qui il avait dû avoir un entretien avant d'être accepté en tant que membre de cette expédition.

— Oui, je pourrais prétendre que j'étais surexcité et frappé de stupeur par toutes ces merveilles... mais je mentirais.

En songe, ses déclarations devenaient plus précises et il savait choisir les mots justes. Son psychiatre onirique le dévisageait, sceptique.

— En fait, la première fois que l'inspecteur Troy m'a permis de sortir de la Mante dans les fluides chauds qui emplissaient le noyau d'Amalthée — la première fois qu'elle m'a poussé sans ménagement, devrais-je dire, avec une vigueur surprenante pour une femme de cette taille — j'étais à tel point obsédé par la pensée de Marianne que je n'accordais guère d'importance au travail que j'étais venu effectuer à tant de centaines de milliers de...

Un autre visage apparut devant lui et il gémit. Ses yeux s'ouvrirent sur les ténèbres.

Son cœur battait la chamade, bien qu'au ralenti. Il transpirait à grosses gouttes et il fouilla à tâtons la bourse suspendue à la paroi. Il y trouva un mouchoir dont il se servit pour essuyer avec soin la pellicule de sueur. Il savait qu'il ne pourrait jamais chasser de son esprit l'image des traits de Marianne, noircis et ensanglantés, tels qu'il les avait vus alors qu'elle gisait dans l'épave de la capsule, aveugle et inconsciente.

Moins de vingt-quatre heures plus tard — il était resté près d'elle jusqu'au moment où on lui avait intimé l'ordre d'aller dormir — les cellules éclatées et le sang répandu dans les chairs avaient été dévorés et digérés. La peau de Marianne avait la fraîcheur de l'épiderme d'un enfant de dix ans. Il l'avait trouvée si belle que cette beauté le torturait encore.

Hawkins partageait la petite cabine du professeur depuis que Sparta s'était installée avec Blake. Pour explorer l'immense vaisseau-monde tout l'équipage du *Ventris* devait désormais travailler en équipe, mais il était seul pour l'instant. Il savait qu'il ne se rendormirait pas de sitôt, tant son rêve avait été chargé d'intensité.

Il n'avait pas pensé — au niveau conscient — à ce qu'il ferait une fois de retour sur la Terre. Ils avaient signé divers accords et contrats avant l'appareillage, mais les clauses de ces documents lui imposaient seulement de soumettre toute déclaration publique à l'approbation de Forster, tant que les résultats scientifiques de leur expédition n'auraient pas été publiés. Et le professeur affirmait qu'il ne retarderait pas cette publication et ne musellerait pas son équipe.

Il lui vint à l'esprit que les Mémoires de ceux qui avaient participé à cette grande aventure feraient l'objet d'une forte demande, les siens inclus. Et la présence de Randolph Mays à leurs côtés encourageait les rêves de célébrité.

Le rêve qu'il venait de faire contenait peut-être un message. Et comme il lui serait impossible de se rendormir, il pourrait en profiter pour prendre quelques notes. Il tendit la main vers son enregistreur à puce, le mit en marche et s'adressa au micro dans les ténèbres grinçantes de la petite cabine. Il reprit sa narration au point où il en était resté dans son rêve.

— Une heure plus tard, Marianne et l'odieux personnage auquel elle devait d'être en si fâcheuse posture s'étaient réveillés et discutaient. C'était surtout Mays qui parlait. Comme la place était comptée dans la clinique improvisée, j'assistai à cette scène par l'entremise du système de surveillance... et c'était une excellente chose, car je n'aurais sans doute pu m'empêcher d'étrangler ce misérable. L'image qu'il donne de lui lorsqu'il passe à la vid est bien connue, mais trompeuse. En réalité c'est un homme de haute taille, presque cadavérique, avec des cheveux clairsemés. On sent immédiatement que sa bonhomie n'est que superficielle. Il fait semblant d'entretenir de bonnes relations avec son entourage, mais c'est par intérêt. Sous ce masque de bienveillance se dissimule un *prédateur*, et je sais de quoi je parle.

» — Sans doute la surprise est-elle aussi grande pour vous que pour moi, nous dit-il d'une voix faussement chaleureuse, comme s'il s'était simplement trompé de jour pour une invitation à dîner. Je constate que vous avez déjà fait connaissance avec ma...

» Il ne fit qu'une brève pause mais ce fut suffisant pour me mettre en rage.

— ... mon assistante, dit-il enfin. Marianne Mitchell.

» — Nous sommes ravis de l'avoir parmi nous, déclara le professeur Forster qui avait décidé d'entrer dans son jeu. Et qu'est-ce qui nous vaut le plaisir de votre visite ? Des ennuis, de toute évidence. Vous devriez nous raconter ça.

» Mays nous débita alors une fable d'innocence et d'héroïsme... Il avait fait des efforts surhumains pour écrire un programme de remplacement destiné aux modules de manœuvre de la capsule en perdition, dans l'espoir d'arriver à la poser en douceur sur Amalthée. Nous savions qu'il s'agissait d'un tissu de mensonges, et sans doute avait-il conscience que nous n'étions pas dupes, mais il devait s'en tenir à cette version des faits car les systèmes automatiques du vaisseau enregistraient ses paroles et il n'ignorait pas que tout ce qu'il dirait pourrait être retenu contre lui lorsque le Bureau spatial enquêterait sur les causes de l'accident.

» Le professeur avait apparemment décidé de le laisser s'enferrer. Quand Mays eut terminé, je souris en pensant que Forster allait lui dire ses quatre vérités, mais je fus très dépité de l'entendre déclarer :

» — Je suis heureux de pouvoir vous annoncer que vous serez frais et dispos dans quelques heures. Hélas ! nous ne retournerons pas de sitôt sur Ganymède et, comme Amalthée est toujours en quarantaine, je crains que vous ne soyez condamnés à rester en notre compagnie.

» Mays feignit d'être atterré par cette nouvelle.

» — Mais si vous le souhaitez — et quand vous serez rétablis, bien sûr — c'est avec gratitude que nous accepterons votre aide et celle de miss Mitchell, ajouta le professeur.

» Imaginez quelle fut ma consternation lorsque je l'entendis tenir de tels propos !

» — Car voyez-vous, sir Randolph, nous venons d'effectuer une découverte extraordinaire. Et je suis ravi que par une coïncidence encore plus extraordinaire vous puissiez la partager avec nous...

» J'adressai un regard à Marianne qui flottait dans le filet formé par les tubes et les câbles des modules de survie, sans aucun vêtement... un fait que je passerais par pudeur sous silence si Mays, cet homme âgé et laid, n'avait été, lui aussi, nu comme un ver. Les voir ainsi déclenchait en moi une pulsion atavique. Je brûlais du désir de couvrir la nudité de la jeune femme, ce qui constituait sans doute une régression vers des attitudes propres à un passé révolu. Cependant, cela ravivait mon humiliation et je décidai alors de tout faire pour reconquérir Marianne.

Hawkins s'interrompit, le temps d'essuyer son visage en sueur.

— Je constate que je m'écarte du sujet. En d'autres circonstances, et compte tenu de ce que nous avions découvert, nous aurions été heureux de bénéficier de leur aide. Cependant, ce Randolph Mays était un serpent et le professeur le savait. Certes, cet homme ne pourrait repartir qu'à bord du *Ventris*, mais était-il possible de lui interdire tout accès aux systèmes de télécommunications sans pour autant enfreindre la loi ?

» Forster prit le taureau par les cornes. Sitôt de retour dans le carré, trop loin de la clinique pour que les intrus puissent l'entendre, il nous réunit pour nous dire :

» — J'espère qu'il n'y aura pas de nouveaux incidents. En ce qui me concerne, ils sont libres d'aller où bon leur semble et de filmer tout ce qu'ils veulent, à condition de ne *rien prendre...* et de ne diffuser aucune information avant notre retour sur Ganymède.

» — Je ne vois pas très bien comment nous pourrions les en empêcher, rétorqua McNeil avec une indifférence feinte qui indique à ceux qui ont appris à le connaître qu'il a des arrière-pensées. Mays pourrait réparer la radio de sa capsule. Une remise en état d'autant plus facile que la panne est bidon.

» — C'est hors de question, lui répondit Forster qui paraissait aux anges. Il est interdit de toucher aux pièces à conviction.

» J'étais resté jusque-là plongé dans mes pensées, obnubilé par Marianne, mais j'intervins dans leur conversation :

» — N'allons-nous pas informer Ganymède qu'ils sont sains et saufs ?

» L'ombre d'un sourire étira les lèvres de Forster, qui me répondit :

» — Impossible, Bill. Je crains que nous ne soyons, nous aussi, victimes d'une panne du système de télécommunication... une défaillance du même genre que celle qui est survenue à la radio de la capsule de sir Randolph. On apprendra bientôt, dans un ou deux jours, que nous ne sommes plus placés sous la protection du Bureau spatial. D'ici là, et si nous pouvons retarder les interventions extérieures, nous aurons des opportunités de faire plus ample connaissance avec nos invités.

» J'avais posé au moraliste depuis le début de cet incident — afin de sauvegarder les intérêts de Marianne, me disais-je — et je me retrouvai soudain confronté à de nouvelles possibilités. Elle et moi serions coupés de tout le reste...

» Forster n'avait pas terminé, il gardait un autre tour dans son sac.

» — Avant l'interruption des liaisons avec le système solaire, j'ai déposé une revendication sur Amalthée. La demande sera arrivée à Ganymède, puis Manhattan, Strasbourg et La Haye avant que Mays et sa... hum !... son assistante, ne soient débarrassés de leurs harnais d'appareils médicaux.

» — C'est impossible, professeur.

» J'avais repris la parole. On pouvait compter sur moi pour enfoncer des portes ouvertes.

» — La loi interdit à des groupes privés de réclamer des corps astronomiques.

» Forster me regarda d'un œil torve caractéristique, en haussant un seul sourcil.

» — Ce n'est pas un corps astronomique, Hawkins. Le noyau d'Amalthée est un vaisseau spatial à l'abandon. Une *épave* que je compte m'approprier au nom de la Commission culturelle. Si Mays s'avise de subtiliser des... souvenirs, disons, il commettra un vol perpétré à l'encontre du Conseil des Mondes. J'ai l'intention de lui exposer clairement la situation avant qu'il ne se fasse des idées.

» Et les choses en restèrent là. Depuis trois jours le professeur nous donne tant de travail que je n'ai pas eu le loisir d'avoir un entretien en privé avec Marianne.

Hawkins entendit des écoutilles claquer et des gaz siffler. La relève, déjà ! Le moment était venu pour lui d'enfiler sa combinaison. Il adressa un dernier commentaire à l'enregistreur :

— Je n'ai pas eu le loisir de penser à elle autant que je l'aurais voulu. Même si nous nous consacrions à cette tâche jusqu'à la fin de nos jours, nous ne pourrions à nous seuls explorer en totalité les niveaux du vaisseau-monde atteints à ce jour. Et cet après-midi j'ai découvert l'*Ambassadeur*...

21

Lorsqu'ils plongeaient vers le cœur de la mer intérieure désormais peu profonde ils avaient l'impression de s'enfoncer dans une bouillabaisse dont les divers ingrédients étaient toujours bien vivants. Les grandes tours-bouilloires maintenaient cette soupe en ébullition régulière, comme des fourneaux en activité depuis une éternité. Dans moins d'une douzaine de révolutions autour de Jupiter l'œuf-miroir se retrouverait dans l'espace, l'eau se serait évaporée et toutes les formes de vie qu'il avait engendrées périraient dans le vide.

La Mante — une machine noire iridescente d'aspect organique recouverte d'un revêtement poisseux destiné à faciliter sa pénétration dans les flots, une chose qui respirait par des ouïes et perçait la nuit avec des projecteurs semblables à des yeux — évoluait avec aisance dans le noyau d'Amalthée. Ici l'eau était obscure mais tempérée, et à proximité de l'appareil, des explorateurs revêtus de volumineux scaphandres de toile blanche dansaient tels des ludions.

Les archéologues pouvaient s'estimer heureux. Ils avaient pénétré dans un vaisseau spatial qui contenait l'équivalent d'une douzaine de villes terrestres englouties s'étendant à la surface d'ellipsoïdes imbriqués les uns dans les autres. Congelé à une température proche du zéro absolu, cet appareil aussi vaste qu'un monde s'était parfaitement conservé pendant un milliard d'années.

Mais il était désert. Dans le milieu stérile et tempéré du cœur d'Amalthée on ne trouvait aucune des créatures qui grouillaient dans les flots extérieurs. Les passagers de la nef géante étaient venus coloniser le système solaire à une époque très lointaine, et cependant tout était ici si démesuré que nul n'eût osé affirmer qu'un de ces extraterrestres n'avait pas été, lui aussi, décongelé et qu'il n'apparaîtrait pas à l'improviste dans un de ces couloirs qui dessinaient des boucles interminables et ressemblaient à des cavernes. Les milliers d'immenses salles faisaient penser à un décor sous-marin naturel, dont elles ne différaient que par l'absence de toute forme de vie. Elles contenaient des objets — des outils, des instruments et ce qui était peut-être du mobilier, des choses gravées ou privées d'ornements, d'une simplicité extrême ou incroyablement compliquées, à l'utilité plus ou moins évidente lorsqu'elles ne confondaient pas l'imagination — en nombre bien trop important pour qu'une simple demi-douzaine d'humains pût seulement envisager de commencer à en dresser la liste.

Forster et Sparta, qui pilotait le sous-marin, découvrirent la « galerie d'art » le matin du deuxième jour, lors d'une reconnaissance rapide de l'hémisphère polaire sud. Ce nom vint spontanément à l'esprit du professeur, et il convenait parfaitement à ce bâtiment car aucun doute ne pouvait subsister quant à sa destination.

— Comme l'a dit je ne sais plus qui, déclara-t-il aux membres de son équipe avec une imprécision due à une profonde lassitude, l'art d'un peuple est le reflet de son âme. Peut-être trouverons-nous ici la clé de celle de la Culture X.

Puis il décréta que tout le monde devait consacrer son énergie à cette quête.

Ils perdirent six heures, alors que le temps était compté, pour rapprocher le *Michaël Ventris* du pôle Sud, sans toutefois le placer sous le bombardement constant de particules des ceintures de Jupiter. Puis ils utilisèrent une dernière fois la Vieille Taupe pour forer un nouveau puits dans la glace dont l'épaisseur s'était encore réduite.

Forster forma trois équipes. Pour un archéologue, il savait à l'occasion analyser le comportement de ses contemporains et il prit soin de séparer Marianne et Bill Hawkins. Deux des trois membres de l'équipage du *Ventris* — Walsh, McNeil et Groves — resteraient toujours à bord, l'un pour dormir, l'autre pour assurer la permanence. Seul le troisième participerait aux opérations d'exploration. De même, à l'intérieur du vaisseau-monde quelqu'un demeurerait dans la Mante pendant que ses deux compagnons travailleraient à l'extérieur, en scaphandre. De telles dispositions étaient excellentes et elles s'avérèrent efficaces... aussi longtemps qu'elles furent appliquées.

Forster, Josepha Walsh et Randolph Mays formaient la première équipe. Blake Redfield, Angus McNeil et Marianne Mitchell la deuxième. Tony Groves, Bill Hawkins et Ellen Troy la troisième. Les aller et retour de la Mante entre la surface et le noyau étaient de plus en plus rapides car l'évaporation continuait de réduire le volume de l'océan intérieur d'Amalthée.

Ils constatèrent bientôt une soudaine baisse d'efficacité du bouclier du *Ventris*. Bien que garés dans l'ombre de la lune, sa protection contre les radiations leur était indispensable et, s'il cessait complètement de fonctionner, l'équipe devrait repartir sans perdre de temps vers Ganymède. Walsh et McNeil furent alors contraints de se consacrer exclusivement à la recherche des causes de cette défaillance.

L'emploi du temps établi par Forster s'en trouva bouleversé. Il reconstitua les équipes en retenant pour seul critère la nécessité, pour chacun, de prendre du repos.

La section qu'il avait baptisée la galerie d'art était immense, même selon les normes des constructeurs du vaisseau-monde. Son architecture n'était pas froide ou mécanique, même si, comme toutes les autres structures, elle était constituée de ce matériau semi-métallique brillant que les humains n'avaient pu analyser, malgré des décennies consacrées à son étude, depuis la découverte sur Mars du premier échantillon. Le point le plus haut de la construction s'élevait à mi-hauteur entre deux niveaux. C'était la plus grande construction qu'ils avaient vue à l'intérieur du noyau et elle eût surplombé la tour

Eiffel, même si sa forme rappelait celle de Notre-Dame de Paris avec ses arcs-boutants et ses tours.

Sir Randolph Mays, dont la fascination pour tout ce qui était grandiose avait été stimulée par cette ressemblance au demeurant fortuite, l'appelait quant à lui le « Temple des Arts ». Rien n'y évoquait, même de façon détournée, un lieu de culte, mais ce nom lui convenait mieux que celui donné par Forster et tous finirent par l'adopter.

Après une journée consacrée à son exploration, le professeur était pratiquement en extase.

— Videz les plus grands musées de la Terre, réunissez tous leurs trésors acquis légitimement et le butin pillé dans des contrées lointaines, et l'importance et la qualité des pièces ainsi regroupées seront encore inférieures à ce que nous avons ici.

Une vague estimation portait à un nombre situé entre dix et vingt millions les objets mis en montre. Nul n'aurait pu dire quelles périodes culturelles de cette civilisation extraterrestre étaient représentées, mais l'hypothèse la plus prudente les obligeait à convenir qu'ils disposaient d'un échantillonnage de tout ce qu'avait pu réunir de plus beau une espèce qui, avant de disparaître, avait eu une histoire incomparablement plus longue que celle de l'humanité.

Deux autres journées s'écoulèrent ainsi. Les dispositions de Forster ne pouvant plus être appliquées, Tony Groves pilotait le sous-marin et Bill Hawkins nageait à l'extérieur en compagnie de Marianne. Ils étaient seuls pour la première fois depuis l'atterrissage en catastrophe de la capsule. Cependant, ils portaient tous deux un scaphandre et même un patriarche du siècle précédent eût jugé la présence d'un chaperon superflue.

Le travail dont ils étaient chargés alimentait leurs

conversations et leur évitait d'aborder des thèmes plus délicats. Hawkins était heureux de voir la jeune femme si enthousiaste, surpris par sa compréhension du sujet, impressionné par l'habileté et la compétence dont elle faisait preuve. Elle avait appris très rapidement à se déplacer dans cette combinaison pourtant encombrante, et à exécuter les tâches qu'on attendait d'elle. Comme lui, Marianne avait débuté avec un sérieux handicap et il était indéniable qu'elle effectuait de rapides progrès.

Ils devaient filmer une longue fresque de métaux colorés en bronze et or, argent et cuivre, aux incrustations vertes tour à tour gravées ou fondues selon une technique qui rappelait à Hawkins celle de la soudure à l'explosif pratiquée à la fin du XXe siècle. Il décida d'interroger Blake à ce sujet. Lors de conversations à bâtons rompus celui-ci lui avait avoué être un expert en la matière. Le bas-relief représentait le fond d'un océan et les créatures qui y vivaient — une scène qui avait pour cadre une planète, pas l'intérieur artificiel d'un vaisseau —, mais si l'ensemble paraissait aussi familier qu'un récif de corail d'Australie, rien de ce qu'on y voyait n'avait son pendant dans les mers de la Terre. A côté d'un bon nombre d'animaux et de plantes étaient gravés des mots — leurs noms, sans doute, comme ceux en alphabet cyrillique des saints peints sur les icônes — qui désignaient ici des coraux, des vers, des poissons, des créatures épineuses, en forme de parapluie ou de ruban, munies de nombreux appendices, et des bancs de pseudo-requins et de pseudo-dauphins qui possédaient la ligne fuselée universelle propre à tous les nageurs rapides. Hawkins n'avait aucune difficulté à prononcer ces phonèmes, même si les mots qui en résultaient n'avaient aucun équivalent dans les divers langages qu'il connaissait.

La danse de sa torche se reflétait sur la paroi brillante alors qu'il la longeait sans bruit dans les flots sombres, captivé par ce qu'il y voyait. Sans s'en rendre compte, il se retrouva dans un couloir trop étroit pour que la Mante pût s'y engager.

— Tony ? Où êtes-vous ?

Il ne reçut pas de réponse. Au même instant, il remarqua que Marianne n'était plus à ses côtés.

Il revint en arrière. Leurs combinaisons n'étaient pas dotées de sonarcoms et, sous l'eau, l'efficacité des scaphcoms laissait pour le moins à désirer. Surtout dans un milieu où toutes les surfaces étaient réfléchissantes. Hawkins ne s'inquiéta pas outre mesure. Il n'avait pu s'éloigner beaucoup de la Mante. Et Marianne devait être restée à proximité du sous-marin. Elle était courageuse et apprenait très vite, mais elle était aussi dotée d'un solide bon sens et avait dû avoir la prudence de demeurer là où ses compagnons pourraient lui venir en aide.

L'étroit couloir se divisait en deux, puis en trois. Toutes les surfaces étaient ornées de fresques et de gravures aux motifs compliqués. Hawkins remarqua que l'angle formé par le faisceau de sa torche et la paroi s'était inversé et que les lieux avaient changé, tout en restant très familiers.

Il était certain d'être arrivé par... où ? Le corridor de gauche. Il allait y pénétrer quand il crut entrevoir un point aveuglant à la frange de son champ de vision, une dizaine de mètres plus loin, dans un autre boyau.

— Marianne ?

Il s'avança dans ce passage, à la poursuite de ce feu follet qui n'était peut-être que son propre reflet. Un peu plus tard il atteignait une petite salle circulaire. Six couloirs s'ouvraient sur son pourtour, tels les rayons d'une roue. Il fut inquiet pour la première fois...

... à l'instant où sa torche illuminait la statue.

La découverte d'une œuvre d'art majeure a sur l'homme un impact unique. Le sujet accentuait cet effet et lui coupait le souffle. Là, sculptée avec une habileté admirable et un art consommé, dans un métal dont la teinte et la patine rappelaient celles de l'étain, se tenait une créature de toute évidence reproduite en grandeur nature. Jusqu'à preuve du contraire, Hawkins était le premier être humain à voir à quoi ressemblaient les représentants de la Culture X.

Deux yeux réfringents se posaient sur lui avec sérénité... des globes oculaires en cristal, comme ceux des bronzes incomparables des Grecs de l'antiquité. Cependant, ils étaient écartés d'une trentaine de centimètres dans une face trois fois plus large que celle d'un homme, privée de nez, dotée d'une bouche monstrueuse, si ce repli de chair aux formes compliquées était bien une bouche. Il s'en dégageait malgré tout une impression de calme et de bonté.

Quoiqu'il n'y eût rien d'humain dans ce visage et ce corps, l'ensemble émouvait profondément Hawkins car l'artiste avait su dépasser les barrières du temps et des cultures d'une façon qu'il aurait crue irréalisable. Nombreuses étaient les choses que les hommes ne partageaient pas — et n'auraient pu partager — avec les bâtisseurs de ce monde. Hawkins avait cependant l'intime conviction qu'ils auraient ressenti de la même manière tout ce qui avait véritablement de l'importance. « Inhumains, songea-t-il. Mais humains malgré tout. »

Tout comme il est possible de découvrir des émotions dans les yeux différents quoique familiers d'un chien ou d'un cheval, Hawkins croyait savoir ce qu'eût éprouvé la créature aquatique qui le fixait sans le voir. Il en émanait une sensation de sagesse et d'autorité, cette puissance empreinte de sérénité qui transparaissait dans — il chercha dans son esprit un exemple en relation avec les grandes puissances maritimes de la Terre — le portrait, par Bellini, du doge Leonardo Loredano, nimbé par la clarté nacrée qui pénétrait par des fenêtres invisibles surplombant une mer brumeuse. Et il ressentait aussi la tristesse de cet être, la désillusion d'une race qui avait consacré tant d'efforts à une tâche qu'elle n'avait pu mener à bien.

Hawkins flottait devant la créature, comme pétrifié. Elle était encapuchonnée dans sa propre chair. Tel un calmar géant au manteau replié au-dessus de sa face, elle était ceinte de tentacules. Contrairement à celui d'un céphalopode, son corps formait une ellipse étroite et allongée dont la moitié inférieure était dotée de nageoires puissantes. Des ouïes s'ouvraient dans son manteau et la partie supérieure de son visage, au-dessus de la bouche présumée, couronnait le front, tel un diadème.

Pourquoi ne trouvait-on ici qu'une seule effigie des Amalthéens, pour reprendre le nom que Hawkins leur avait donné ? Il l'ignorait. Il savait seulement que cette statue avait été installée en cet endroit dans un but bien précis, pour établir un pont par-delà le temps et accueillir tout être qui pénétrerait peut-être un jour dans le vaisseau-monde. Qu'elle fût dans cette pièce à laquelle on accédait par d'étroits corridors laissait supposer que seules des créatures pas plus grosses que des hommes étaient attendues... ou autorisées à venir jusque-là.

— C'est magnifique, Bill, entendit-il dans son scaphcom.

Il reconnut la voix de Marianne et se retourna aussitôt, maladroitement. La jeune femme était arrivée sans un bruit et flottait à trois mètres de lui.

— Comment peux-tu être derrière moi ? demanda-t-il d'un ton sec. Je t'ai vue t'éloigner par ici.

— C'est impossible ! J'ai suivi la clarté de ta torche, rétorqua-t-elle. Tu m'as fait une peur bleue. Je suis restée seule pendant... ce qui m'a paru durer une heure.

— Dis plutôt quelques minutes. Mais je te dois des

excuses. Nous devrons à l'avenir être plus prudents. Je... je crains de m'être égaré.

Marianne ne pouvait détacher les yeux de la statue.

— Elle est magnifique. Quand on pense qu'elle est restée dans ces ténèbres un million d'années.

— Bien plus longtemps. Un milliard.

— Nous devrions lui donner un nom.

— Ne crois-tu pas que ce serait présompt...

— Je suis persuadée que c'est un émissaire chargé de nous transmettre leurs salutations, ajouta-t-elle sans faire cas de ses objections. Ceux qui l'ont sculpté savaient qu'un jour quelqu'un pénétrerait dans ce vaisseau et finirait par le trouver. Il y a en lui tant de noblesse, et tant de tristesse. (Elle se tourna vers Hawkins, extatique.) Tu ne le ressens pas ?

A travers la visière de son casque il dévisageait Marianne dont les traits étaient uniquement éclairés par les reflets de leurs torches. Et il sut que rien n'avait pu altérer les sentiments qu'elle lui inspirait. Malgré les événements regrettables qui s'étaient produits pendant leur séjour sur Ganymède et depuis lors, elle restait à ses yeux la plus jolie femme qu'il avait jamais rencontrée.

Il l'aimait toujours. A l'instant où elle posa sur lui le regard de ses yeux verts, il ressentit une souffrance familière, encore plus violente qu'auparavant, là où devait être son cœur...

— L'Ambassadeur, dit-elle. Nous l'appellerons l'Ambassadeur.

... et sans doute était-elle aussi la plus intelligente...

Il se rappela où ils étaient et reporta son attention sur la statue. La réaction de Marianne était pratiquement identique à la sienne.

— Bill, ne devrions-nous pas la ramener avec nous ? murmura-t-elle. Pour faire partager aux peuples de la Terre et des autres mondes ce que nous venons d'éprouver ?

— Le professeur ne s'est pas opposé à transférer quelques pièces dans *certains* musées...

Il était dommage que Marianne ne pût comprendre, mais elle n'avait pas reçu une formation d'archéologue.

— ... après la collecte de toutes les données.

— Autrement dit ?

— Eh bien, il faudra tout répertorier, ce qui est irréalisable pendant le peu de temps que nous avons encore devant nous. Des centaines de chercheurs, pour ne pas dire des milliers, et de nombreuses années seront nécessaires pour effectuer tout ce qui doit être fait.

— Si nous ne prélevions que cette *unique* pièce, cela ne prêterait pas à conséquence.

Il réfléchit un long moment. Marianne avait raison, ou presque. Emporter une seule statue, après l'avoir dûment photogrammée et hologrammée, n'entraverait pas la compréhension archéologique d'Amalthée. Mais il n'avait pas le droit d'encourager de telles pensées.

— Sa masse doit être d'une tonne. Elle devra attendre.

Marianne ne comprenait pas.

— Nous ne pesons rien ici, protesta-t-elle. Elle non plus.

— Le poids est une chose, l'inertie en est une autre... commença-t-il.

— Je le sais parfaitement.

— Entendu. Et je ne suis pas un physicien. Tout ce que je peux dire, c'est que selon Walsh nous sommes justes en carburant. N'oublie pas que nous devons te ramener sur Ganymède, avec Mays... sans parler de votre capsule, ajouta-t-il avec un regard mauvais.

Mieux vaut laisser au professeur le soin d'en décider, d'accord ?

Elle lui fit un sourire à peine esquissé.

— Ne t'inquiète pas, Bill, je n'insisterai pas.

Le débat était clos pour cette fois. Ressortir du labyrinthe s'avérait plus simple que d'y pénétrer et ils retrouvèrent Tony Groves qui les attendait à bord de la Mante, à seulement quelques mètres de là, sans avoir eu le temps de s'inquiéter pour eux.

Il n'y eut pas d'autre incident — si ce n'est que Bill Hawkins entrevit à nouveau quelque chose au loin, un feu follet qui s'évanouit sitôt après son apparition — et il ne pouvait cette fois s'agir de Marianne, vu qu'elle nageait devant lui...

— Randolph ! Il faut que tu arrives à convaincre Forster de la ramener... je n'ai jamais rien vu d'aussi poignant.

Marianne et Mays étaient seuls dans la coursive, devant l'écoutille de la soute. Elle venait de terminer son travail et retirait sa combinaison trempée pendant qu'il essayait de se réveiller en aspirant par petites gorgées le café chaud contenu dans le bulbe que McNeil lui avait apporté.

— Ton jeune ami Hawkins a raison, Marianne. Si elle est aussi massive que tout le laisse supposer, il sera impossible de la ramener. Sauf si nous larguons la capsule lunaire dans l'espace.

— La capsule lunaire ! Pourquoi Forster veut-il la conserver à tout prix ?

— Pour se venger de moi, murmura Mays. Notre aide lui est pour l'instant précieuse, mais je suis prêt à parier qu'il essaiera de nous attirer des ennuis quand les autorités feront une enquête.

— Mais... comment ? s'enquit-elle, indignée.

Mays haussa les épaules, l'esprit ailleurs.

— Ton Ambassadeur... c'est le clou du plus grand reportage de notre époque et il y a gros à parier que ce cher professeur veuille taire son existence.

— Taire son existence ?!

— Forster n'est pas un archéologue digne de ce nom, Marianne. Je te l'ai déjà dit et je ne le répéterai pas. Nous en avons souvent parlé, toi et moi. Même le nom de son vaisseau est un indice, ce Michaël Ventris qu'il admire tant est l'homme qui a déchiffré le Linéaire B. Or Evans, celui qui a découvert les Minoens et leurs tablettes, les a jalousement gardées pour lui pendant trente ans ! Jusqu'au jour où d'autres découvertes l'ont obligé à les révéler. Nous devons faire pression sur Forster, Marianne. Il est indispensable de prendre des hologrammes de l'Ambassadeur et de les adresser immédiatement à la Terre, si nous voulons que rien ni personne ne puisse empêcher la divulgation de cette nouvelle.

Mays le savait, Marianne partageait son point de vue sans réserve.

— Par quel moyen ? demanda-t-elle.

Il poussa un soupir de soulagement. Elle s'intéressait à l'aspect pratique du problème sans avoir laissé à son subconscient le temps de remarquer l'absence de logique d'un tel raisonnement. *Forster admire Ventris, certes, mais ce n'est pas lui qui a dissimulé les tablettes :* cette pensée n'avait même pas germé dans l'esprit de la jeune femme.

— Accompagne-moi jusqu'aux cabinets, lui murmura-t-il d'une voix pressante. Nous sommes seuls à bord et nous pourrons en parler tranquillement. Mon plan est audacieux mais je le crois réalisable...

Surtout, ne pas oublier que Marianne manquait d'expérience, pas d'intelligence, songeait-il. Il entreprit une ébauche de son plan, soulagé de ne pas avoir commis d'impair bien qu'il fût encore à moitié endormi.

CINQUIÈME PARTIE

JUPITER CINQ
MOINS UN

22

Sur Ganymède, une semaine plus tôt...

La haute taille du commandant, qui attirait peu de regards à Manhattan, ne passait pas inaperçue dans les couloirs et les impasses d'Océan sans rivage, où sa brosse de cheveux gris dominait la foule d'Asiatiques aux chevelures noires lustrées. La seule concession qu'il faisait à la sécurité était son uniforme bleu qu'il avait troqué contre un costume chamois d'homme d'affaires. La discrétion était désormais le cadet de ses soucis.

Il trouva sans peine le *Café des Détroits*. Luke Lim était dans la salle, attablé à sa place habituelle devant la paroi-aquarium. Le militaire partagea alors son attention entre le plus laid de tous les Chinois — mais après l'avoir filé des jours durant, ce n'était pas une surprise pour lui — et ce qui devait être le plus laid de tous les poissons, un monstre qui le lorgnait par-dessus l'épaule de Lim. Le commandant faillit sourire en pensant que l'homme appréciait cet emplacement parce que l'occupant de l'aquarium était encore plus laid que lui.

Il s'avança droit vers la table.

— Luke Lim, dit-il de sa voix rauque, c'est moi qui vous ai contacté.

— Eh, vous me reconnaissez ! J'en suis flatté. Ne sommes-nous pas tous identiques, aux yeux d'un Blanc ?

Un rictus révéla de grandes dents jaunâtres.

— Non. Mais nous ne sommes pas en lieu sûr, monsieur Lim. La propriétaire de cet établissement, Mme Wong, a rapporté à Randolph Mays tous les détails de votre entrevue avec Blake Redfield.

— Elle ne changera donc jamais. Est-ce grave ?

Un de ses sourcils s'était déplacé vers le haut de son front.

— Vous pourrez peut-être m'aider à le découvrir. Ailleurs qu'ici, de préférence.

Lim haussa les épaules.

— Dès l'instant où c'est vous qui payez.

Ils quittèrent le restaurant et Lim demanda la permission de faire un saut à son appartement, pour prendre sa guitare. Le militaire parcourut le logement d'un regard soupçonneux, s'attendant au pire. Les murs disparaissaient derrière des étagères qui ployaient sous des livres et des magazines écrits en chinois et dans diverses langues européennes. Il y avait de tout, des grands classiques orientaux et occidentaux à la pornographie orientale et occidentale. Des meubles de métal soudé encombraient la petite pièce et des jouets électroniques à divers stades de montage s'empilaient dans les coins et sur une planche posée sur des tréteaux qui devait servir de bureau, d'établi, de billot et de table, sans qu'aucun secteur particulier n'eût été dévolu à chacune de ces activités. Sur les murs, des affiches rouge et or réclamaient l'indépendance de Ganymède, sa scission du Conseil des Mondes. Les officiers du Bureau spatial qu'on pouvait y voir étaient des individus bottés, patibulaires aux yeux ronds.

Lim et le commandant achetèrent des brochettes de porc au soja à un vendeur ambulant puis gagnèrent les jardins de glace. Ils descendirent les marches glissantes d'humidité qui menaient au fond d'une gorge artificielle où un torrent courait au pied d'énormes statues sculptées dans la vieille glace dure de Ganymède. Etaient représentés le féroce Kirttimukha, le replet Ganesh, la sanguinaire Kali, la souriante Kwan-yin et bien d'autres divinités qui surplombaient d'une quinzaine de mètres les simples mortels sous un « ciel » noir de glace, situé six étages plus haut, un plafond dans lequel avait été gravé un énorme dragon de la pluie enroulé sur lui-même.

Les deux hommes s'assirent sur un banc le long du cours d'eau. Lim prit sa guitare à douze cordes et joua une version passable du *concerto d'Aranjuez* pendant que le commandant lui parlait d'une voix basse évocatrice du ressac roulant les galets sur la plage.

— ... par Von Frisch, Mays a établi un contact aux Rising Moon Enterprises. Il y a deux jours, il est parti effectuer un circuit touristique du système jovien avec cette Marianne Mitchell. Voici douze heures, leur capsule s'est écartée de sa trajectoire et nous supposons qu'elle s'est écrasée sur Amalthée.

— Vous le *supposez* ?

Lim pinça énergiquement les cordes de son vieil instrument. Ses traits s'étaient métamorphosés en un masque d'incrédulité parodique.

— Nous ignorons s'il y a des survivants, précisa le commandant avant de river sur Lim ses yeux de saphir. N'allez pas le répéter mais nous avons perdu tout contact radio avec l'expédition.

C'était la stricte vérité, même s'ils avaient reçu un

message énigmatique de Forster après l'arrivée de la capsule. Le professeur n'avait fait aucune référence à Mays ni à Mitchell, et le commandant ne souhaitait pas en parler à Luke Lim ou à tout autre individu, sauf absolue nécessité.

— Qu'allez-vous faire ?

— Rien. Le Bureau spatial a diffusé un communiqué annonçant qu'il avait pris contact avec l'expédition et que les deux naufragés étaient indemnes et se remettaient de leurs blessures, d'ailleurs bénignes. Nous publierons un démenti par la suite, si nécessaire.

Lim frappa les cordes avec violence et le foudroya du regard.

— L'habituel merdier bureaucratique, hein ? Pourquoi mentir, l'ami ?

— *Plonk-plonk.*

Le commandant serra les dents.

— Premièrement, parce que nous n'avons aucun cutter dans les parages. Une petite erreur ou, pour vous citer, l'habituel merdier bureaucratique. En utilisant une navette locale, il nous faudrait deux jours pour atteindre Amalthée et...

Il leva la main pour prévenir le geste de mépris de son interlocuteur.

— Deuxièmement, les rapports entre le Bureau spatial et les autorités indo-asiatiques ne sont pas au beau fixe. Nous ne pouvons espérer bénéficier de leur aide et de leur compréhension. Vos semblables nous prennent pour un ramassis de racistes aux yeux bleus qui n'ont d'autre souci que de préserver les intérêts nord-continentaux.

Lim planta son regard dans le sien tout en plaquant un arpège compliqué de style mauresque sur son vieil instrument.

— Ouais, des radicaux extrémistes m'ont parfois murmuré à l'oreille des propos de ce genre.

— Je ne prétends pas qu'ils sont infondés. Le fait est que...

Le commandant était un expert dans l'art de la dissimulation lorsqu'il se sentait mal à l'aise, seul un frémissement imperceptible de ses narines révélait sa tension.

— J'ai pris des dispositions pour qu'aucun de nos appareils ne puisse voler au secours de Forster. Je ne voulais pas courir le risque qu'on nous force la main.

Lim commençait à comprendre de quoi il retournait. *Plonk-plonk-plonk-plonk*.

— Donc, voilà que sir Randolph Mays, orgueil de la fière Albion, va faire une petite promenade dans l'espace et s'échoue là où vous vouliez l'empêcher d'aller, en compagnie d'une jeune Américaine blanche et sexy. Mais ce type ne joue pas au même jeu que nous. Si *nous* avions voulu intervenir dans la partie, c'est une miss Océan sans rivage aux cheveux noir de jais et aux mamelons cramoisis que nous aurions envoyée là-bas.

Lim réfléchit un moment. Le commandant attendit patiemment.

Plink-plink-plink.

— Avec moi pour compagnon de voyage, conclut-il en inclinant sèchement la tête.

Plunka-plonk.

Le militaire tenta de dissimuler sa déception. Lim avait décidé de se moquer de lui et il décida de changer de sujet.

— Vous avez servi d'intermédiaire à Forster pour l'achat de ce sous-marin Europan. Nous ne suspectons pas Von Frisch d'en avoir parlé à Mays, mais nous savons qu'ils ont eu partie liée dans cette affaire avec la Rising Moon. Et dès l'instant où il lui a probablement vendu les codes de programmation de la capsule pourquoi n'aurait-il pas négocié par la même occasion quelques informations sur ce submersible ?

Lim grogna. *Strummm... Strummm.*

— A cause du pot-de-vin que je lui ai versé, peut-être... Je lui ai promis un bonus de deux pour cent s'il savait tenir sa langue.

— Pourquoi n'en avez-vous pas parlé à Forster ?

— Ce n'était pas à lui de régler les frais supplémentaires.

L'expression de Lim traduisait une certaine tristesse, comme s'il se reprochait d'avoir mal jugé un de ses camarades. Ses doigts égrenaient une mélodie mélancolique.

— Von Frisch n'aurait donc rien dit ? Voilà qui ne lui ressemble guère.

Le militaire ne fit aucun commentaire.

Finalement, Lim soupira et parut se détendre. Il cessa de jouer et posa sa guitare qui résonna avec un grondement creux et discordant.

— Pourquoi moi, commandant ? Pourquoi me faites-vous ces confidences, toutes ces informations que je pourrais utiliser — si la politique m'intéressait — pour tenter de libérer Ganymède du joug de votre foutu Bureau spatial ?

— Rien ne prouve que nous avons eu cette petite conversation.

— J'ai peut-être un enregistreur à puce dissimulé dans ma boucle d'oreille, qui sait ?

Mais ils savaient tous deux que ce n'était pas le cas et ce qui étirait les lèvres du militaire n'était pas tout à fait un sourire.

— Blake vous a accordé sa confiance. Il a la mienne.

Lim hocha la tête.

— Je présume que vous souhaitez m'entendre confirmer ce que vous savez déjà. Von Frisch a sans doute tout raconté à Mays. Si ce dernier ne l'a pas annoncé dans le cadre d'une émission spéciale, c'est parce qu'il n'est pas un journaliste authentique. Peut-être n'est-il même pas un prof d'histoire authentique. Alors, quel que soit le secret d'une importance capitale que vous essayez de garder — à titre personnel, commandant, pas en tant que représentant du Bureau spatial — il s'y intéresse.

— Vraiment ? Et quel pourrait être le secret en question ?

— Je l'ignore et je m'en fiche. Mais si j'étais vous, je m'inquiéterais pour vos hommes. J'ai capté les vibrations de ce type.

— Ses vibrations ?

— Ce Mays est un tigre. Et la faim le tenaille.

Sur Amalthée, en temps réel...

— Ellen. Professeur. Nous devons repartir. Ce monde tombe en morceaux au-dessus de nos têtes.

Blake pilotait la Mante et accompagnait la silhouette blanche solitaire de Forster qui traversait une dernière fois en scaphandre le Temple des Arts en laissant derrière lui un sillage de bulles. Il enregistrait au passage tout ce qu'il n'aurait pas le loisir d'étudier.

— Immédiatement, professeur, ou nous aurons de sérieux ennuis.

— Entendu, répondit Forster, à contrecœur. J'arrive. Où est l'inspecteur Troy ?

— Je suis ici, et je ne rentrerai pas avec vous.

La voix de Sparta était étouffée par les flots.

— Tu peux répéter ?

— Blake, je compte sur toi pour fournir des explications à nos compagnons. Les rassurer.

— Que dites-vous, Troy ? intervint Forster.

— Je resterai ici pendant la transition.

— Quelle transition ?

— Le vaisseau va bientôt se retrouver privé de la masse d'eau qui l'entourait jusque-là. Je serai à son bord.

— Comment...

— Revenez immédiatement, professeur, ordonna Blake d'un ton sans réplique. Je vous expliquerai tout.

— Entendu !

Blake plaqua un masque à oxygène sur son visage et ouvrit les valves. L'eau s'engouffra à l'intérieur de la Mante, à l'exception de quelques bulles récalcitrantes qui ne savaient plus distinguer le haut et le bas. Il abaissa un interrupteur et le sas de poupe de l'engin s'ouvrit.

Forster se propulsa vers l'écoutille et s'y glissa. Blake la referma derrière lui et manipula d'autres commandes. Des pompes se mirent en action et de l'air sous pression chassa le liquide. Il retira son masque à l'instant où Forster déverrouillait son casque. La Mante battit des ailes et se dirigea vers le sas sud du vaisseau-monde.

Blake tenta de joindre le *Ventris* par sonarcom.

— Nous rentrons, annonça-t-il. Répondez ! Me recevez-vous ? Nous rentrons.

Il ne reçut pas de réponse et se tourna vers Forster.

— Ils ont dû perdre le câble, ou le remonter. Nous devons faire vite.

— Que fait Troy ? Vous m'aviez promis de me fournir des explications.

— Elle ne fait *rien*, professeur. La situation va changer sous peu. Sa place est ici, la nôtre là-haut.

Bien que plus petit que le sas équatorial vers lequel le banc de pseudo-calmars avait guidé Sparta et Forster, celui-ci aurait malgré tout pu abriter un porte-avion. La coupole se dépouilla peu à peu de ses couches moléculaires, à moins que celles-ci ne se rétractent — les explorateurs ignoraient toujours sur quel principe était basé le processus, même s'ils avaient rapidement appris à l'utiliser. Tout devint transparent comme par magie et ils virent la mer en ébullition, teintée d'une opalescence rougeoyante par la clarté de Jupiter qui se diffusait à travers la gangue de glace de plus en plus mince.

— Ils entrent ! s'exclama Forster.

Malgré sa fatigue, il lui restait assez d'énergie pour s'extasier devant de tels prodiges.

La Mante montait à la rencontre d'une nuée de créatures marines, calmars bioluminescents, crevettes, méduses et plancton. Tous se déversaient par millions dans le vaisseau-monde, en formations ordonnées qui suivaient les courants tels des rubans de fumée emportés par le vent.

— On dirait qu'ils savent ce qu'ils font, déclara Blake.

— C'est comme si le noyau les aspirait en lui... les prenait sous sa protection.

— Ou dans ses viviers.

— Hum !

Tout indiquait que cette possibilité lui déplaisait.

— Ils obéissent à un signal.

— Ou à de simples conditions d'équilibre. La pression et la température interne et externe sont égales à la surface du noyau.

— Très rationnel, dit le professeur. Et malgré tout miraculeux.

Blake faillit sourire. Le professeur J.Q.R. Forster n'était pas du genre à utiliser un tel terme. Toute technologie suffisamment avancée réservait des surprises de ce genre et Blake avait la conviction qu'ils assisteraient encore à un ou deux « miracles ».

La Mante noire fuselée sortit du sas et remonta rapidement vers la surface par des mouvements puissants de ses larges ailes. En bas le sas restait ouvert et les créatures marines s'engouffraient à l'intérieur de l'énorme vaisseau. Dans les hauteurs, la fine couche de glace qui constituait le sol d'Amalthée se fragmentait.

Blake ne pouvait joindre personne à bord du *Ven-*

tris. Il repéra sans difficulté le puits foré dans l'enveloppe de la lune et, prenant quelques risques, emprunta le boyau et traversa l'interface de vapeur qui séparait le milieu liquide et le vide de l'espace.

Le *Ventris* attendait à cinq cents mètres d'altitude. La Mante se convertit en un engin spatial et se dirigea vers la soute du vaisseau par de brèves poussées de ses propulseurs.

— Ça me fait penser à la nuit d'Halloween, là, en bas, commenta Blake.

— A quoi ?

— On dirait un chaudron de sorcière... ou une baignoire où flotteraient des glaçons.

Sous le sous-marin volant des lézardes noires fissuraient la glace et de grosses bulles laiteuses s'en échappaient pour éclater en bouffées de brume. Devant la Mante, les portes du vaisseau étaient béantes et ils pouvaient voir la soute se découper contre les étoiles... ouverte, illuminée et vide.

— La capsule a disparu, dit Blake. Et tous les systèmes de communication sont morts.

— Qu'a-t-il pu se passer ?

— Vous devriez remettre votre casque, professeur. Je crains que la situation ne se complique.

Dans un silence radio complet, Blake fit pénétrer prudemment la Mante à l'intérieur de la cale et la posa sans encombre. Les commandes à distance fonctionnaient toujours et les grandes portes se refermèrent sur eux. Sitôt après, de l'air s'engouffra dans la soute puis le sas de la coursive centrale du *Ventris* s'ouvrit et l'écoutille claqua contre les butées d'arrêt.

Blake testa à nouveau le radiocom.

— Jo ? Angus ? Est-ce que vous me recevez ? Quelle est la situation, à bord ?

Il regarda autour d'eux à travers la bulle et ne vit

rien de suspect. Que nul ne fût venu les accueillir était étrange, mais pas inquiétant en soi.

Les jauges indiquaient qu'à l'extérieur la pression était normale.

— C'est bon, professeur, je vais ouvrir. Au fait, comme l'habitacle est imbibé d'eau un épais brouillard risque de se former. Je passerai le premier.

— Pourquoi ?

— Ma liberté de mouvements est plus grande que la vôtre. Je ne suis pas handicapé par le port d'une combinaison spatiale.

— Vous croyez qu'il s'est passé quelque chose de grave ?

— Je ne sais que penser. Tout ceci est bizarre.

Il commanda l'ouverture du sas de la Mante et tressaillit quand ses tympans subirent la différence de pression. Un nuage blanchâtre envahit le submersible. De la buée se déposa sur la surface de la bulle de polyverre et leur dissimula momentanément l'extérieur. La brume ne tarda guère à se dissiper pour se changer en gouttelettes de condensation. Blake essuya la surface concave pour dégager un espace et lorgner au-dehors. Il ne vit rien.

Il fit demi-tour et se glissa près de Forster pour entrer le premier dans le sas de poupe du sous-marin. Il sortit la tête, puis les épaules dans l'air frais et sec de la soute...

... et il sentit quelque chose effleurer sa nuque. Il se pencha et se retourna... vers Randolph Mays accroupi à l'arrière de la Mante.

L'homme tenait un pistolet injecteur et un sourire obscène tordait sa grande bouche.

— Vous venez de commettre une faute, l'ami. Erreur de tactique. Vous auriez dû faire passer le professeur avant vous... mon petit mélange de produits chimiques n'aurait eu aucun effet sur un scaphandre...

Blake n'entendit pas la suite. Il dormait déjà.

Dans la cabine minuscule du submersible, Forster avait des difficultés à se mouvoir.

La voix de Mays lui parvint du sas.

— A votre tour, inspecteur Troy. Mais peut-être devrais-je vous appeler Linda ? Vous ai-je laissé assez de temps pour remettre votre casque ? Souhaitez-vous bénéficier de quelques secondes de répit supplémentaires ? Et vous, professeur ? Je vais mettre à profit cette attente pour vous faire part de l'admiration que m'inspire votre corps. C'est une *merveille*. Il fait de vous l'image même de la jeunesse. Lorsqu'une combinaison spatiale ne le dissimule pas, bien sûr. Quand je pense à l'attentat à la bombe perpétré contre vous sur Vénus, une tentative d'assassinat qui a d'ailleurs été bien près d'aboutir...

L'intonation de Mays traduisait d'étranges regrets.

— Je reconnais que les chirurgiens méritent des félicitations. Restent vos vieux os, vos muscles affaiblis et vos organes ! Ils ont malheureusement dû subir l'outrage des ans.. Combien, une bonne soixantaine ? Et à quel prix pour votre résistance, votre endurance ?

Forster s'était glissé dans l'étroit passage, recroquevillé comme s'il comptait effectuer un saut périlleux.

— Vous n'aurez qu'à sortir quand vous serez prête, inspecteur Troy, ajouta Mays d'un ton joyeux. Je vous attends. Quant à vous, professeur, reposez-vous un instant pendant que je vous expose la situation. Comme Blake, tous les membres de l'équipage font un petit somme... mais si rien ne m'oblige à leur injecter une dose supplémentaire de soporifique tous se réveilleront dans une ou deux heures. Je précise que j'ai mis votre système de télécommunication hors d'usage. La panne sera difficile à trouver, je le crains. Mais n'avez-vous pas donné l'exemple en nous coupant du monde extérieur pour des raisons strictement personnelles ? En rapport avec moi, je présume ? Comment espériez-vous justifier cette initiative ?

Forster s'était enfin retourné. S'il voyait, par l'écoutille ouverte, les parois de métal de la soute, Mays restait hors de son champ de vision.

— Vous devriez me remercier, car je vous fournis a posteriori une excuse pour avoir commis toutes ces entorses aux règlements.

Mays fit une pause, comme s'il s'avisait soudain qu'il avait sauté un passage de son texte.

— Etes-vous toujours avec nous, Troy ? Vous avez tout compris, n'est-ce pas ? *Absolument* tout.

Il s'interrompit de nouveau. S'il attendait un commentaire il dut être déçu.

— Pour en revenir à vous, professeur, sachez que les antennes sont inutilisables. Inutile de m'exprimer votre gratitude. Je vous dirai comment vous acquitter de votre dette envers moi.

Forster tendit la main vers son casque, coincé derrière ses genoux contre la paroi de l'étroit passage. Il lui faudrait regagner l'habitacle afin de bénéficier d'une liberté de mouvement suffisante pour le remettre. Il respirait avec bruit, au point qu'il avait des difficultés à entendre Mays.

— Tout ce que je veux, c'est ce que vous m'avez illégalement refusé. Informer la population des mondes habités de la nature de notre — oui, je dis bien *notre* — découverte. Je me réfère en particulier à l'Ambassadeur, cette statue magnifique.

Comme aiguillonné par l'insistance de Mays, Forster était retourné vers la proue de la Mante, sous la bulle de polyverre... et il avait enfin dégagé son casque. Il le fit tourner entre ses mains gantées tremblantes, pour pouvoir le glisser sur sa tête...

— Vous devez pour cela me prêter votre joli sous-marin, continuait Mays. Oh ! rassurez-vous... Je n'en aurai pas pour longtemps. Il existe des angles de prise de vue et des effets d'éclairage qui, s'ils n'ont aucune utilité pour un archéologue, sont essentiels aux professionnels de mon espèce...

Forster avait levé le casque devant son visage.

— Non, Mays. Jamais ! lança-t-il sur un ton de défi.

Et le timbre rauque de sa voix le surprit. Il coiffa le casque. Il n'avait plus à redouter le cocktail chimique utilisé par son adversaire désormais.

Une main apparut dans l'ouverture du sas, armée d'un pistolet.

Il en jaillit un nuage de brume sous pression et Forster ne disposa que d'une fraction de seconde pour comprendre l'erreur qu'il venait de commettre en ouvrant la bouche. Un laps de temps trop court pour qu'il pût rabattre sa visière.

Mays pilotait la Mante au sein de la nappe de brouillard qui recouvrait l'étendue de glace en ébullition, et respirait la puanteur du sous-marin, un mélange de sueur humaine et d'eau de mer vieillie d'un milliard d'années. Il s'efforçait d'en faire abstraction pour se concentrer et envisager tour à tour toutes les possibilités. Son plan ne s'était pas tout à fait déroulé comme il l'avait espéré mais, en tacticien habile et expérimenté, il savait improviser en fonction des aléas de la réalité. Il avait déjà réalisé la plus grande part de ce qu'il s'était proposé de faire, néanmoins, l'échec de ce qui restait à effectuer lui ferait perdre tous ses acquis.

L'inspecteur Ellen Troy avait *disparu* ! Elle n'était ni à bord de la Mante ni à bord du *Ventris*. Redfield et Forster n'avaient tout de même pas pu l'abandonner au fond de la mer ! Pourtant tout indiquait qu'ils avaient remisé le sous-marin avec l'intention de le laisser dans la cale, sans projeter d'effectuer un autre voyage.

Etait-elle dans la mer intérieure... à bord du vaisseau extraterrestre ? Il devait s'en assurer. Il fallait en finir avec cette femme.

Il fit plonger la Mante dans une crevasse, avec adresse. Il pilotait l'engin comme s'il avait bénéficié d'un long entraînement et vira dans des eaux noires, désormais privées de toute forme de vie, en direction du sas sud. Nul n'aurait pu espérer retrouver quelqu'un dans les millions de kilomètres de passages du vaisseau-monde, dans ses centaines de millions de kilomètres carrés. Mays pensait toutefois savoir où Troy se cachait.

Et s'il se trompait, quelle importance ? Que pourrait-elle tenter contre lui, de là-bas ?

Il pénétra dans le sas — cet interface mystérieux qui semblait savoir à quel moment il devait s'ouvrir et se fermer — puis emprunta les couloirs obscurs et tortueux, fendant une eau saturée de créatures frétillantes, si nombreuses que la visibilité s'en trouvait réduite... jusqu'au Temple des Arts.

Mays dirigea la Mante vers le cœur du vaisseau-monde, vers le secteur où le labyrinthe se resserrait pour interdire son passage. Il s'apprêtait à enfiler un scaphandre pour quitter le submersible quand il crut entrevoir un reflet blanc... dans un couloir plus large, à droite du temple mystérieux.

Il y fit pénétrer la Mante et accéléra. Les parois arrondies aux reliefs étrangement illuminés par les faisceaux des projecteurs frôlaient ses ailes, mais l'appareil se ruait dans le tunnel sans ralentir. Mays atteignit une courbe prononcée...

... et il la vit devant lui. Crucifié par l'éclairage de l'appareil, son scaphandre blanc était si lumineux que l'homme tressaillit. Elle s'attardait, impuissante, dans les flots sombres. Ses efforts pour s'écarter de la trajectoire du sous-marin furent vains. Mays la chargea à la vitesse maximale. Il sentit et vit la bulle de polyverre la percuter. L'impact fut si violent qu'il dut lui briser la colonne vertébrale.

Un demi-tour était impossible à l'intérieur de cet étroit couloir. Quelques mètres plus loin il atteignit un rond-point où il fit virer la Mante. Il revint lentement dans le passage.

Elle flottait devant lui, ballottée par les tourbillons, inerte. Bien que la visière de son casque se fût opacifiée il eut la certitude d'entrevoir au travers ses yeux révulsés. Une large entaille s'ouvrait dans la combinaison de toile et de métal, sous le cœur. Des bulles d'air argentées s'échappaient de la blessure.

Mays ne put s'empêcher de rire lorsqu'il passa près du cadavre de l'inspecteur Troy. Il avait mené à bien la deuxième tâche qu'il s'était fixée. Il était désormais très près de son but...

Drapée dans les volutes de brume à moins d'un kilomètre du *Ventris*, la capsule lunaire numéro quatre attendait à l'abri des radiations, dans l'ombre d'Amalthée. Plus de trois heures s'étaient écoulées depuis que Mays avait laissé Marianne seule. Il se rapprocha avec précaution.

Le transfert du submersible à l'engin spatial était une opération fastidieuse. Comme lui, Marianne dut revêtir un scaphandre et dépressuriser l'habitacle. Lorsqu'ils furent réunis dans la petite cabine obscure de la capsule, sous une pression suffisante pour leur permettre de retirer leurs casques, il s'avisa que la jeune femme était de fort mauvaise humeur.

— J'en ai marre, Randolph ! lâcha-t-elle.

— Je dois avouer que ce n'est pas l'accueil que j'espérais...

— Oh ! je suis très contente que tu sois sain et sauf ! Ce n'est pas ce que je voulais dire ! Mais tu m'as laissée à m'inquiéter pendant trois heures, sans seulement que je sache où tu étais, et ce qui se passait. J'ai même envisagé d'aller te rejoindre, mais j'ai craint de... tout gâcher.

— Tu as bien fait d'attendre. Et tu as eu raison de me faire confiance.

— Ils n'ont rien ? Ils se sont réveillés ? demanda-t-elle après une hésitation.

— Ils sont tous en pleine forme et *très* bavards. Comme je te l'avais dit, c'était un soporifique sans danger aux effets peu durables... le temps de nous permettre de récupérer ceci, notre petite maison. Ils ne souffriront même pas d'une bonne gueule de bois.

— Ont-ils accepté ?

Il baissa les yeux sur ses gants qu'il avait entrepris de retirer.

— Eh bien, en un mot comme en cent, la réponse est... (Il releva la tête, les yeux pétillants de malice.) *Oui !* Après discussion, lorsque j'ai déclaré que tu témoignerais avec moi qu'il nous avait empêchés de contacter le monde extérieur contre notre volonté, Forster m'a confié le sous-marin.

Elle parut plus soulagée que satisfaite.

— Parfait ! Alors, utilisons-le sans plus attendre. Débarrassons-nous de cette transmission et nous pourrons rentrer...

— Les choses ne sont pas si faciles. Ils ont accepté de me laisser prendre des photogrammes de l'Ambassadeur... dont voici d'ailleurs les puces... Mais quand je les ai de nouveau contactés, il y a seulement quelques minutes, ils m'ont annoncé que leur système de télécommunication à longue distance était inutilisable.

Marianne émit un son de gorge où perçait le désespoir.

— Ils ne vont pas te laisser envoyer ces foutus... les photos ?

— Je crains que non, ma chérie. Je me flatte toutefois d'avoir une certaine expérience des réactions des hommes — et des femmes — et j'avais tout prévu.

— Qu'est-ce que tu veux dire ? Qu'as-tu fait ?

Il la dévisagea avec sollicitude.

— Allons, allons ! Tu n'as aucune raison d'avoir peur. J'ai simplement déplacé la statue.

— Quoi ? *Quoi ?!* Tu l'as *déplacée* ?

— C'était indispensable, comprends-tu ? Il fallait la dissimuler afin que nul ne puisse contester nos dires après la publication de notre histoire. Comme ça nous serons les seuls à pouvoir présenter cette preuve.

— Où l'as-tu cachée ?

— Le vaisseau-monde est si vaste que c'est difficile à expliquer mais...

— Laisse tomber !

Maussade, Marianne regardait la vidéoplaque, désormais éteinte. Elle se tamponna les yeux rageusement. Elle ne voulait pas pleurer.

— Je ne sais plus quoi penser.

— Ce qui signifie ?

— Tu affirmes une chose. Ils soutiennent le contraire... (Elle se racla la gorge.) Je veux dire qu'ils donnent une version des faits différente.

— *Ils ?...* C'est le jeune Hawkins, je suppose ?

Marianne haussa les épaules et esquiva son regard inquisiteur.

— Je ne m'abaisserai pas à en dire du mal, déclara vertueusement Mays. Je le crois honnête, et même naïf.

L'expression de la jeune femme se fit menaçante.

— Tu avais décidé de venir sur Amalthée avant même notre départ de Ganymède.

— Où veux-tu en venir, Marianne ?

— Bill est convaincu que tu as trafiqué l'ordinateur de bord et les systèmes de manœuvre de la capsule. Et que tu as saboté notre émetteur pour que nous ne puissions pas appeler à l'aide.

— Tiens donc ? Il est navigateur ? Physicien ?

Expert en électronique ? Je l'ignorais... fit-il, sarcastique.

— C'est ce qu'ont dit Groves et les autres après avoir inspecté cet engin.

— Forster et ses amis soutiendraient n'importe quoi pour empêcher qu'on apprenne la vérité. Je suis convaincu qu'ils appartiennent *tous* à cette secte démoniaque.

Marianne tendit les sangles de sécurité de son siège, comme si un souvenir jusqu'alors relégué dans son inconscient lui revenait : l'instant d'horreur vécu lors de leur impact contre la gangue de glace d'Amalthée.

— Marianne...

— Tais-toi, Randolph, laisse-moi réfléchir.

Elle fixait l'écran vide et il attendit. Un moment plus tard elle lui demandait :

— Leur as-tu annoncé que tu avais caché la statue ?

— Bien sûr !

— Qu'ont-ils répondu ?

— Que voulais-tu qu'ils disent ? Ils ont tout simplement coupé la liaison.

— Randolph, tu m'as déclaré, je cite : « Tous les habitants du système solaire ont les yeux braqués sur nous. Un cutter du Bureau spatial s'apprête à appareiller pour venir nous porter secours. »

— C'est exact.

— Eh bien, sache que je n'ai pas l'intention de rester assise dans cette boîte de conserve puante à attendre l'arrivée des sauveteurs. Si tu as tant d'atouts dans ta manche, peut-être serait-il temps de les abattre. Je veux que tu ailles jusqu'au sous-marin pour contacter Forster par radio — ou que tu retournes à bord du *Ventris* si nécessaire — pour négocier sérieusement. Et je t'interdis de revenir ici avant d'être parvenu à un accord avec eux.

— Et si je devais les affronter autrement qu'en

paroles ? demanda Mays avec un empressement qui ne lui ressemblait guère. Si je devais utiliser la force pour les empêcher de m'emprisonner ou... de me *tuer* après m'avoir torturé pour m'obliger à leur révéler où est la statue ?

Pour la première fois depuis qu'ils se connaissaient ce fut avec mépris qu'elle s'adressa à lui.

— Je vais te dire pourquoi ils ne te feront pas de mal, Randolph. Ce ne serait pour eux d'aucune utilité. Tu m'as remis les puces, et si tu dresses une carte précise de l'endroit où tu as caché l'Ambassadeur, nos adversaires seront forcés de nous éliminer tous les deux, *partenaire*... comme on disait autrefois dans les vids.

Randolph Mays faillit éclater de rire. Marianne venait juste de tenir les propos qu'il espérait l'entendre tenir. S'il lui avait écrit son rôle, il n'aurait pas pu trouver une meilleure réplique. Il feignit de peser longuement sa suggestion, puis de prendre une décision.

— Ils auraient en effet de sérieuses difficultés à fournir des explications aux inspecteurs du Bureau spatial, déclara-t-il finalement.

C'était devenu l'idée de Marianne, et elle ne risquait pas d'oublier que c'était elle qui avait fait cette suggestion, lorsqu'ils seraient devant les membres de la commission d'enquête chargés d'interroger les deux seuls survivants de l'expédition sur Amalthée.

23

Sparta s'éleva hors de l'écume, traversa la brume laiteuse et se retrouva dans le vide. La clarté cuivrée diffuse de Jupiter se reflétait sur son corps nu.

Un fait étrange attira son attention. Le *Ventris* avait dérivé et paraissait abandonné, même si toutes ses lumières brillaient et l'illuminaient comme en plein jour...

Il n'était pas très surprenant que l'équipe ait eu des problèmes. Elle avait nettement perçu le retour de la Mante dans les flots du noyau et était allée voir de quoi il retournait. C'est là qu'elle avait découvert, dans un passage désert, son scaphandre déchiré, d'où s'échappaient les dernières bulles de ses réserves d'oxygène. Quelqu'un avait cru qu'elle était à l'intérieur — supposition logique — et avait tenté de l'éliminer. Du moins l'avait-il cru.

Qui d'autre cet individu avait-il essayé de tuer ?

Sparta atteignit l'écoutille de la soute et y pénétra. Pour se déplacer, elle s'était munie du module propulseur de son scaphandre. Elle s'en débarrassa mais ne prit pas la peine de nettoyer la pellicule de mucus argenté qui collait à sa peau. Son corps nu était brillant comme un ver et on aurait pu avoir des doutes sur son appartenance à l'espèce humaine en la voyant traverser ainsi les salles et les coursives désertes en direction du module de l'équipage.

Elle y découvrit une scène pour le moins étonnante : Josepha Walsh était affaissée au poste de pilotage avec, près d'elle, Angus McNeil écroulé pardessus l'accoudoir de son propre siège. Tony Groves était sanglé sur le lit qu'il occupait dans la cabine qu'il partageait avec Randolph Mays. Plus loin, Hawkins occupait lui aussi sa couchette. Dans le carré, Blake et Forster étaient couchés par terre, comme s'ils s'étaient endormis pendant une partie d'échecs. Mais Sparta n'avait jamais vu le professeur s'essayer à ce sport.

Mays et Marianne Mitchell avaient disparu, de même que la capsule à bord de laquelle ils étaient venus.

Les membres de l'expédition présents dans le *Ven-*

tris étaient tous en vie et leur état n'avait rien d'alarmant, ce que confirmaient leur respiration et leur pouls réguliers. On leur avait simplement administré une dose massive de somnifères. Sparta se pencha pour humer leur haleine à travers la fine membrane qui l'isolait du monde extérieur. Elle permit à une bouffée de drogue de traverser son mucus protecteur. Une formule chimique s'inscrivit sur l'écran de son esprit. Elle identifia un narcotique inoffensif dont les effets ne tarderaient guère à se dissiper, sans laisser de traces. Tous finiraient par se réveiller après avoir dormi pendant trois ou quatre révolutions autour de Jupiter, et ils n'auraient même pas la bouche pâteuse.

Avant toute chose, elle demanda à l'ordinateur de bord le statut du vaisseau. La première anomalie sautait aux yeux : le bouclier antiradiations avait cessé de fonctionner, alors que Walsh et McNeil étaient censés l'avoir remis en état. Rien d'autre n'apparaissait sur les consoles.

Elle déploya les broches dissimulées sous ses ongles. Les extensions transpercèrent la pellicule brillante qui enrobait son corps et elle les inséra dans les ports du terminal pour permettre aux données de s'écouler jusqu'à son cerveau. Elle ne voyait et n'entendait rien de suspect mais humait dans l'arôme âcre du flot d'informations une saveur étrange — métallique, aigre comme le goût de cuivre d'une pièce de monnaie ou une bouffée de potassium — dissimulée par les senteurs apaisantes de la normalité.

C'était là, dans le système de manœuvre... rien ne clochait mais elle releva un indice presque imperceptible. Une fuite mineure sur une valve... des gouttes de carburant qui s'échappaient sous l'effet de la pression par trois buses de la coque situées — impensable malchance — de telle façon qu'elles poussaient lentement, par réaction, le *Ventris* dans le courant de radiations qui émanaient de Jupiter sur le pourtour d'Amalthée.

Une fois dans cette ceinture, et privés de bouclier protecteur, il suffirait de deux révolutions autour de Jupiter pour entraîner la mort de tous les membres de l'équipage. A ce stade, un traitement antirad ne pourrait les sauver.

Sparta s'accorda un bref temps de réflexion. Elle commença par corriger la position du vaisseau puis passa à la clinique de bord pour y prendre tout ce qui lui serait nécessaire. Ensuite elle s'occupa des dormeurs en fonction de l'urgence de leurs besoins et injecta à chacun d'eux de quoi les arracher aux bras de Morphée... un jour plus tôt que ne l'avait escompté l'habile saboteur.

Randolph Mays amena la Mante à côté du *Ventris* et l'immobilisa dans le vide. Le vaisseau ne semblait pas avoir dérivé comme il l'avait prévu mais il était impossible d'en juger à l'œil nu. Vaisseau, sous-marin et satellites tournaient autour de Jupiter sur des orbites qui se modifiaient sans cesse, pendant qu'Amalthée s'évaporait dans le néant, sur l'orbite la plus basse.

Engin et pilote franchirent les portes de la soute, grandes ouvertes comme lors de son départ, Mays posa la Mante, en descendit avec prudence et pénétra dans le sas interne qu'il referma derrière lui, sans relever la visière de son casque.

Il n'avait rien à redouter de ses adversaires. Tous dormaient, pour l'éternité.

Il se propulsa dans la coursive, accompagné par les sifflements de sa respiration.

Il passa devant les cabines. Hawkins était inconscient, sanglé sur sa couchette. Le petit Tony Groves dormait toujours sur la sienne, dans la cabine qu'ils avaient partagée.

Forster et Redfield flottaient au ras du sol, au-dessus de l'échiquier dans le carré. Ils n'avaient dérivé que de quelques centimètres.

Mays monta dans le poste de pilotage et vit Walsh, inconsciente à son poste, et McNeil au sien. Sur la console de navigation rien n'avait changé depuis son départ.

Il y avait au-dessus un réduit de stockage et les cuves du carburant du système de manœuvre, ainsi qu'un sas rarement utilisé. Les membres de l'expédition préféraient faire un détour par la soute pour ne pas avoir à se contorsionner pour l'emprunter. Mays était la prudence incarnée et il inspecta également cette section. Déserte comme les autres.

Il redescendit. Tous dormaient et rien n'avait bougé. Il avait écrit de nombreux scénarios tout au long de son existence, mais celui-ci était son chef-d'œuvre. Il s'avérait en tout point parfait. Le témoignage de Marianne et la totalité des preuves matérielles... tout, jusqu'au moindre détail, corroborerait sa version des faits.

Il allait atteindre l'extrémité de la coursive quand il crut percevoir une présence, une ombre fugace sur la paroi. Quelqu'un derrière lui ? Il se retourna brusquement...

— Je vous trouve moins loquace que de coutume, sir Randolph.

Forster exerça une pression sur sa poitrine avec un index presque aussi menaçant qu'une batte de cricket.

— Dites-nous pourquoi vous avez jugé utile de nous anesthésier et de saboter les systèmes de télécommunications. Nous aimerions également savoir ce qu'est devenue votre... miss Mitchell.

Mays était cerné — de près, tant le vaisseau était

exigu — par ceux qu'il avait gazés. Tous ! Il avait protesté de ses droits, en vain...

... mais il n'espérait pas les convaincre de sa bonne foi, car tous avaient compris. Il s'adressait en fait aux enregistreurs — qui devaient fonctionner à nouveau — et cherchait à gagner du temps.

— C'est *vous* qui avez saboté la radio, professeur, rétorqua-t-il d'une voix forte. Pas moi. Quant à Marianne et moi, nous n'avons fait que prendre les mesures indispensables pour assurer notre fuite.

— Et que vouliez-vous *fuir* ?

— Nous désirions regagner Ganymède sans vous, quitte à mettre plus longtemps. Nous avons contacté le Bureau spatial qui va envoyer un appareil nous chercher.

— Par radio, depuis votre capsule ? s'exclama Bill Hawkins.

Il avait oublié, ou ignoré, une des règles d'or de toute négociation : ne jamais laisser voir sa surprise.

— Oui, j'ai pu remettre cet appareil en état, répondit Mays avec un large sourire qui révélait sa denture. Au fait, je ne prendrais pas la peine d'essayer de joindre Marianne, si j'étais vous. Elle a pour instructions de ne répondre que si elle reconnaît ma voix. Tant que nous ne serons pas arrivés à un accord, s'entend.

— Qui ici pourrait croire qu'elle tienne à cet ignoble individu ? lança Hawkins, en proie à un brusque désespoir.

Il écarta une mèche de cheveux blonds de devant ses yeux et son mouvement le propulsa de l'autre côté de la cabine.

— Bill, lui murmura Josepha Walsh, gênée, ce n'est pas un sujet à l'ordre du jour.

Il se détourna, écœuré par la suffisance de Mays. Il ignorait que sous son calme apparent le journaliste était en train de céder à la panique. Seule Troy aurait pu les réveiller, mais il l'avait *tuée* dans le vaisseau-monde !

Forster continuait de dévisager son adversaire.

— Eh bien, vous voici de nouveau parmi nous. Il ne nous reste qu'à aller récupérer miss Mitchell. Puis nous vous garderons tous deux captifs, pour reprendre vos propres termes, jusqu'à notre retour sur Ganymède... ou jusqu'à l'arrivée de l'appareil du Bureau spatial, s'il nous rejoint avant. Ensuite, ce sera aux autorités compétentes de tirer cette histoire au clair.

— L'ennui, c'est que vous ne retrouverez jamais l'Ambassadeur.

Les sourcils de Forster semblèrent bondir vers le haut de son front.

— Comment ça, nous ne retrouverons jamais l'Ambassadeur ?

— Après l'avoir photogrammé, j'ai pris soin de le déplacer.

Mays fit une pause pour leur laisser le temps d'assimiler la nouvelle.

— Oh ! j'exagère sans doute un peu... Vous finirez par le récupérer, tôt ou tard. Mais je vous affirme que votre tâche ne sera pas facile.

— Pourriez-vous, s'il vous plaît, nous dire pourquoi vous avez fait une chose pareille ? s'enquit Forster avec une civilité surprenante en de telles circonstances.

— Mon point de vue sur la situation n'a pas changé depuis notre précédent entretien, professeur. Vous nous avez illégalement empêchés, mon assistante et moi, de prendre contact avec le monde extérieur. Tout ce que j'ai fait avait pour but d'assurer ma... notre protection. Et je souhaite simplement informer la population du système solaire de cette découverte extraordinaire. C'est mon droit le plus strict.

Forster devenait écarlate.

— Sir Randolph, sachez que je refuse de traiter avec un escroc doublé d'un meurtrier.

— Ce qui signifie ? demanda Mays, l'air joyeux.

— Vous le saurez sous peu. Tony, Blake, venez avec moi. Vous aussi, Bill.

Ils se regroupèrent dans la coursive, devant le sas de la soute... là où Mays et Marianne avaient ourdi le complot qui entraînerait leur chute.

— Je veux accompagner Blake, s'emporta Hawkins lorsqu'il connut les projets de Forster. Vous n'avez aucune raison de m'imposer de rester ici.

— Si, Bill, et je vais vous la confier. Je comprends vos sentiments, mais si vous suivez ma suggestion vous aurez de bien meilleures chances de... hum ! d'arriver à vos fins.

Et en fin de compte Blake partit seul.

Il arrêta la Mante à une demi-douzaine de mètres de la capsule. Malgré la brume laiteuse il avait pu la localiser rapidement grâce au radar.

Il avait effectué ce déplacement en scaphandre et laissé l'écoutille de son appareil ouverte. Il n'eut qu'à s'extraire en douceur du sas pour se propulser vers l'épave calcinée, une masse noire dans la nuit blanche. Un sentiment de compassion le traversa brièvement pour la jeune femme solitaire enfermée dans cette boîte de conserve. Contrairement aux affirmations de Mays, elle ne pouvait rien voir ni entendre au-dehors, et ignorait qu'elle dérivait hors de l'étroite zone de protection contre les radiations.

Mays avait dû le prévoir, songea Blake. Sans doute voulait-il faire disparaître toutes les preuves qui pourraient être retenues contre lui.

Il appliqua un coupleur acoustique sur la coque.

— Marianne, c'est Blake. M'entendez-vous ?

— Qui ?

Une voix forte et apeurée.

— Blake Redfield. Etant donné que votre com est en panne, je suis venu établir une liaison. Afin que vous puissiez participer aux négociations, pour reprendre vos propres termes. Tout ce que vous direz sera retransmis directement au *Ventris*.

— Où êtes-vous ?

— A l'extérieur de votre capsule. Je viens d'installer un coupleur acoustique relié à l'émetteur de la Mante.

— Que comptez-vous faire ? Où est Randolph ?

— Je n'ai pas l'intention de *faire* quoi que ce soit. Quant à sir Randolph, son sort dépend uniquement de vous et du professeur Forster.

— Je ne vous révélerai pas où est la statue.

— Ce n'est pas à moi qu'il faut le dire. Je n'interviendrai pas dans ces tractations. C'est avec le professeur que vous devez discuter. Je retourne à bord du sous-marin.

— Miss Mitchell, m'entendez-vous ? (C'était la voix de Forster, très nette.) Sir Randolph nous a informés de son initiative, Marianne. Nous sommes tous convaincus que ces... complications sont inutiles. Nous vous avons traités tous deux comme des collègues, et notre attitude à votre égard ne s'est pas modifiée. Nous voulions simplement que votre ami respecte les principes élémentaires de la recherche scientifique et les règles de notre éthique.

— Dois-je comprendre que vous accepteriez d'en rester là ? Je l'espère en tout cas, car je commence à... trouver le temps long.

— Miss Mitchell, j'aimerais que vous autorisiez Redfield à remorquer cette capsule jusqu'au *Ventris*. Nous allons devoir déplacer sous peu notre vaisseau et je crains pour votre sécurité.

— Ne comptez pas sur moi pour vous dire où est la statue, sauf si Randolph m'en donne l'ordre.

— Il s'y refuse.

— Alors... (Ils crurent l'entendre soupirer.) C'est non.

— Il est évident que vous ne prenez pas mes menaces au sérieux, déclara sèchement Forster. J'ai pensé à une petite démonstration qui devrait vous convaincre que je ne plaisante pas. Pour arriver à ses fins, sir Randolph n'a pas hésité à mettre notre vie en danger. La vôtre incluse. La loi du talion nous autorise à lui rendre la pareille.

— Que voulez-vous dire ?

Elle tentait de donner l'impression qu'elle était simplement sceptique, mais sa voix tremblait d'appréhension.

— Connaissez-vous la mécanique céleste ? Dans le cas contraire, et si l'ordinateur de bord de votre capsule est en état de marche, il vous confirmera mes propos.

— Contentez-vous de me fournir des explications.

— Comprenez bien que notre situation est inconfortable, pour ne pas dire précaire. Si votre vidéoplaque fonctionnait — c'est, hélas ! une autre panne dont sir Randolph porte l'entière responsabilité — vous n'auriez qu'à y jeter un coup d'œil pour constater que nous sommes très proches de Jupiter. Je présume qu'il est superflu de vous rappeler que cette planète a de loin le champ gravitique le plus intense de tout notre système.

Elle resta un moment silencieuse puis ordonna :

— Poursuivez !

La tension était perceptible dans sa voix, et ce fut avec moins de condescendance que Forster ajouta :

— Vous, moi, et ce qui subsiste d'Amalthée, effectuons une révolution autour de Jupiter en un peu plus de douze heures. Selon un théorème bien connu, tout objet en orbite qui tombe vers le centre du corps qui exerce sur lui son attraction met dix-sept virgule sept pour cent de la durée habituelle de son circuit autour du primaire pour effectuer cette chute. En d'autres termes, tout ce qui tomberait du point que nous occupons actuellement atteindrait le cœur de Jupiter en guère plus de deux heures. Au risque de me répéter, je vous rappelle que votre ordinateur vous le confirmera s'il fonctionne.

Il y eut une longue pause, puis Marianne articula d'une voix plate :

— Continuez.

— Une telle chute est naturellement théorique. L'objet en question pénétrerait dans la haute atmosphère de cette planète bien avant.

Comme elle ne disait rien, Forster ajouta avec malice :

— J'espère que vous ne trouvez pas ces explications trop fastidieuses ?

— Hein ? Je vous écoute.

— Nous avons calculé la durée, et elle est d'environ une heure trente-cinq minutes. Miss Mitchell, vous avez travaillé en notre compagnie assez longtemps pour constater qu'au fur et à mesure que la masse d'Amalthée s'évapore et que sa surface s'amenuise, son champ gravitique, déjà très faible à l'origine, se réduit considérablement. Selon nos calculs la vitesse de libération n'est plus que de dix mètres par seconde. Tout objet lancé avec cette rapidité ne retombera jamais. Je pense que votre propre expérience devrait vous le confirmer.

— Bien sûr !

On ne décelait dans sa voix aucune impatience. Elle avait déjà compris où Forster voulait en venir.

— Voici l'essentiel de mon projet. Nous allons emmener sir Randolph faire une petite promenade, le conduire à l'aplomb de Jupiter après avoir rendu le module de propulsion de son scaphandre inutilisable. Puis nous... Euh... Nous procéderons à son lancement. Rassurez-vous, nous nous tiendrons prêts à aller le récupérer à bord du *Ventris* dès que vous nous aurez indiqué avec précision où est la statue, une information que sir Randolph affirme vous avoir communiquée.

Marianne hésita puis demanda :

— Je veux lui parler.

— Je regrette mais c'est impossible.

Blake, qui se contentait d'écouter leur conversation, trouva l'impatience de Forster trop nette. C'était l'instant qu'il avait tant attendu.

— Bill est-il auprès de vous ? fit-elle d'une voix à peine audible.

— Hawkins ? Eh bien, oui...

— Passez-le-moi.

— Si... si vous y tenez...

Hawkins prit le micro. La culpabilité et l'angoisse altéraient sa voix.

— J'ai protesté, Marianne. Je les dénoncerai, tu peux me croire. Forster ne veut pas entendre raison. Il...

Le professeur lui coupa la parole, en colère.

— Ça suffit, Hawkins ! Fini, les tergiversations, miss Mitchell. Je pense vous avoir fait clairement comprendre que le facteur temps est capital. Une heure et trente-cinq minutes s'écouleront très vite, mais si vous pouvez encore voir ce qui se passe sur Amalthée, vous reconnaîtrez avec moi que nous ne devrons pas lambiner pour obtenir confirmation des informations que vous nous communiquerez.

— Vous bluffez ! lui lança-t-elle.

Blake fut saisi d'inquiétude. Ils n'avaient pas prévu une telle réaction.

— Je ne crois pas que vous ferez une chose pareille, ajouta-t-elle. Les autres membres de l'équipe vous en empêcheront.

Blake se détendit. Elle essayait de se montrer sûre d'elle et y réussissait presque, mais le timbre de sa voix ne trompait pas : elle était terrifiée.

Le professeur soupira.

— Dommage. Mr McNeil, Mr Groves, emmenez le prisonnier et exécutez vos instructions.

Ils purent entendre McNeil répondre en arrière-plan :

— A vos ordres, professeur.

— Que faites-vous ? s'enquit Marianne.

— Nos amis et sir Randolph vont faire un petit tour, répondit Forster. Je regrette que vous ne puissiez assister à la scène.

C'était le signal convenu pour l'intervention de Blake, qui déclara :

— Professeur, ce n'est pas ainsi que vous la convaincrez du sérieux de vos intentions. Elle a appris à vous connaître au cours de ces derniers jours, et il est normal qu'elle ne vous croie pas capable d'exécuter cet homme en le projetant vers Jupiter, après que vous leur avez sauvé la vie à tous les deux. Et même si elle arrivait à l'admettre, il y a Angus et Tony... Je me trompe, Marianne ? ajouta-t-il à son intention.

Pas de réponse.

— Elle doit nous prendre pour des imbéciles et refuse de se laisser intimider.

— Que suggérez-vous ? demanda Forster.

— Invitons-la à sortir de la capsule pour assister à la scène. Elle sait déjà que nous n'avons pas l'intention de la capturer... Si c'était le cas, je n'aurais eu qu'à prendre l'épave en remorque pour la ramener jusqu'au *Ventris* sans qu'elle puisse s'y opposer.

Il fallut à Marianne environ quatre secondes pour assimiler la suggestion, et elle boucla aussitôt son casque. Tous les boulons explosifs de l'écoutille de la capsule sautèrent en même temps et le panneau carré s'envola. Le recul déplaça l'engin spatial pendant que la jeune femme en sortait.

De toute évidence, elle estimait que la capsule était la relique d'un affrontement appartenant au passé.

La nouvelle épreuve se déroulerait ici, dans le vide. Et quel que soit son dénouement, ce serait à bord du *Ventris* ou d'un cutter du Bureau spatial que les survivants retourneraient vers la civilisation.

Elle regarda autour d'elle et vit le cordon ombilical qui reliait le coupleur acoustique de la capsule à la Mante, immobilisée quelques mètres plus loin — le visage de Blake était visible à l'intérieur de la bulle, mais elle ne lui prêta pas attention —, et elle remarqua aussi le reflet lumineux lointain du *Michaël Ventris,* en suspension au-dessus de la nappe de brouillard luminescent. La douce courbe de Jupiter s'élevait au-dessus d'eux et sa clarté réfléchie teintait en rose chair les cirres de brume.

Trois silhouettes blanches semblables à des poupées quittaient la soute du vaisseau.

— Elle est sortie, professeur, annonça Blake.

— Maintenant que vous n'êtes plus enfermée dans cette boîte de conserve, miss Mitchell, m'entendez-vous par votre scaphcom ?

— Je vous reçois.

— Vous n'aurez qu'à utiliser l'élément grossissant de votre casque pour obtenir la confirmation qu'Angus et Tony ne portent pas entre eux un scaphandre vide de tout occupant. Ils passeront sous l'horizon dans une minute, mais vous reverrez sir Randolph sitôt qu'il aura entamé sa... son ascension.

Sans rien dire, Marianne leva la main vers sa visière.

Le temps se figea. L'éther était silencieux. Forster ne disait rien. Marianne non plus, elle fixait le ciel. Blake restait dans la Mante, muet lui aussi. Il feignait de s'intéresser à la propreté de ses ongles, pour ne pas gêner la jeune femme en lui imposant ses regards curieux.

Elle se taisait. Attendait-elle de voir jusqu'où oserait aller le professeur ?

L'horizon indistinct d'Amalthée était ridiculement

proche. Marianne fit un petit geste qui la déséquilibra. Sur le décor orangé de Jupiter, des flammes venaient de jaillir des modules propulseurs de McNeil et Groves. La jeune femme se redressa très vite, juste à temps pour voir les trois silhouettes s'élever dans l'espace.

Elle observait toujours le groupe quand il se scinda. Deux hommes décélérèrent et redescendirent. Le troisième continua sur sa lancée, vers la masse menaçante de Jupiter.

— Il va mourir ! Vous l'avez envoyé dans la ceinture de radiations, murmura-t-elle.

Forster ne dit rien. Peut-être ne l'avait-il pas entendue. Blake prit l'initiative de la rassurer.

— Nous le soignerons. Nous avons à notre disposition des enzymes qui nettoient les cellules mortes et réparent celles qui sont endommagées. Vous êtes bien placée pour savoir que même douze heures d'irradiation ne sont pas fatales, avec le traitement adéquat.

— Douze heures...

— Ouais ! fit Blake non sans une vague satisfaction. Mays le savait, lorsqu'il vous a envoyés dériver dans l'espace. Il comptait sur nous pour vous tirer d'affaire.

Il regretta presque aussitôt ses paroles. Ce n'était pas le moment de lui rendre cet homme antipathique.

Ils entendirent la voix de Forster.

— Je présume qu'il serait superflu de vous rappeler le caractère urgent de la situation. Comme je l'ai déjà précisé, la durée d'une chute de notre orbite aux couches supérieures de l'atmosphère jovienne est d'environ quatre-vingt-quinze minutes. Naturellement, nous ne pourrons plus intervenir après la moitié de ce laps de temps.

Marianne flottait dans l'espace, les bras écartés, la tête rejetée en arrière, et Blake pensa que même rongée par l'angoisse et revêtue d'un scaphandre informe elle personnifiait encore la grâce et la dignité. Il soupira, désolé pour elle. Et pour Bill Hawkins. L'amour était parfois à l'origine de sérieuses complications...

24

Sparta nageait dans les profondeurs obscures du noyau d'Amalthée, sans disposer d'aucune source de lumière. Elle évoluait dans ces flots avec la puissance d'un dauphin, sans efforts, aussi rapide qu'un poisson.

Pour voir, elle n'avait pas besoin des ondes du spectre qualifié de visible, car elle captait les radiations infrarouges des tissus cristallins de ce vaisseau gigantesque. Partout autour d'elle, les colonnes et les parois irradiaient la chaleur d'un cœur interne invisible, qui vibrait autour de lui au rythme de ses pulsations.

Même dans le spectre visible ces flots grouillaient de vie. Elle nageait au milieu de galaxies de points scintillants animés, dans la munificence d'Amalthée, parmi les créatures bleues, purpurines et orangées.

Sparta ne faisait qu'un avec elles, ainsi dépouillée de sa gangue de toile et de métal. Elle ne dépendait plus d'une réserve d'oxygène en bouteille. Alors qu'elle glissait, nue, dans l'eau sombre, des ouïes tumescentes s'ouvraient sur sa poitrine, du creux de la gorge aux clavicules. L'eau s'y engouffrait pour ressortir par des pétales de chair visibles sous ses côtes, des excroissances de la même blancheur bleuâtre que sa peau avec, à l'intérieur, d'autres ouïes palpitantes que, sous des longueurs d'ondes différentes, le sang aurait teintées en rouge vif.

Sparta avait consacré presque tout son temps à

explorer le vaisseau extraterrestre, mais elle n'en avait vu qu'une infime partie. Des millions — au moins — de créatures intelligentes avaient autrefois habité ces grottes et ces boyaux désormais déserts. Des millions d'animaux et de plantes, des milliards d'êtres unicellulaires, innombrables comme les étoiles des galaxies, avaient occupé les niches de son écosystème aquatique. Sparta se faisait d'eux une idée plus précise. Elle savait quel avait été leur but, la raison pour laquelle ils avaient vécu de cette manière, où ils étaient allés et ce qu'ils avaient fait. Mais elle ignorait toujours par quels moyens.

Elle continuait d'étendre ses connaissances au fil des minutes qu'elle passait à nager seule dans les ténèbres, car le plancton multicolore, les larves, les méduses, les cténophores et même les anémones qui tapissaient les parois de certains secteurs, toutes ces créatures scandaient une mélodie engrammée dans les pulsations de leur estomac et de leur cœur, dans les battements de leurs tentacules et de leurs nageoires. Ce vaisseau aussi vaste qu'un monde était également un monde ordonné et conçu comme un vaisseau, un appareil fait non seulement de titane, d'aluminium et d'acier mais également de calcium, de phosphore, de carbone, d'azote, d'hydrogène, d'oxygène et d'une cinquantaine d'autres éléments assemblés pour former d'innombrables molécules, protéines, acides et graisses, lesquels pouvaient être aussi simples que des gaz ou aussi compliqués que des énigmes. Elle découvrait ici des choses familières : ADN et ARN, ATP et hémoglobine, kératine et carbonate de calcium, tous les composants du noyau et de la cellule, de l'os et du coquillage. Avec des molécules inconnues qui ne lui paraissaient ni étranges ni illogiques dans un tel milieu. On trouvait ici tout ce dont un être vivant avait besoin pour bâtir autour de son corps un manteau grouillant de vie, un costume rutilant de mucus, susceptible de résister aux fortes pressions des profondeurs comme au vide de l'espace. Ou simplement destiné à s'aventurer sans autre protection dans des eaux tièdes peu profondes.

Sparta inhalait au passage toutes ces formes de vie, et en ingérait un grand nombre. C'était ainsi qu'elle élargissait ses connaissances. Leur disparition individuelle importait peu, elles n'étaient pas dotées d'un esprit particulier. Les goûter et les humer machinalement faisait apparaître des successions de formules chimiques sur l'écran de l'esprit de Sparta. Elle adressait celles qu'elle pouvait analyser — peu nombreuses, car ses méthodes étaient presque exclusivement fondées sur la stéréochimie, à savoir la capacité de ses papilles gustatives et de ses cellules olfactives à reconnaître la forme des molécules qui leur étaient présentées — à l'amas dense de son œil de l'âme, où elles étaient triées et comparées à celles déjà identifiées.

Ce fut de cette manière qu'elle découvrit le vaisseau-monde et — sinon sa finalité — du moins son organisation.

Les membres de l'équipe de Forster avaient utilisé deux points d'accès, un sas équatorial et un polaire, et établi des cartes des deux secteurs coniques explorés, démontrant ainsi que ce vaisseau se composait d'une multitude de coquilles imbriquées. Le professeur les décrivait en tant que ballons ellipsoïdaux emboîtés l'un dans l'autre. Sparta savait qu'il était dans l'erreur. La conception de ce lieu était à la fois plus simple et plus complexe. Elle imitait une spirale, un nautile, sans être toutefois aussi aisée à reproduire. Le volume de chaque espace successif partant du centre vers l'enveloppe externe n'augmentait pas, en fonction d'une série de Léonard de Pise, la somme des deux valeurs précédentes, mais selon une courbe fractale. Cependant, si la progression n'était pas en soi prévisible, le résultat global pouvait être aisément appréhendé.

Elle n'avait jamais plongé sur quinze kilomètres, jusqu'au cœur du vaisseau. Elle aurait pu le faire, car les écarts de pression et de température ne l'auraient pas incommodée. Au même titre que les lions marins et les grandes baleines, elle disposait d'un système circulatoire qui apportait l'oxygène à son cerveau et à tous ses organes, même à des profondeurs importantes. Elle savait que la cause de tout ce qui s'était produit depuis l'arrivée du *Kon-Tiki* dans les nuages de Jupiter se trouvait là. L'énergie à laquelle on devait la fonte d'Amalthée et l'intelligence qui avait rendu la vie au vaisseau-monde résidaient en son centre. C'était là que se tapissait la cause de tout ce qui pourrait encore avoir lieu.

Sparta n'avait pas eu le temps de faire ce voyage. Et des lacunes dans la Connaissance la tenaient éloignée de ce lieu. C'était en feuilletant les pages de ce recueil d'énigmes gravées dans sa mémoire qu'elle avait trouvé des explications, mais un grand nombre de questions restaient encore sans réponse.

Elle retournait régulièrement dans la salle du Temple des Arts où se dressait l'Ambassadeur. Elle se sentait attirée vers cette statue imposante, non seulement par une admiration et une curiosité bien naturelles, mais aussi par l'espoir...

Thowintha était demeuré seul dans les ténèbres qui chantent pendant cent mille innombrables révolutions autour du soleil, sans rêver.

Au commencement, il n'y avait pas eu la dissolution des ténèbres: cela n'adviendrait que plus tard. Au commencement, un pli se forma dans l'unicité du monde et, comme le psalmodient les myriades de créatures, le pli de l'unicité est le temps.

Il se produisit un battement, semblable à celui d'un cœur démesuré. Thowintha n'était pas éveillé, ou simplement vivant comme sont vivantes les myriades de créatures, mais l'unicité du monde venait de se doter d'un moyen d'information : son grand cœur battait et, bien que privé de conscience, Thowintha savait qu'il battait. Le monde battait sa mesure.

Ensuite il y eut deux battements, un interne et l'autre externe, et ils étaient différents. Par l'entremise de Thowintha le monde pouvait battre sa mesure et — pendant les silences du monde — Thowintha battait une autre mesure. Et ainsi les ténèbres commencèrent-elles à se dissoudre.

Les yeux de Thowintha devinrent transparents à la lumière qui suintait des parois du monde, en pulsations synchronisées aux battements de son cœur. Ces parois n'étaient pas noires, bien que leur lumière ne pût se propager loin dans les flots. Des flots désormais peuplés de myriades de créatures, plus lumineuses encore que les étoiles dans le ciel.

Thowintha ne bougeait pas et n'avait nul besoin de bouger, il se contentait d'attendre et de savourer l'eau délicieuse. Tout s'y dissolvait. Elle contenait la vie et le souvenir de la vie. Dans l'eau était l'état des choses.

Le monde s'éveilla ainsi qu'il était censé le faire : et en cela il y avait de la joie, comme cela avait été annoncé lors de la première désignation. Les circuits les plus périlleux du soleil, craints à juste titre par les délégués suivants — car ils étaient dans l'affliction en découvrant l'état des choses sur les mondes naturels —, avaient été suivis par les myriades de créatures. Et voilà que leurs représentants, ceux qui étaient désignés, étaient arrivés. Tout était bien.

Ils étaient là. L'eau charriait leur odeur, une odeur tolérable — voire même agréable —, mais ce n'était pas ce qui avait été prévu par les premiers désignés. Ces créatures ne pouvaient respirer dans l'eau.

Peu importait. Leur nature — penseurs abstraits, créateurs de machines, gardiens de la vie et conteurs d'histoires — avait été découverte par les deuxièmes désignés. Ce qui étonnait Thowintha, c'était leur petit nombre. Leur saveur était à peine perceptible dans les flots ! Ils étaient si peu diversifiés ! Leur nombre s'avérait inférieur à celui d'un groupe de palpes !

Où étaient leurs grands vaisseaux ? Pourquoi les myriades de créatures des mondes naturels ne venaient-elles pas par milliers et millions occuper les espaces qui leur avaient été préparés ? Car ce monde avait été créé pour eux, lorsqu'il s'était avéré que les mondes naturels étaient voués à l'échec. Les deuxièmes désignés avaient affirmé qu'il subsistait malgré tout de l'espoir, qu'un jour tout serait bien, qu'ils finiraient par arriver après avoir utilisé leurs dons pour la pensée abstraite, non seulement pour créer des machines mais aussi pour garder la vie et conter des histoires, sans quoi il eût été absurde de les laisser proliférer... Mais le grand moment était venu. Le monde venait de s'éveiller et il ne tarderait guère à se mettre en mouvement. Et s'il n'y avait que ces quelques créatures pour le peupler... eh bien, soit.

Thowintha goûtait à la saveur de l'une d'elles, celle qui venait le plus souvent le voir. Elle était proche. Le rythme des trois cœurs, le battement de la mesure, indiquait à Thowintha que le moment était venu de raconter des histoires.

Après de longues heures passées à nager dans ces ténèbres constellées de vie, Sparta commençait à se familiariser avec les lieux où la Connaissance situait les mythes et les légendes de l'âge du bronze à l'origine de tant de religions contemporaines. Elle savait pourquoi leurs héros avaient passé tant de temps sous la mer. Elle savait aussi pourquoi, selon la Genèse, au commencement « la terre était informe et vide ; les ténèbres couvraient l'abîme » et « l'Esprit de Dieu se mouvait au-dessus des eaux ».

Car le verbe hébreu « merahêphêth », autrefois traduit par « se mouvait », signifiait en fait *planer*. Au commencement l'Esprit de Dieu planait comme le font l'aigle ou la raie, que ce soit au-dessus de la mer ou en son sein...

Le corps miroitant de Sparta se déplaçait dans des passages du Temple des Arts dont les parois irradiaient une clarté plus chaude. Ici, les nébuleuses de vie scintillantes et grouillantes étaient plus denses. Elle atteignit la salle interne. L'Ambassadeur se dressait sur son piédestal, inchangé, apparemment privé de vie et de conscience. Mais la saveur de l'eau indiquait à Sparta qu'il n'en était rien. Les acides dans lesquels avaient baigné les cellules en stase de cet être étaient drainés hors de son système.

Elle s'immobilisa devant l'Ambassadeur, ses courts cheveux raides sans couleur agités par les courants. Ses ouïes s'ouvraient et se refermaient avec des mouvements aussi gracieux que ceux du varech ondulant sous les caresses des lames de fond paresseuses de la mer.

Vous êtes éveillé. Elle soufflait de l'air — emprunté par ses ouïes et emmagasiné dans ses poumons — par sa bouche et son nez, et il en résultait des gargouillements dans les profondeurs de sa gorge, les phonèmes du langage de la Culture X, pour reprendre le terme de ceux qui l'avaient reconstitué.

Un autre gargouillement résonna dans les flots, autour d'elle.

Oui.

Comment vous appelle-t-on ?

Nous sommes le monde vivant.

Quel terme dois-je employer pour m'adresser à vous ?

Les sons qui lui parvenaient étaient des chapelets de martèlements creux, ceux d'un gong de bois frappé sous l'eau.

Le nom que porte ce corps est Thowintha.

Etes-vous Thowintha ?

Sparta était quatre fois plus petite que l'Ambassadeur et, malgré ses efforts, elle ne réussissait à reproduire son nom qu'en le déformant.

Vous pouvez nous appeler Thowintha. Ce n'est pas ainsi que nous nous désignerions, mais nous sommes conscients que vous avez de nous une perception différente... une vision différente. Et vous, quel nom vous attribuez-vous ?

En tant qu'espèce, nous nous disons des êtres humains. Dans ce corps, la plupart de ceux qui me connaissent m'appellent Ellen Troy. Même si, pour d'autres, je suis Linda Nagy et si je me donne le nom de Sparta.

Pour nous, vous êtes la Désignée.

Pourquoi ?

Vous êtes comme les autres humains qui sont déjà venus ici, et ceux que nous avons observés auparavant, tout en étant différente. Vous avez su vous rendre plus proche de ce que nous sommes. Comme vous n'avez pu apprendre cela que par des désignés, vous êtes vous aussi une désignée.

Pourriez-vous m'expliquer tout cela ?

Elle s'exprimait par une succession de gargouillements et de sifflements qui traduisaient son impatience.

Il y a trop de choses que j'ignore.

Nous échangerons maintes histoires. Nous vous dirons tout ce que nous savons sur ce qui s'est produit avant notre dernière visite. Vous nous direz tout ce qui s'est passé depuis.

A chaque phrase, l'eau pénétrait et ressortait du manteau de l'Ambassadeur et la vie traversait son corps.

Nous aurons beaucoup de temps par la suite, mais il est compté pour l'instant. Où sont les autres ?

A bord de notre vaisseau, dans l'espace proche.

Vous désirez donc qu'ils soient détruits.

La face de l'Ambassadeur restait impassible, et ce fut sans manifester ni approbation ni reproche qu'il se détacha de son piédestal miroitant, et du nid de tubes microscopiques grouillants qui l'avaient relié au vaisseau.

Vous souhaitez venir seule avec nous.

Non !

Le son se réverbéra dans la salle.

Il ne doit leur arriver aucun mal.

En ce cas, il faut qu'ils viennent nous rejoindre. Le temps presse. Bientôt, il sera épuisé.

Je vais retourner les en informer, si vous m'indiquez comment procéder.

Venez et nous vous montrerons.

Le sas de la soute du *Michaël Ventris* s'ouvrit lentement. Marianne entra, suivie de Blake. Elle retira son casque avant d'emprunter la coursive qui menait à la cabine de pilotage où tous s'étaient regroupés. Elle y arriva, bouillant de ressentiment et d'indignation. Il ne lui manquait qu'une hache ensanglantée pour tenir le rôle de Clytemnestre, mais ses premières paroles ne furent pas pour Forster. Ce fut Bill Hawkins qui reçut des invectives :

— Tu aurais pu les empêcher ! lui lança-t-elle avec colère. Ou tout au moins essayer. Tu voulais qu'il meure.

Il la regarda droit dans les yeux.

— Non, Marianne, et il ne mourra pas.

— Parce que j'ai cédé. Pas lui, apparemment. Si je ne l'avais pas poussé à me dire où était la statue, il serait mort pour avoir refusé de déroger à ses principes. Il a agi en ho... en adulte. Alors que *toi*, tu...

— Vous aurez tout le loisir d'exprimer vos récriminations plus tard, miss Mitchell, intervint le professeur pour l'empêcher de dire des choses irréparables. Nous avons des affaires plus pressantes à régler.

— Tenez ! C'est tout ce que je peux faire.

Elle lui tendit un bloc graphique où était représenté un secteur du Temple des Arts. Une croix désignait l'emplacement de la statue.

— Parfait ! déclara-t-il après avoir jeté un coup d'œil à la carte. Vous avez précisé que vous souhaitiez vous en charger, je crois ? fit-il en tendant l'objet à Blake.

— C'est exact, professeur.

Blake empocha l'objet et quitta la cabine.

— La question étant réglée...

Forster s'éloigna et se pencha pour prendre quelque chose dans un sac de toile, sous une couchette. Il se redressa avec une bouteille pleine d'un breuvage ambré dont l'étiquette se décollait : une fine Napoléon qu'il conservait précieusement.

— Je suggère de nous détendre et de prendre un verre pour oublier tous ces désagréments.

— Prendre un verre ?

L'indignation de Marianne était presque palpable. Elle désigna le chronomètre de la console, derrière Forster.

— Vous êtes tombé sur la tête ! Randolph est au moins à mi-chemin de Jupiter.

Le professeur lui adressa un regard réprobateur.

— L'impatience est malheureusement une faiblesse propre à un grand nombre de jeunes gens, dit-il.

De tels propos avaient de quoi surprendre, tant son allure était juvénile.

— Rien ne presse, voyons !

Le visage de Marianne s'empourpra et redevint livide presque aussitôt. La peur avait temporairement supplanté la colère.

— Vous aviez promis, l'accusa-t-elle d'une petite voix.

L'expression de Bill Hawkins changeait, elle aussi.

— Professeur, vous... Enfin, je ne vois pas l'utilité de prolonger cette comédie.

Forster comprit qu'il avait peut-être été un peu trop loin. Ce qu'il considérait comme une inoffensive plaisanterie avait réussi au-delà de toute espérance.

— Je peux vous affirmer, miss Mitchell — Bill le sait déjà, et c'est pourquoi il est, à juste titre, en colère contre moi — que Randolph Mays ne court aucun danger. Pas plus que nous, tout au moins. Nous pourrons le récupérer quand nous le voudrons.

— Alors, vous m'avez menti !

— Pas du tout ! Mays n'a cessé de vous tromper, alors que je vous ai dit la stricte vérité. C'est vous qui en avez tiré des conclusions erronées. Tout comme Bill, d'ailleurs, avant que je ne lui explique les choses. Je précise qu'il était à ce point indigné que nous n'aurions probablement pas pu mener à bien nos projets si nous ne l'avions convaincu de nos bonnes intentions.

— Et quels étaient ces projets ? s'enquit-elle avant d'ajouter d'une voix sifflante : Et je vous prie d'arrêter de me débiter des fadaises.

Forster tressaillit.

— Quand je vous ai déclaré qu'un corps mettrait quatre-vingt-quinze minutes pour atteindre l'atmosphère jovienne depuis le point que nous occupons, j'ai omis — volontairement, je l'avoue — d'apporter une précision importante. J'aurais dû ajouter « un corps au repos par rapport à Jupiter ». Or, Amalthée tourne autour de cette planète. Sir Randolph a conservé notre vitesse orbitale qui est d'environ... hum !... vingt-sept kilomètres par seconde.

Elle comprenait vite, même lorsque les concepts ne lui étaient pas familiers, et son indignation s'atténua quand elle devina ce que Forster lui dirait ensuite. Elle se contenta d'exprimer sans ambages le mépris que lui inspirait son autosatisfaction.

— Laissez tomber les chiffres ! Allez-vous, oui ou non, en venir à l'essentiel ?

— Comme vous voudrez... (Il avait presque un air penaud, à présent.) Nous l'avons lancé vers Jupiter mais comme la vitesse imprimée par McNeil et Groves était insignifiante comparée à celle d'Amalthée il se contente de suivre une orbite légèrement décalée par rapport à la nôtre. L'ordinateur a calculé que dans le pire des cas il dériverait d'une centaine de kilomètres vers la planète géante.

Marianne le fixa droit dans les yeux. Pour Walsh et Hawkins, les deux témoins de cette scène, il ne faisait aucun doute que le professeur avait honte de sa conduite, même s'il estimait qu'il avait agi au mieux. Soulagée, Marianne n'en était pas moins folle de rage d'avoir été bernée.

— C'est pour ça que vous m'avez empêchée de lui parler, cracha-t-elle. Randolph est assez malin pour avoir compris que sa vie n'était pas en danger. Et il me l'aurait dit.

— C'est en effet la raison pour laquelle je ne vous ai pas autorisée à communiquer avec lui. Quant à sa connaissance de la mécanique orbitale, je vous en ai déjà parlé. Sir Randolph est si confiant en ses capacités dans ce domaine qu'il n'a pas hésité à risquer votre existence et la sienne sans le moindre scrupule.

Elle se tourna vers Hawkins.

— Tu le savais !

Il soutint sans ciller son regard accusateur.

— Ce que le professeur a également oublié de te dire, Marianne, c'est que Mays a voulu nous assassiner en faisant de toi sa complice. Vous ne nous avez pas anesthésiés pour quelques minutes, comme il te l'a dit, vous nous avez administré une dose massive. Et ensuite il a envoyé le vaisseau à la dérive dans la ceinture de radiations.

La jeune femme blêmit, puis demanda :

— Et après ? Les effets de l'irradiation ne sont pas incurables. Je suis bien placée pour le savoir.

— A condition de recevoir un traitement approprié. Vous nous avez injecté de quoi dormir si longtemps que nous n'aurions eu aucune chance de nous en tirer après notre réveil. S'il t'a gardée en vie, c'est uniquement pour que tu confirmes sa version des faits... et il a pris soin de t'empêcher d'assister à certaines scènes édifiantes.

Marianne dévisageait Hawkins, horrifiée. Elle se tourna vers le professeur et demanda d'une voix hésitante :

— Alors... dites-moi pourquoi il s'est donné la peine de dissimuler la statue ?

— Il ne l'a pas fait, cela va de soi, répondit Forster. J'ai remis la carte à Blake pour qu'il aille la ranger en lieu sûr avec toutes les autres preuves que nous détenons contre Mays. Il vous a raconté cette fable dans l'espoir que vous lui diriez de revenir ici, à bord du *Ventris*. Afin que ce soit *votre* idée, Marianne. Pour faire de vous la coupable, et de lui un innocent qui ne se serait jamais livré à de tels agissements si vous ne l'y aviez incité. C'est, en tout cas, ce qu'il aurait soutenu aux enquêteurs du Bureau spatial.

— Si vous le saviez déjà, pourquoi avez-vous organisé cette mise en scène ?

— Pour que vous le sachiez, vous aussi, lui répondit posément Forster.

25

— Nous vous avons eu, sir Randolph. Je présume que vous avez tout entendu ?

— C'est exact.

McNeil et Groves le rattrapèrent une heure après que Forster les eut chargés d'aller le récupérer. Son scaphandre n'était qu'à vingt kilomètres d'altitude et ils l'avaient localisé sans difficulté en se guidant sur sa balise, encore intacte malgré la mise hors service du module de propulsion. Son irradiation ne serait guère plus grave que celle de ses sauveteurs.

— Ce n'est pas cette fois que vous ferez le grand voyage, Mays. Miss Mitchell accorde trop de prix à votre peau, dit Groves.

— Je dois dire qu'elle a bon cœur. Et qu'elle apprend vite. Il faut le reconnaître.

— Je crains cependant que sa confiance en vous n'ait été sérieusement ébranlée.

Mays ne répondit rien.

Des deux hommes d'équipage, c'était Tony Groves qui se prenait pour Mercure, le psychologue. Il lui semblait que sir Randolph Mays avait perdu un peu de son énergie car il descendait avec eux, dans ce ciel teint en bronze par l'éclat de Jupiter, avec quelque chose comme de la résignation.

Le navigateur décida de suggérer au professeur Forster, ce grand rationaliste, d'en profiter pour soumettre Mays à un interrogatoire serré. Privé de sa combativité, le journaliste-historien admettrait peut-être, sinon sa défaite, du moins une partie de la vérité.

Mais il fallait au préalable revenir à bord du *Michaël Ventris*, un point de lumière à peine visible sur le côté de la sphère duveteuse d'Amalthée, qu'ils voyaient fendre la nuit sur un décor d'étoiles fixes.

Ils admiraient la petite lune vers laquelle les propulsaient les modules de manœuvre de leurs combinaisons quand son aspect se modifia soudain. Ce qui subsistait de la coque de glace fondit et l'eau s'évapora instantanément. Un nuage de vapeur s'étira lentement dans son sillage, telle l'écharpe de soie qu'un magicien soulève d'un geste plein de lenteur et de grâce pour révéler...

... ce qu'ils savaient se dissimuler au cœur du satellite, mais n'avaient pu voir qu'à travers l'écran déformant de la mer avant cet instant, un appareil démesuré à la coque polie comme un miroir: le monde qui était un vaisseau, la lune de diamant.

Ils entendirent la voix de Jo Walsh dans leurs scaphcoms.

— Angus ! Tony ! Revenez à bord le plus vite possible. C'est urgent.

— Qu'est-ce qui se passe, Jo ?

— Ne perdez pas de temps, les gars. Utilisez les gaz du module de propulsion de Mays en cas de besoin. Le secteur va devenir malsain, si nos informateurs savent de quoi ils parlent.

Dans la cabine de pilotage du Ventris.

— ... amenez le vaisseau dans la cale équatoriale à cent quatre-vingts degrés. Je ne suis sûre de rien mais vous ne devriez disposer que d'une vingtaine de minutes pour effectuer la manœuvre.

C'était la voix de Sparta, amplifiée par les haut-parleurs.

— Une vingtaine de minutes ? s'exclama Marianne.

Elle regarda de tous côtés, comme pour chercher quelque chose qui lui permettrait de redresser la situation. Forster et le capitaine fixaient la vidéoplaque vierge, convaincus qu'ils pourraient y voir Sparta, s'ils se concentraient. Hawkins se mordait la lèvre inférieure et observait Marianne, impuissante et désespérée. Même Blake, pourtant habitué à se débarrasser de sa tension nerveuse en jouant avec des explosifs, restait prostré, apathique.

— McNeil et Groves manquent à l'appel, inspecteur Troy, annonça Forster.

— Et Mays ?

— Il les accompagne.

— Etes-vous en liaison avec eux ?

— Le capitaine Walsh vient de leur donner l'ordre de revenir en urgence, mais ils sont à quinze minutes de notre position actuelle.

Le silence régna sur le pont du *Ventris* jusqu'au moment où le radiocom leur transmit de nouveau la voix de Sparta.

— Appontez immédiatement dans cette cale. Ils en feront autant à leur arrivée.

— Leur carburant..., commença Marianne.

— Il n'y a aucune marge de manœuvre, continuait Sparta. J'ai l'impression que... le vaisseau-monde a entamé un compte à rebours automatique. Le point de non-retour est dépassé.

— Mais, inspecteur...

C'était Forster, que Walsh interrompit avec la fermeté diplomatique d'un capitaine qui ne pouvait laisser contester son autorité.

— Désolée, professeur, je dois appareiller et fournir des instructions à l'équipage. Vous pourrez reprendre votre conversation sitôt que j'aurai terminé.

Elle se mit en contact avec l'ordinateur de bord — sans technicien pour l'assister elle avait plus de travail que d'habitude — pour programmer le cap du *Ventris*, droit sur l'équateur de la lune de diamant.

— Vous devriez boucler votre ceinture, professeur. Blake, allongez-vous dans la couchette de

McNeil. Miss Mitchell, Mr Hawkins, veuillez descendre au niveau inférieur, s'il vous plaît. N'oubliez pas vos harnais de sécurité car la manœuvre sera brutale.

Peu après, les propulseurs auxiliaires se déclenchaient tels des obusiers : leur puissance et leur fracas avaient de quoi leur flanquer à tous une violente migraine. Le *Ventris* vira sans crier gare en direction du vaisseau-monde et se rua vers le trou noir qui s'ouvrait déjà dans sa coque miroitante.

McNeil regarda Groves. Ils venaient d'entendre Walsh les informer par scaphcom de l'évolution de la situation.

— Une idée, monsieur le navigateur ?

— Eh bien, monsieur l'ingénieur, je viens d'effectuer quelques calculs...

Il tapota le pavé numérique fixé sur l'avant-bras de sa combinaison.

— Et tout indique que nous sommes dans une mauvaise passe. Pour changer de vecteur à l'arrivée, il est indispensable d'économiser le peu de carburant qui nous reste. Et si nous ne mettons pas toute la gomme, nous arriverons... eh bien... un poil trop tard.

— Nous manquons de delta-v ?

— Voilà qui résume parfaitement la situation.

— Des suggestions ?

Groves haussa les épaules.

— Je propose de mettre les gaz en espérant que quelqu'un aura une idée géniale avant que nous ne tombions en panne sèche.

McNeil lorgna leur captif.

— Admettons que vous ayez le droit de vote, Mays. Même si nous ne sommes pas obligés d'en tenir compte.

— Aucune importance ! Je n'ai pas de suggestion, répondit sir Randolph.

Ils abaissèrent les interrupteurs de leurs modules de propulsion et plongèrent vers la lune de diamant.

Le *Ventris* pénétra dans l'immense dôme que Forster et Troy avaient exploré à bord de la Mante. Cet espace qui évoquait une cathédrale était orné de filigranes noirs et argent dont les motifs paraissaient avoir été gravés à l'aide d'une fine plume d'acier. C'était une découverte pour eux, car les lieux étaient désormais vidés de leur eau, et la clarté réfléchie par Jupiter illuminait leur architecture complexe et délicate.

D'étranges tentacules mécaniques brillants et flexibles, d'aspect organique, jaillirent du fond de la cale pour saisir le *Ventris* et le tirer à l'intérieur. Les appendices manipulateurs retournèrent l'appareil pour le poser sur le flanc, fermement arrimé dans un nid de cirres aspirantes, tel un poisson imprudent capturé par une anémone.

L'axe du *Ventris* était désormais parallèle à celui du vaisseau-monde, orienté vers ce qu'ils appelaient le pôle Sud. Dans la cabine de pilotage, la faible gravité attirait ses occupants vers une des parois et non pas vers le sol, mais cette force était négligeable et ils avaient moins l'impression de tomber que de dériver dans le courant d'une rivière paresseuse.

— Le plein en carburant de la Mante a été fait, rappela Blake en s'adressant à Walsh. Je pourrais aller à leur rencontre et abandonner l'appareil ; ensuite j'utiliserais le module de propulsion autonome de mon scaphandre pour les aider.

— Désolée, Blake ! Mais vous videriez vos réserves uniquement pour vous aligner sur leur trajectoire.

— Je me permets d'insister, fit Blake dignement quoiqu'en colère.

— Je refuse de vous perdre, vous aussi.

— Capitaine...

— S'il y avait la moindre chance de réussite je n'hésiterais pas, croyez-moi.

Walsh serrait les dents. Deux compagnons de longue date, ses plus vieux amis, faisaient partie du groupe d'hommes qu'elle devait abandonner à leur sort.

— Nous ne pouvons rien pour eux. Effectuez les calculs si vous voulez. Démontrez-moi que je me trompe.

Sanglé sur sa couchette, le visage enfoui dans les mains, Forster s'était jusqu'à présent abstenu d'intervenir. Il leva sur Blake des yeux voilés de tristesse.

— Suivez la suggestion du capitaine, Blake. Faites ces calculs.

— Professeur, l'ordinateur se fonde sur les données qui lui ont été fournies. Je pense que... la consommation réelle en carburant est peut-être moins importante.

— A moins qu'elle ne soit supérieure, rétorqua Walsh.

— Vérifiez, Blake ! insista Forster. Sans tenir compte de la masse de Mays.

Walsh regarda Blake sans rien dire. Elle ne pensait qu'à une chose : se décharger sur lui d'une pareille responsabilité.

— Désolé, Jo, murmura Blake. Professeur, je ne peux pas dire que je serais ennuyé de les voir faire un pareil choix, mais...

Le capitaine se tourna vers la console pour fournir des données à l'ordinateur de bord, car l'opération n'était pas réalisable en mode vocal. Des chiffres apparurent, avec des trajectoires sous forme graphique.

Tous scrutèrent la vidéoplaque.

— Espérons que lorsque cette idée leur viendra à l'esprit, ils auront moins de scrupules que... moi.

— De quoi parlez-vous ? demanda Marianne.

Elle venait de regagner le poste de pilotage en compagnie de Bill Hawkins.

Sans la regarder, Forster expliqua d'une voix neutre :

— Avec le carburant de Mays, mais *sans* sa masse, McNeil et Groves auraient une chance de nous rejoindre avant la fin du délai indiqué par l'inspecteur Troy.

— Une chance qui s'amenuise de seconde en seconde, grommela Walsh.

Marianne restait pensive.

— Vous voudriez qu'ils abandonnent Randolph ?

— J'aimerais qu'ils le fassent, reconnut Forster en la fixant droit dans les yeux. Je doute toutefois qu'ils prennent cette décision.

Elle aurait pu protester, horrifiée, mais elle s'abstint de tout commentaire.

Dans les parages de Jupiter, Tony Groves déclara :

— Nous venons de le franchir, camarade. Je parle du point de non-retour.

— Ce qui signifie que si on ne vient pas nous récupérer au passage nous continuerons sur notre lancée pour l'éternité ? demanda McNeil.

— Je le crains.

Pendant un moment ils n'entendirent dans leurs scaphcoms que les grésillements des parasites, puis Mays marmonna :

— Vous avez mon carburant à votre disposition. Débarrassez-vous de moi. Il ne vous reste que cette chance de vous en tirer.

— Ce n'est pas le genre de truc qu'on fait tous les jours, répondit Groves.

— Vous n'êtes pas du genre à vous écarter des sentiers battus, c'est ça ? lança Mays avec mépris.

— Je crois qu'il essaie de nous provoquer, Angus.

— En pure perte. Je connais ça. Elimine le type en surnombre, ensuite c'est toi qui dois vivre avec.

Groves fit claquer sa langue.

— Tu voulais plaisanter, je présume ?

— Ta vivacité d'esprit me surprendra toujours.

Ils filaient dans l'espace, propulsés par leurs modules dorsaux vers la lune de diamant qui emplissait presque la totalité du ciel... en sachant qu'ils ne pourraient s'arrêter, ou seulement virer, lorsqu'ils arriveraient à sa hauteur.

— Sincèrement, dit Mays, je me fiche que vous surviviez ou non. La seule chose que je voudrais, c'est faire une déclaration avant de mourir.

— Nous vous écoutons, dit McNeil.

— Pas à vous. A... Forster, mettons... Et à cette femme, Ellen Troy, quel que soit le nom qu'elle se donne à présent.

McNeil brancha son scaphcom.

— Vous nous recevez, professeur ?

La réponse fut si nette qu'ils eurent l'impression que Forster était dans un scaphandre non loin d'eux.

— Je suis votre conversation depuis le début, Angus. Dites ce que vous avez à déclarer, Mays.

— Je suis également à l'écoute, sir Randolph.

C'était la voix de Sparta, aussi claire que celle de Forster.

Mays soupira, puis avala une bouffée d'air froid.

— Je ne m'appelle pas Randolph Mays. Vous me connaissez peut-être sous mes autres noms : William Laird. Jean-Jacques Lequeu. Mais je ne suis aucun de ces hommes. Ma véritable identité importe peu.

— C'est exact, intervint Sparta.

Sa voix résonnait comme si elle prenait naissance à l'intérieur du crâne de Mays, pour qui ces sons devaient évoquer les sifflements d'un serpent car il avait eu la stupidité de croire qu'elle ne l'avait pas reconnu.

— Vous pensiez avoir tué mes parents. Vous pensiez m'avoir *créée*. Aucun de vos actes n'a modifié mon destin. Rien de ce que vous avez fait n'a eu d'importance et vous êtes vous aussi insignifiant. Vous avez porté de nombreux noms mais celui qui vous conviendrait le mieux est Nemo... autrement dit *personne*.

— Nous souhaiterions entendre ce que vous avez à nous dire, intervint Forster.

— Eh bien, vos désirs vont être satisfaits, déclara Mays avec lassitude. Cette maudite femme a raison, c'est désormais secondaire. Je tiens malgré tout à préciser que les prophètes ne sont pas des déments. Nous avons transmis la Connaissance, cette Connaissance qui a fait d'elle ce qu'elle est devenue... et qui nous a tous conduits où nous sommes.

Nous avons commis des crimes épouvantables en son nom.

Peut-être serez-vous surpris de m'entendre l'admettre. Les gens pensent généralement que ceux qui commettent des atrocités, ceux qui assassinent des innocents de sang-froid, les terroristes qui organisent des attentats sanglants contre des inconnus qu'ils n'ont jamais vus, dont ils ignorent tout... les meurtriers de cette espèce, à l'opposé de ceux qui tuent leur conjoint ou des bourreaux d'enfants, n'ont pas de conscience. C'est là une idée préconçue affligeante.

Mays était désormais seul dans l'espace. Il récitait son monologue sous un ciel bouché par la masse miroitante du vaisseau-monde. McNeil et Groves filaient plus loin... non par désir d'intimité ou par ostracisme, mais parce qu'ils l'avaient tout bonnement lâché, et qu'après avoir dérivé sur quelques centaines de mètres les deux groupes s'étaient scindés. Leurs modules de manœuvre étaient privés de carburant et ils continuaient sur leur lancée en tournoyant. Tantôt ils se faisaient face, tantôt ils voyaient le néant de l'espace, le miroir de la coque de ce qui avait constitué le noyau d'Amalthée, ou encore le chaudron de nuages menaçants de Jupiter.

Nous, les prophètes, nous étions conscients de la gravité de nos actes, continuait Mays. *Nous souffrions pour ceux que nous devions sacrifier. Les primitifs qui priaient autrefois pour l'esprit du cerf dont ils mangeaient la chair n'étaient pas plus pieux que nous.*

Nous avons commis des crimes abominables avec bonne conscience, comme tous ceux qui avaient emprunté cette voie étroite avant nous, au fil des millénaires. Nous nous disions qu'à la fin des temps, l'histoire et la destinée de l'humanité nous vaudraient l'absolution, et que nous serions bénis.

Nul ne peut espérer vivre éternellement, et si quelques innocents — ou un grand nombre — devaient mourir avant l'instauration du Paradis sur Terre, tant mieux, car plus tôt viendrait ce jour glorieux, plus nombreux seraient les hommes qui en bénéficieraient.

Ainsi, au nom de la Connaissance, pour hâter le retour du Pancréateur, avons-nous œuvré à l'avènement de l'Impératrice des Derniers Jours, notre envoyée auprès des dieux. Et l'avons-nous créée.

Ou plutôt, comme mes pairs n'ont pas manqué de me le rappeler, je l'ai créée. Mais la responsabilité n'en incombe pas à moi seul. Ses parents — ce couple de Hongrois menteurs et retors — me l'ont vendue. Sous ma direction, des modifications lui ont été apportées. Elle refusait de coopérer. Cette enfant pré-

tendait avoir mieux assimilé la Connaissance que les chevaliers et les doyens. Je regrette amèrement de ne pas avoir réussi à faire disparaître le fruit de mon échec.

Quelques années après sa fuite, elle nous a démontré que la Connaissance accumulée en sept millénaires était, et je pèse mes mots, incomplète. Les tablettes vénusiennes révélaient que nous avions commis des erreurs de traduction, surtout en ce qui concernait les textes de la plaque martienne. Nous ne recevrions aucun signal de la planète-mère de la Croix du Sud. Puis le Doradus, *ce vaisseau de guerre que nous comptions utiliser pour lancer l'assaut final, a été abandonné aux mains de l'ennemi par cet incapable de Kingman.*

Et le monstre qui était mon œuvre n'en restait pas là. Cette femme nous atteignait au cœur même de nos forteresses les plus secrètes... et je n'ai moi-même échappé à la mort que de justesse. Ensuite, Howard Falcon — qui devait être le nouvel Empereur — a échoué à trouver le Pancréateur sur Jupiter. Ce soi-disant monde des dieux n'était peuplé que d'animaux éléphantesques. Aucun prophète n'avait suspecté l'importance d'Amalthée : la Connaissance n'y faisait pas allusion. Nos projets et notre fierté étaient brisés.

Les chevaliers et les doyens — les survivants — ont finalement perdu courage. Nous devions accepter la dure vérité : toutes les croyances et tous les principes que nous avions âprement défendus étaient sans fondements. Tout était faux et ce que nous avions fait ne nous avait apporté ni privilèges ni vertus. S'il devait y avoir un jour un Paradis terrestre, nous ne compterions pas parmi les élus.

J'ai refusé de me suicider en même temps que les autres. Ils m'ont maudit, mais au moins leur ai-je rendu le service de disperser leurs cendres dans l'espace.

Il me restait trois espoirs : voir le Pancréateur, tuer l'abomination que j'avais contribué à créer, puis mourir à mon tour. C'est pour mener à bien ces projets que j'ai endossé le rôle de sir Randolph Mays et agi comme j'ai agi.

J'ai vu *le Pancréateur. Ce que vous appelez l'Ambassadeur est l'être que sept millénaires de tradition m'ont préparé à rencontrer. J'ai subi une cruelle déception : ce n'est ni un démon hideux ni un dieu.*

Mays se tut. Si son monologue était terminé il l'avait minuté avec soin car les trois hommes à la dérive atteignaient le point de leur trajectoire le plus proche du vaisseau-monde. Ils n'étaient qu'à cinq cents mètres de l'ouverture béante de la cale équatoriale dans laquelle se trouvait le *Ventris*, mais dans l'incapacité d'interrompre ou de modifier leur course folle.

Mays ne put s'empêcher d'ajouter un dernier commentaire, bien qu'il fût superflu.

— Mes espoirs de vengeance ont été déçus. Il ne me reste qu'une consolation, au moins ne pourra-t-on pas me priver de ma mort.

— En êtes-vous certain, monsieur Nemo ?

Sparta s'ingéniait à briser la dignité qui accompagnait son oraison funèbre.

— L'Ambassadeur a un nom. Thowintha est multiple — il est le pilote du vaisseau-monde — mais il n'est pas l'être que vous appelez le Pancréateur. (Elle rit d'un rire grave, de gorge.) Et votre heure n'a pas encore sonné.

Les trois hommes en eurent la confirmation une seconde plus tard. Trois tentacules argentés, si fins qu'ils en étaient presque invisibles, jaillirent de la cavité béante et s'étirèrent en un éclair dans l'espace. Ils se déplaçaient avec autant de précision et de rapidité que des crotales, comme guidés par des sens et une intelligence propres.

— Hé ! doucement ! cria McNeil quand un des filins s'enroula autour d'une de ses jambes.

— Hop là ! s'exclama gaiement Groves presque au même instant...

Un des cirres l'avait saisi par le bras.

Mays se contenta de grogner de surprise quand le troisième se referma autour de sa taille.

Les câbles argentés continuaient de se dévider hors de la cale, plus vite qu'un fil de pêche au lancer. La vitesse différentielle entre le vaisseau et les hommes était celle d'une pierre projetée pour effectuer des ricochets sur un plan d'eau, et les tentacules ne voulaient pas démembrer leurs proies en réduisant instantanément le mou. Ce ne fut que trois cents mètres plus loin que le mouvement s'inversa et que les rescapés commencèrent à se rapprocher de l'immense cale.

La voix calme de Sparta résonna dans leurs scaphcoms :

— Vous serez déposés dans le sas du *Ventris*, qui restera ouvert jusqu'à votre arrivée. Vous disposerez ensuite d'un délai très bref avant le début de l'accélération, quelques secondes au maximum. Ne perdez pas de temps à retirer vos combinaisons, courez dans le carré et allongez-vous sur le sol. J'ignore combien de g nous devrons encaisser, mais considérez tout retard comme potentiellement fatal.

Les tentacules semblaient être dotés d'une connaissance précise de l'accélération et de la décélération qu'un corps humain pouvait subir sans dommages. Parvenus à vingt-cinq mètres de la cale ils se tendirent et attirèrent les trois hommes par l'ouverture. Le dôme se refermait déjà. Ils se retrouvèrent à l'intérieur, côte à côte, lorsque la coupole se reforma, avec une marge qui ne devait pas excéder la hauteur d'un casque au-dessus de leurs têtes.

Le *Ventris* paraissait ridiculement petit, au fond

de ce sas d'un kilomètre de large. En quelques secondes les étranges fouets les poussèrent dans la soute où ils les lâchèrent avant de se rétracter aussi vite qu'ils étaient apparus. A peine revenu de son oraison funèbre, Randolph Mays se précipita sans attendre par le sas et chercha une surface plate où se coucher. Il montra autant de hâte que Groves et McNeil à obéir.

Le vaisseau-monde se mit en mouvement sans même leur laisser le temps de s'agenouiller. Mais Sparta — qui avait voulu simplement les bousculer un peu — avait exagéré les capacités de la Culture X. L'appareil extraterrestre — un objet ellipsoïdal de trente kilomètres de long, plein d'eau — ne pouvait supporter une accélération instantanée d'un g.

La colonne de feu démesurée qui jaillissait de son « pôle Nord » en direction de Jupiter le poussa d'abord très lentement. Les trois retardataires constatèrent que le plancher du carré du *Ventris* avait à présent plus de points communs avec un sol qu'avec une paroi. Après quelques secondes, Angus McNeil se releva pour s'installer plus confortablement, déverrouiller et retirer son casque, se dépouiller de son scaphandre.

Grave erreur. Le temps de se débarrasser de la partie supérieure de sa combinaison, il subissait une accélération d'un g. Le temps de baisser son pantalon jusqu'aux genoux, l'appareil avait atteint cinq g. Ecrasé par son poids en augmentation constante, McNeil s'effondra sur le sol, d'où il ne put se relever.

Tony Groves et l'homme qui s'était fait appeler Randolph Mays entendirent la voix de Sparta dans leurs scaphcoms.

— Tout porte à croire que l'accélération va continuer pendant encore cinq minutes, puis que notre vitesse se stabilisera. Nous serons alors en route pour notre destination.

Groves, le navigateur, aspira de l'air dans ses poumons comprimés pour demander :
— Autrement dit, inspecteur ?
— Je l'ignore. Mais je présume que nous allons à la rencontre du Pancréateur dont a parlé sir Randolph.

Sur le pont du vaisseau-monde — que les explorateurs humains avaient pris pour une galerie d'art — la frêle Sparta et le monumental Thowintha observaient les fresques murales vivantes sur lesquelles ils se basaient pour établir leur trajectoire. Ils flottaient côte à côte, tournaient et glissaient dans les flots de cette étrange passerelle en restant en communication constante avec leurs myriades d'assistants, comme s'ils se connaissaient depuis un milliard d'années et dansaient pour célébrer des retrouvailles qui n'avaient que trop tardé.
Mais pendant que Sparta valsait avec l'extraterrestre — une chose inconcevable qu'elle avait cependant souvent imaginée en rêve — elle pensait à Blake, son véritable compagnon...

Dans la cale du *Ventris* Blake ruminait de sombres pensées. Il songeait qu'il se faisait vieux, très vieux. Il avait profondément changé. Avec l'âge, le sens des responsabilités lui était venu. C'était indéniable. Depuis le début de cette expédition, il n'avait pas trouvé un seul prétexte pour jouer avec des explosifs.

ÉPILOGUE

Le déroulement des événements fut suivi avec attention sur la Base Ganymède. Un appareil du Bureau spatial — une vieille navette très endommagée — venait d'être lancé dans le cadre d'une tentative de sauvetage symbolique des membres de l'expédition Forster, car les liaisons radio étaient interrompues (tous le savaient désormais) et on pouvait en déduire qu'ils avaient de sérieux ennuis.

Le départ de l'œuf argenté surprit tous les observateurs. Sur Ganymède, la Terre et les autres mondes habités, on assista à la mise à feu de ses propulseurs géants. On vit ce noyau de lune se soustraire à l'emprise de Jupiter et lui échapper. On suivit sa trajectoire, s'attendant à le voir quitter le système solaire, mettre le cap sur de lointaines étoiles.

Ce fut dans le doute — puis avec stupeur et inquiétude — qu'on finit par admettre les conclusions fournies par les ordinateurs.

Sur Ganymède, le commandant observait le phénomène avec une expression sinistre. Il avait retrouvé trop tard la trace du dernier des prophètes, la taupe infiltrée au sein de la représentation du Bureau spatial à Océan sans rivage, là où la présence de cet organisme posait tant de problèmes. Et tout ce que les pitoyables conspirateurs, membres du

Libre Esprit, auraient pu lui dire était désormais insignifiant, comparé aux révélations que réservait l'avenir.

Sur Terre, Ari et Jozsef assistaient, eux aussi, au spectacle. Les yeux d'Ari étaient pleins de larmes : des larmes de joie et de colère, parce que sa fille avait contribué à cette apothéose... et parce qu'elle-même en était exclue.

Mais ce qui subsistait d'Amalthée — son noyau brillant, le vaisseau-monde — n'avait pas mis le cap sur une des étoiles de la constellation de la Croix du Sud. C'est avec la Terre que la lune de diamant avait rendez-vous.

LA LUNE DE DIAMANT

POSTFACE

par Arthur C. Clarke

J'ai déjà parlé, dans la postface de *Base Vénus 4: Méduse*, de la fascination qu'exerce depuis toujours sur moi la plus grosse de toutes les planètes de notre système. Mais depuis 1979, à la vive surprise et pour la plus grande joie des astronomes, nous savons que ses merveilles ne sont pas plus extraordinaires que celles de ses nombreux satellites.

En 1610, quand Galilée dirigea son « tube optique » d'invention récente vers Jupiter, il ne fut pas surpris de voir que — contrairement aux étoiles — cet astre se présentait sous la forme d'un disque. Ce fut au cours des semaines suivantes qu'il fit une découverte qui devait envoyer aux oubliettes la représentation médiévale de l'univers selon laquelle *tout* — le soleil et la lune inclus — était en révolution autour d'une Terre située en son centre. Quatre petits points lumineux tournaient autour de Jupiter. Notre planète n'était pas la seule à posséder un satellite. Comme pour souligner encore ce fait, Jupiter n'avait pas *un* compagnon mais *quatre*. Que certains des pairs de Galilée aient refusé de regarder le ciel au travers de son invention diabolique peut se comprendre. Ils protestèrent que si les lunes de Jupiter étaient à ce point minuscules elles ne comptaient pas et pouvaient aller au diable...

Jusqu'au XIXe siècle, les quatre lunes « galiléennes » — Io, Europe, Ganymède et Callisto — ne restèrent que des têtes d'épingle privées de caractéristiques, même pour les télescopes les plus puissants. Leurs révolutions régulières (dont la durée allait de quarante-deux petites heures pour Io à dix-sept jours pour la lointaine Callisto) autour de la planète géante en firent des sujets d'intérêt pour des générations d'astronomes amateurs et professionnels. Une bonne paire de jumelles modernes — *calées sur un support bien stable* — permettent de nos jours de les voir suivre le plan équatorial de Jupiter. Habituellement, on en observe trois ou quatre, mais il arrive que ce monde paraisse privé de lunes — comme l'auraient tant espéré les adversaires de Galilée — car elles sont éclipsées par la planète ou passent devant elle sans se montrer.

Avant les débuts de l'ère spatiale, il n'existait aucune raison de supposer que les satellites galiléens étaient très différents de notre propre lune... c'est-à-dire des déserts privés d'air et piquetés de cratères où rien ne bougeait jamais, les ombres dues au lointain soleil exceptées. En fait, cette hypothèse s'est révélée exacte pour le plus éloigné, Callisto. Il est si bien creusé de cuvettes de toutes tailles qu'on ne pourrait y loger un seul cratère supplémentaire.

Ce fut pratiquement l'unique information *non* surprenante fournie par les missions *Voyager* de 1979, qui restent à ce jour l'opération la plus réussie de toute l'histoire de l'exploration spatiale. Ce sont elles qui nous apprirent que les trois lunes intérieures n'ont aucun point commun et qu'elles sont totalement différentes de Callisto.

Io est piquetée de volcans — les premiers en activité découverts ailleurs que sur Terre — qui projettent des vapeurs sulfureuses à une centaine de kilomètres dans l'espace. Europe est d'un pôle à l'autre un bloc de glace où se dessinent les fissures compliquées d'une banquise brisée. Et Ganymède — plus grosse que Mercure et presque autant que Mars — est la plus surprenante de toutes. La majeure partie de sa surface semble avoir été grattée avec des peignes gigantesques dont les dents auraient creusé des sillons qui serpentent sur des milliers de kilomètres. Sans parler de ces étranges puits d'où s'éloignent des traces qui auraient pu être laissées par des escargots de la taille d'un stade olympique.

Je conseille à ceux que ces mondes fantastiques intéressent de consulter les nombreux ouvrages aux illustrations magnifiques qui furent inspirés par les missions *Voyager*. Au milieu des années soixante, Stanley Kubrick et moi-même n'aurions jamais osé espérer que nous pourrions seulement douze ans plus tard admirer en gros plan des lieux où nous voulions envoyer nos astronautes. Nous pensions à l'époque que de telles images ne seraient pas disponibles avant 2001, dans le meilleur des cas. Sans les *Voyager*, je n'aurais pu écrire *2010: Odyssée deux*. J'en remercie la NASA et le JPL[1].

En plus de son quatuor de lunes grosses comme des planètes, les sondes *Voyager* ont découvert que Jupiter avait également un anneau du même type que celui de Saturne, quoique moins spectaculaire — et une bonne douzaine de satellites de dimensions plus modestes. Comme il convient à un tel géant, il est au cœur d'un système solaire miniature dont l'exploration risque de prendre encore bien des siècles... et bien des vies.

La nouvelle *Jupiter V*, à l'origine de ce roman, a pour cadre un satellite découvert en 1892 par un astronome à l'œil perçant : E.E. Barnard. A présent rebaptisé Amalthée, Jupiter V a été longtemps considéré comme la lune la plus rapprochée de Jupiter,

1. Jet Propulsion Laboratory (*N.d.T.*).

mais les *Voyager* ont décelé depuis des satellites encore plus petits et plus proches de la planète géante. Il peut y en avoir des vingtaines, des centaines ou des milliers. Il faudra un jour répondre à la question suivante : « Quelle est la dimension minimale d'un bloc de roche pour qu'on puisse encore l'appeler une lune ? »

Ecrit en 1951, et publié plus tard dans *Reach for Tomorrow* (1956), *Jupiter V* est une des rares histoires dont je peux indiquer avec exactitude les origines. Elle fut inspirée (ce qui est indiqué de façon explicite dans la version originale) par la merveilleuse série de tableaux astronomiques dus à Chesley Bonestell, parue dans un numéro de 1944 de *Life magazine*[1]. Réédités plus tard dans *The Conquest of Space* (1949) publié par Willy Ley, ils ont certainement permis à des milliers de gens de prendre pour la première fois conscience que les autres planètes et satellites du système solaire sont des lieux bien *réels* que l'homme pourra visiter un jour.

Lorsqu'ils furent reproduits dans *The Conquest of Space* les tableaux de Chesley inspirèrent des légions de jeunes gens que passionnait la conquête spatiale — et moi-même, malgré mon âge incontestablement plus avancé. J'ignorais à l'époque que je collaborerais un jour avec Chesley pour un livre consacré à l'exploration des planètes extérieures (*Beyond Jupiter* (1972) : voir la postface de *Base Vénus 4 : Méduse*). Je suis heureux que Chesley — qui est mort, sans

1. Seulement quelques années plus tôt, il avait réalisé les décors peints de ce qui est considéré comme le plus grand de tous les films, ce chef-d'œuvre d'Orson Welles qu'est *Citizen Kane*. Sa veuve m'a confié en octobre 1988 qu'il aurait été ravi d'assister au *deuxième* tremblement de terre de San Francisco, à en juger les bons moments que lui avait fait passer le premier...

avoir jamais cessé de peindre, à l'âge de 99 ans — ait vécu pour voir un pan de la réalité tapie derrière son imagination.

Le deuxième apport à *Jupiter V* fut plus didactique. En 1949, lors de la dernière année que je passai au *King's College* de Londres, mon professeur de mathématiques appliquées, le Pr G.C. McVittie, nous donna un cours qui me marqua de façon indélébile. Il portait sur le sujet à première vue rébarbatif de la théorie des perturbations : en d'autres termes, qu'arrive-t-il à un objet en orbite dont une force extérieure modifie la vitesse ? A l'époque, rien ne laissait supposer qu'on lui trouverait un jour des applications pratiques, mais c'est devenu la base sur laquelle reposent l'industrie des satellites de télécommunication, avec les milliards de dollars qu'elle met en jeu, et toutes les missions de rendez-vous spatial.

Les conclusions que « Mac » illustrait au tableau noir étaient surprenantes et allaient souvent à l'encontre de celles fournies par l'intuition. Qui aurait par exemple pensé qu'un moyen d'accélérer un satellite consistait à le ralentir ? Au cours des années suivantes, j'ai utilisé la théorie des perturbations dans bien d'autres récits que *Jupiter V*, et elle joue un rôle capital, quoique de façon différente, dans le final de *2010* et celui de *2061*.

En mars 1989 la Royal Astronomical Society, dont le Pr McVittie était resté longtemps un membre actif, a organisé un symposium à sa mémoire ; je me suis alors fait un devoir d'informer les participants de la contribution de cet homme à ma carrière.

Mais revenons à Jupiter V-Amalthée. En 1951, je pensais pouvoir en toute impunité décrire ce satellite en lâchant la bride à mon imagination, car nul n'aurait alors pensé que nous le verrions de près au cours de ce siècle. C'est cependant un des nombreux exploits accomplis dans le cadre des missions *Voyager*.

Enfin ! « Voir de près » n'est peut-être pas le terme exact, mais bien que légèrement floue et prise à plusieurs milliers de kilomètres de distance, l'image transmise par *Voyager* a invalidé la description que j'en donnais : « Des lignes très fines s'entrecroisaient à la surface du satellite et je perçus soudain ce que représentait leur dessin. Car c'était un dessin : ces traits couvraient Jupiter V avec la même précision géométrique que ceux des latitudes et des longitudes sur une mappemonde... »

Je ne suis pas déçu car, dans la réalité, Amalthée a une apparence encore plus fantastique. C'est une lune dans de délicates nuances de rose — probablement de la poussière de soufre en provenance d'Io, dont l'orbite est proche — et on y voit deux taches blanches proéminentes qui font penser à des yeux.

Peut-être sont-ce effectivement des yeux... nous serons fixés sur ce point quand la sonde *Galilée* arrivera sur place, en 1995...

Arthur C. Clarke
23 octobre 1989

PLANCHES TECHNIQUES D.A.O.

Dans les pages suivantes sont regroupés les plans — effectués en D.A.O. — de quelques réalisations techniques décrites dans *Base Vénus*.

Pages 296 à 300 : *Mante*, sous-marin Europan — vue d'ensemble en plongée et contre-plongée ; vue de face, côté, dessus, détail des bras télémanipulateurs ; vue d'ensemble ; décomposition des battements d'ailes.

Pages 301 à 305 : *Michaël Ventris*, navette spatiale — détail de la passerelle et du sas principal, des propulseurs et réservoirs, de la cale amovible ; vue en perspective ; détail de la passerelle et du bouclier antiradiations ; vue de face, côté, dessus, bouclier et propulseurs.

Pages 306 à 310 : *Taupe des glaces* — vue d'ensemble ; détails de l'habitacle et du conduit d'évacuation ; vue de face, côté, dessus, détail des têtes de la foreuse et du bloc arrière ; projections 3/4 avant et 3/4 arrière.

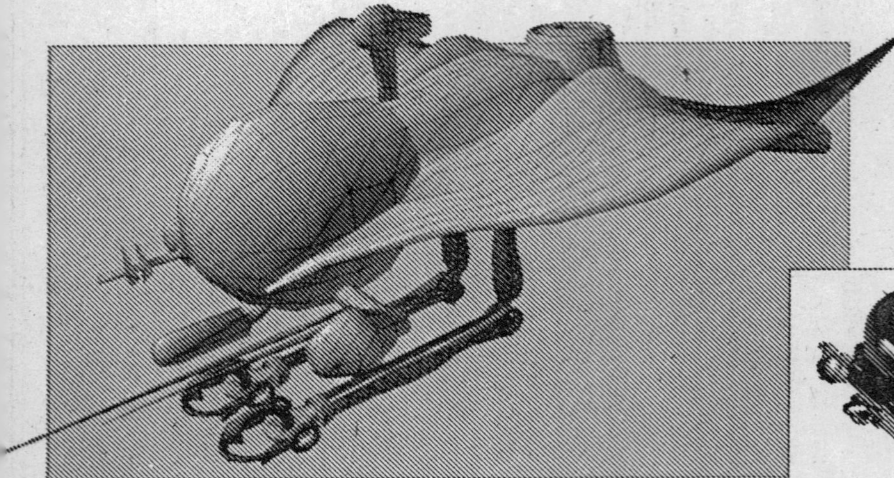

MANTA

EUROPAN SUB

AMALTHEA EXPEDITION

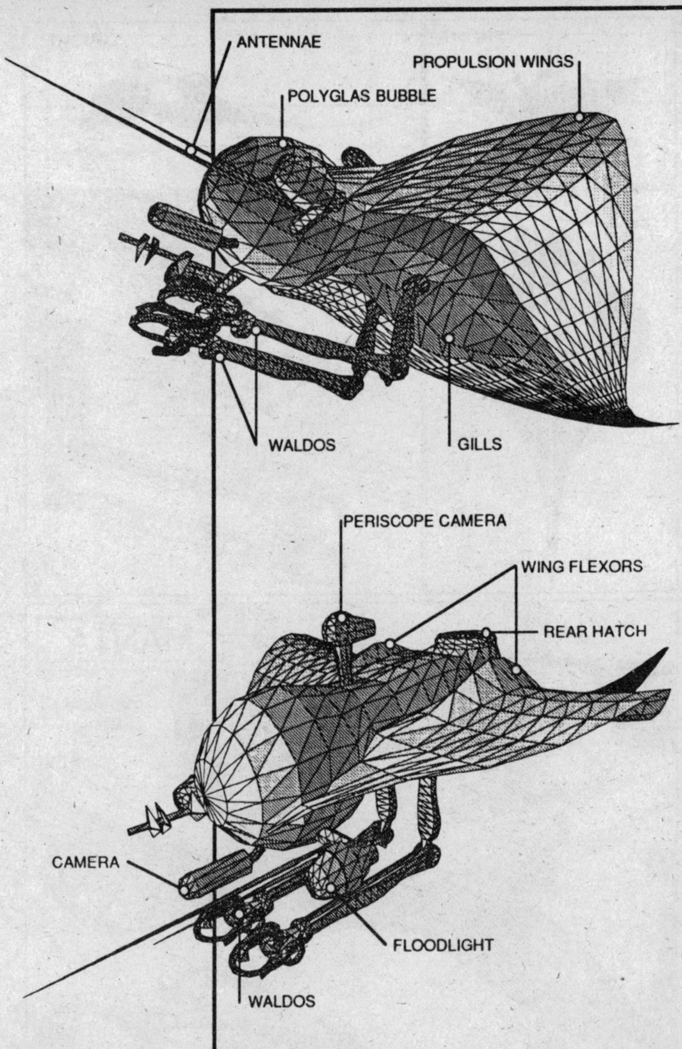

EUROPAN SUB -- MANTA

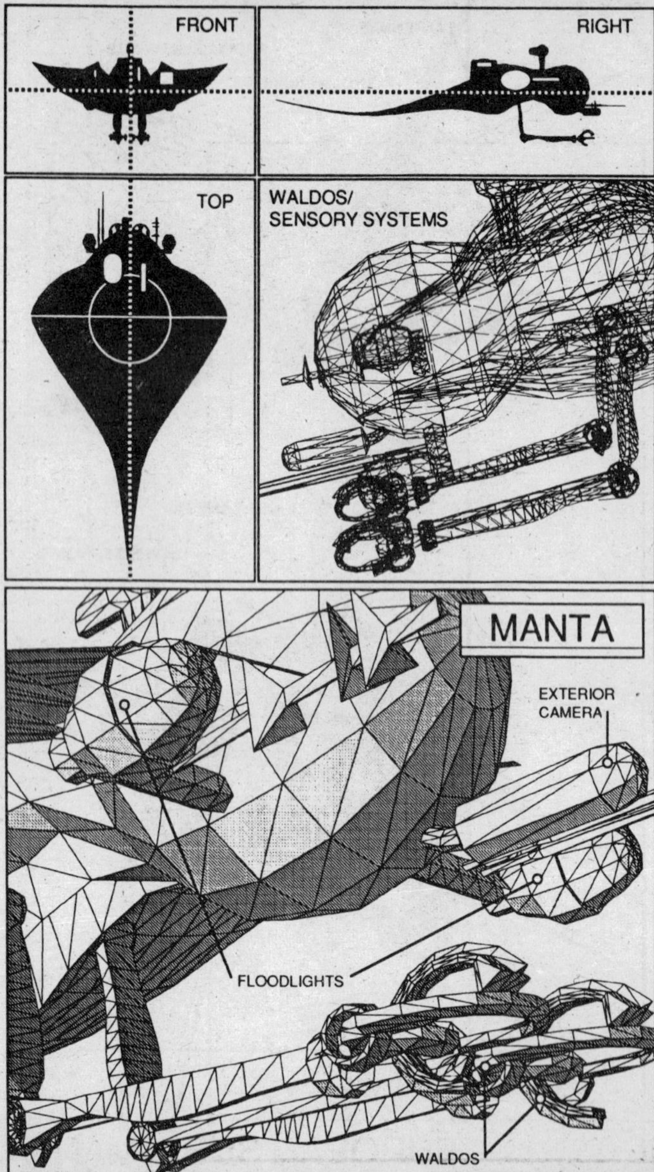
FRONT
RIGHT
TOP
WALDOS/
SENSORY SYSTEMS
MANTA
EXTERIOR
CAMERA
FLOODLIGHTS
WALDOS

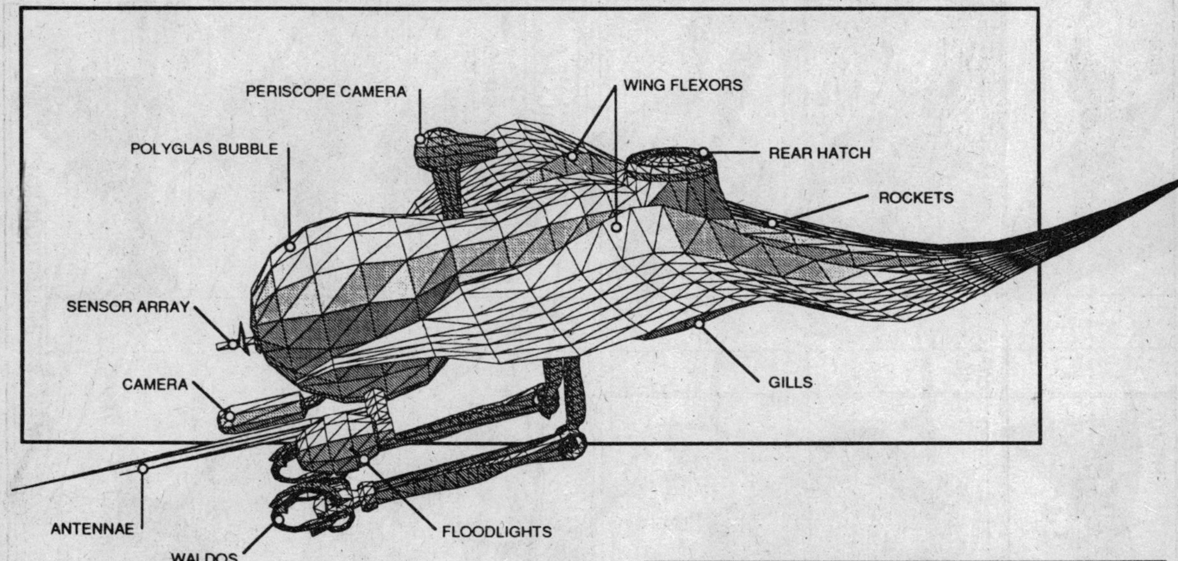

EUROPAN SUB -- MANTA

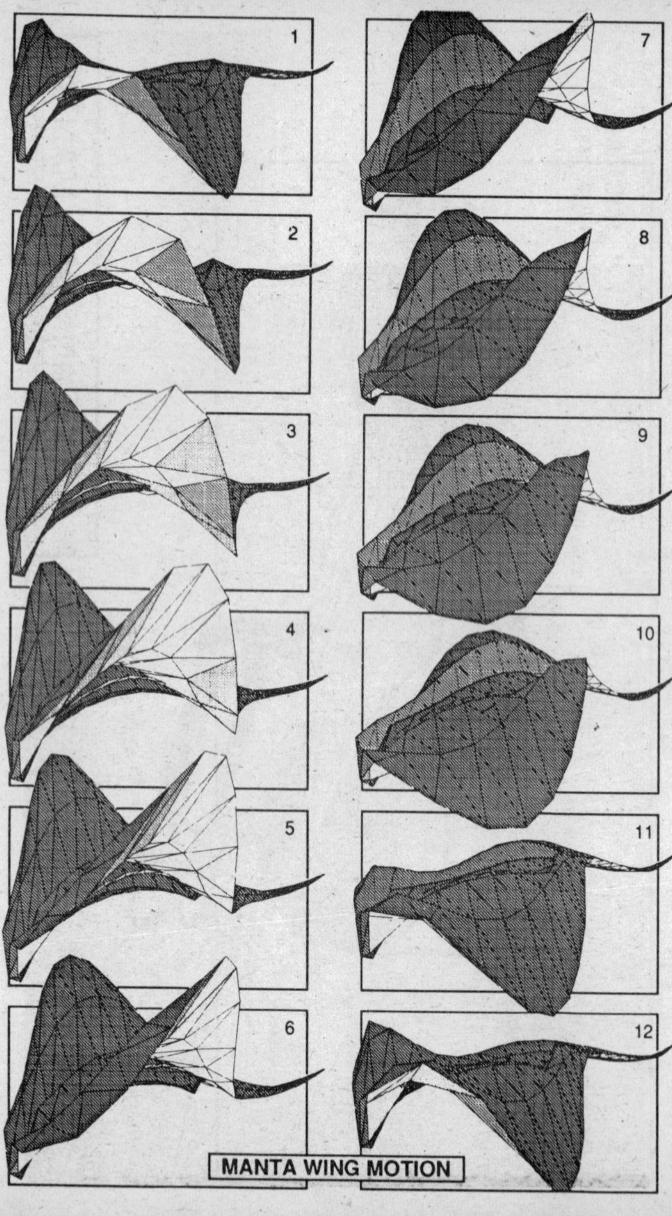

MANTA WING MOTION

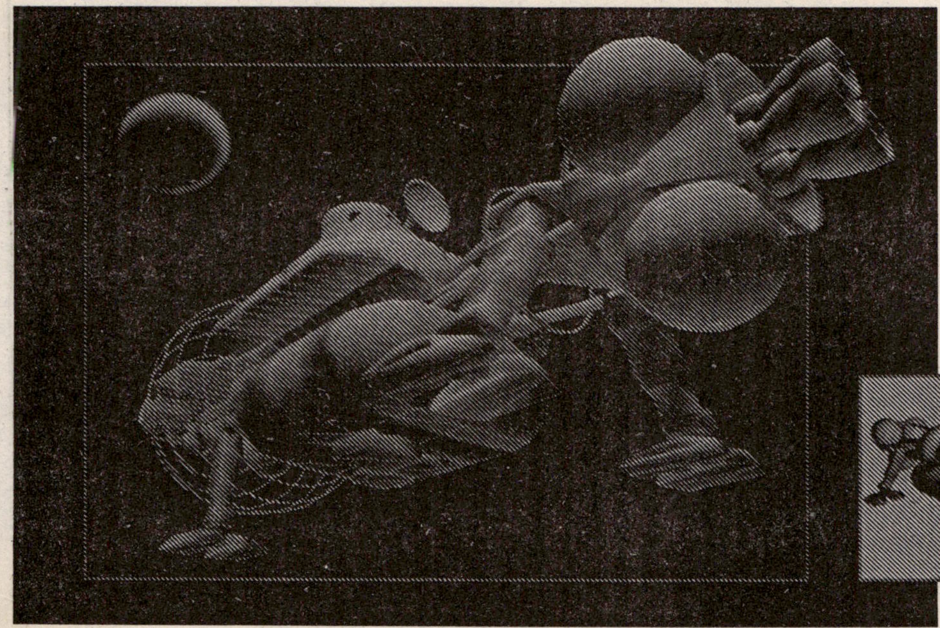

MICHAEL VENTRIS

TUG

AMALTHEA EXPEDITION

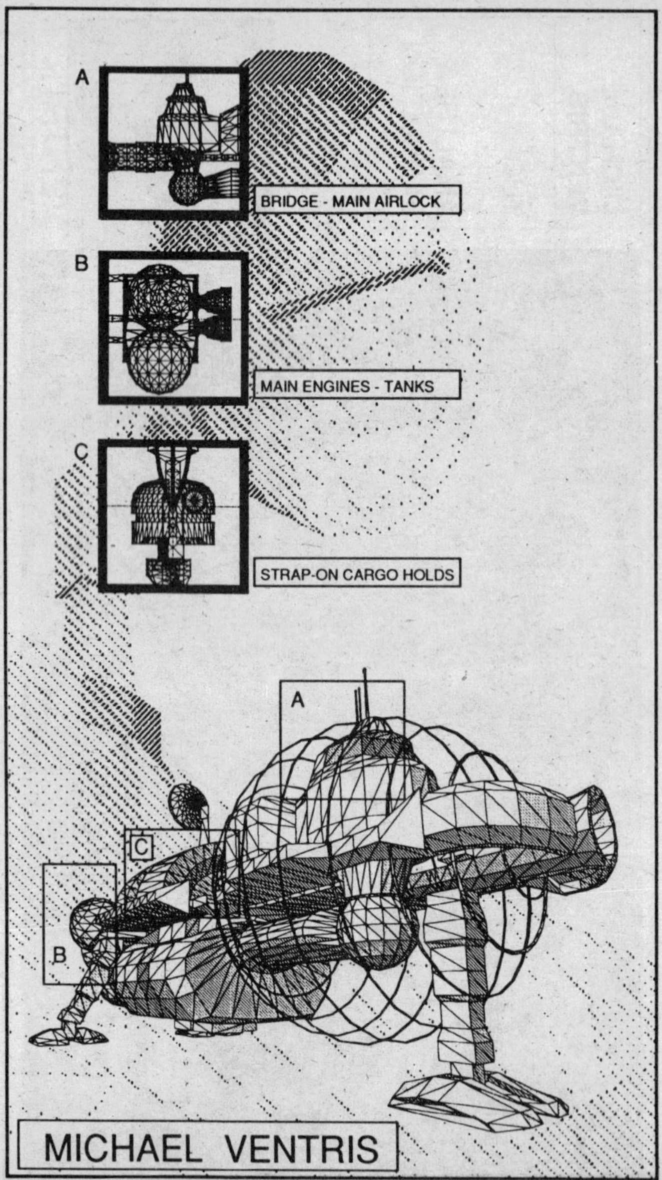
A
BRIDGE - MAIN AIRLOCK
B
MAIN ENGINES - TANKS
C
STRAP-ON CARGO HOLDS
A
C
B
MICHAEL VENTRIS

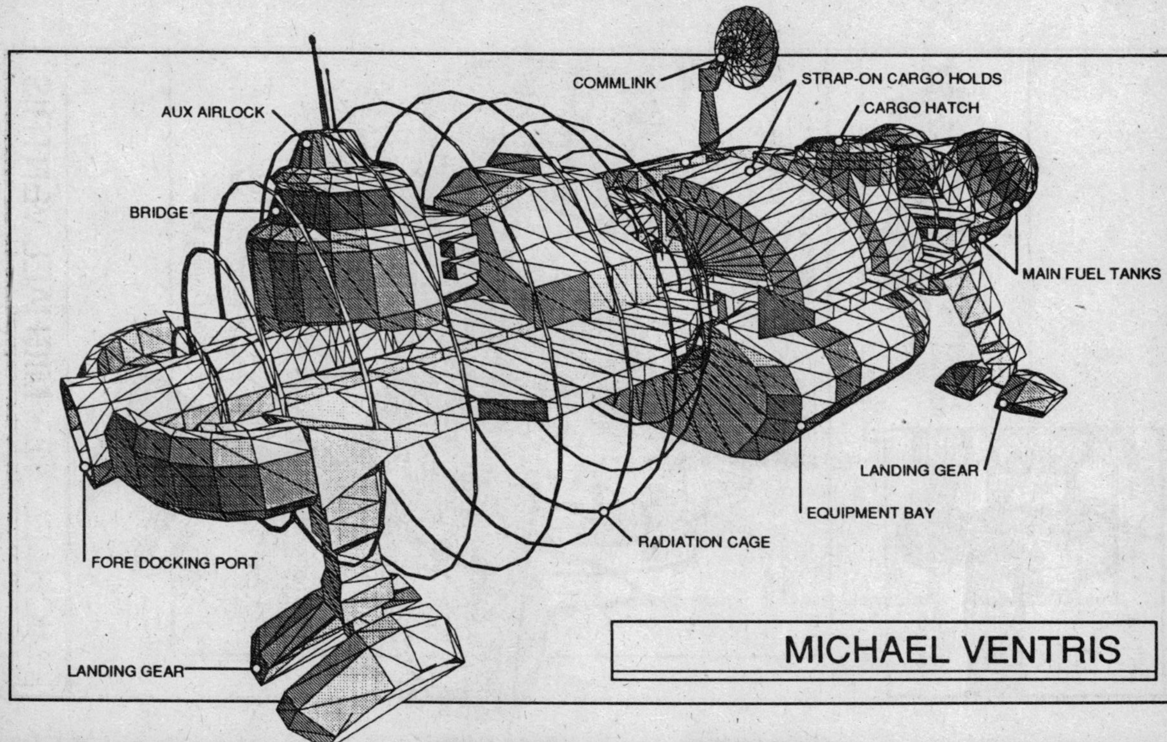
COMMLINK
STRAP-ON CARGO HOLDS
CARGO HATCH
AUX AIRLOCK
BRIDGE
MAIN FUEL TANKS
LANDING GEAR
EQUIPMENT BAY
RADIATION CAGE
FORE DOCKING PORT
LANDING GEAR
MICHAEL VENTRIS

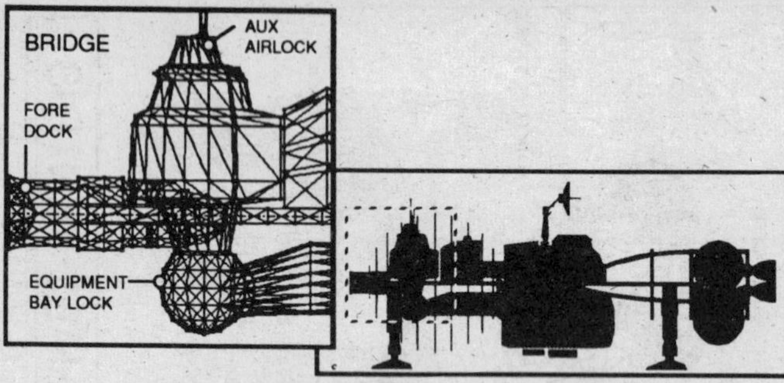

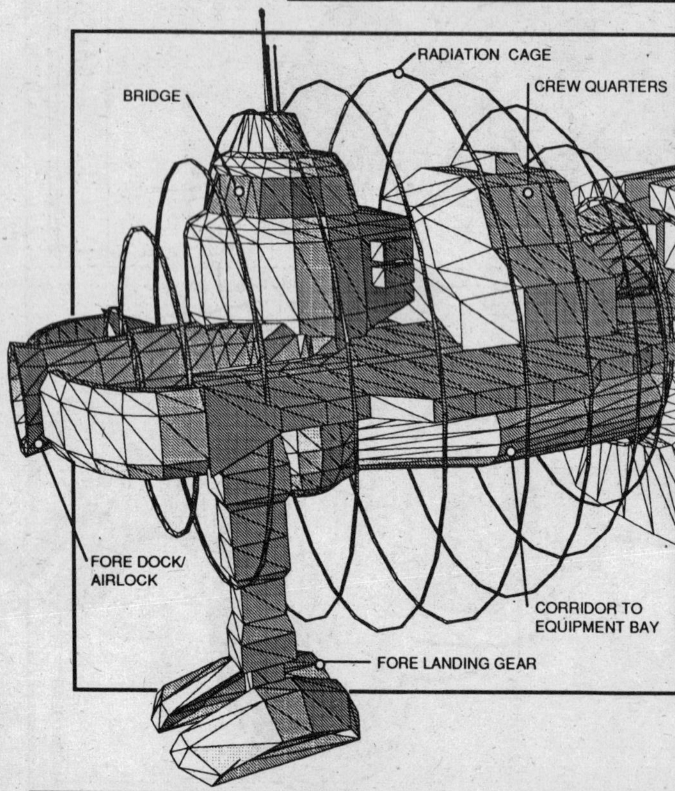

MICHAEL VENTRIS

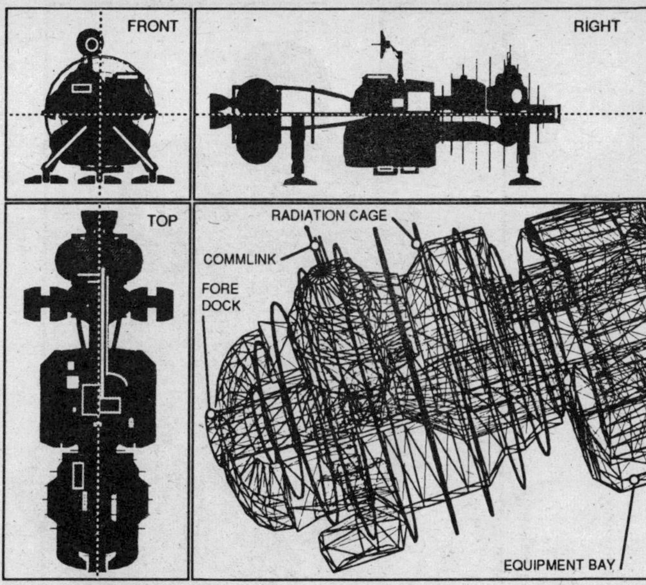
FRONT
RIGHT
TOP
RADIATION CAGE
COMMLINK
FORE
DOCK
EQUIPMENT BAY

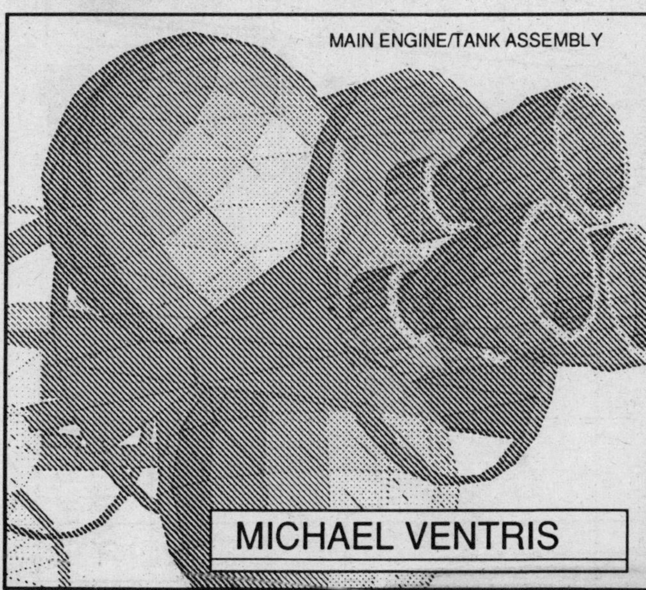
MAIN ENGINE/TANK ASSEMBLY
MICHAEL VENTRIS

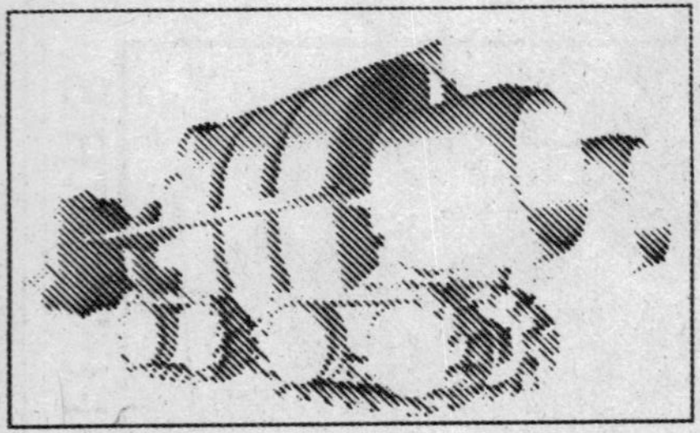

ICE MOLE

AMALTHEA
EXPEDITION

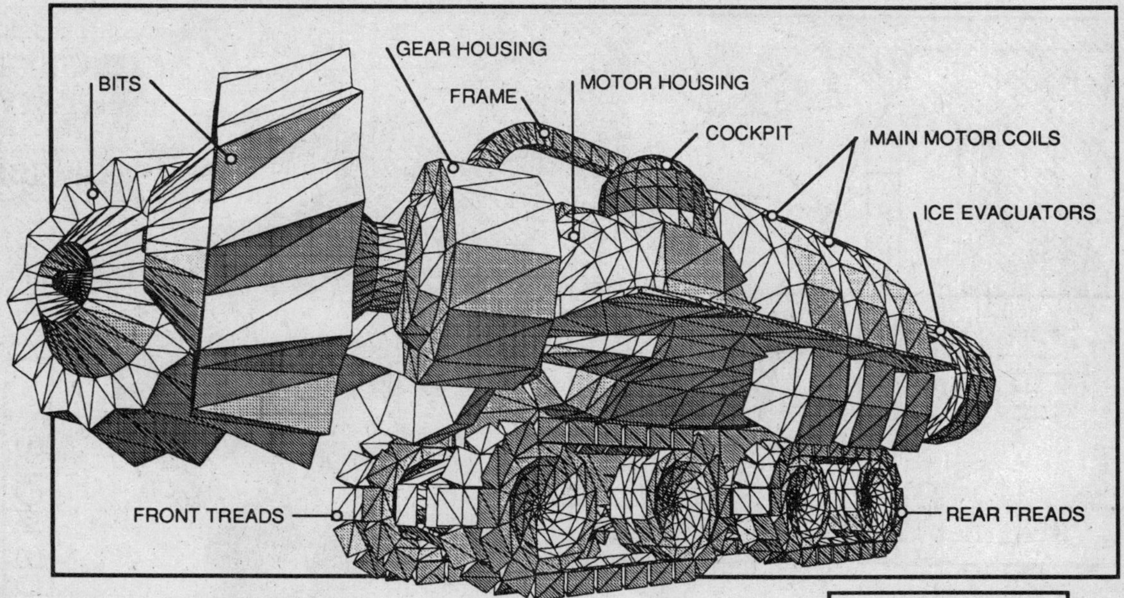
BITS
GEAR HOUSING
FRAME
MOTOR HOUSING
COCKPIT
MAIN MOTOR COILS
ICE EVACUATORS
FRONT TREADS
REAR TREADS

ICE MOLE

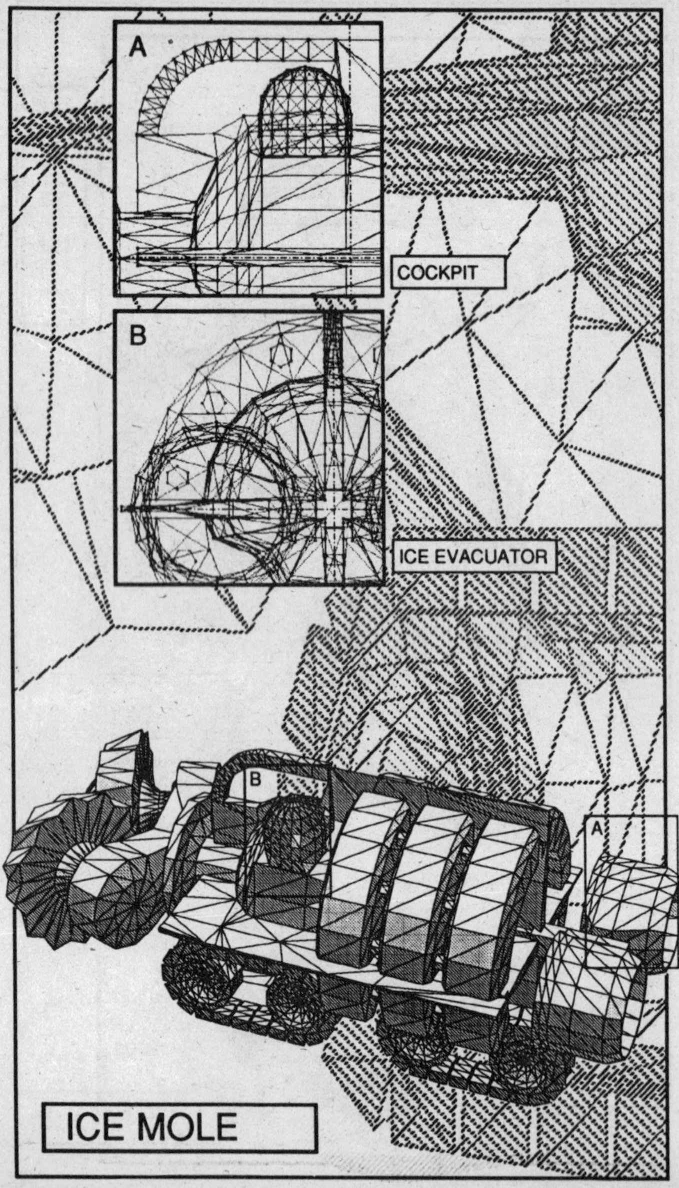
A
COCKPIT
B
ICE EVACUATOR
B
A
ICE MOLE

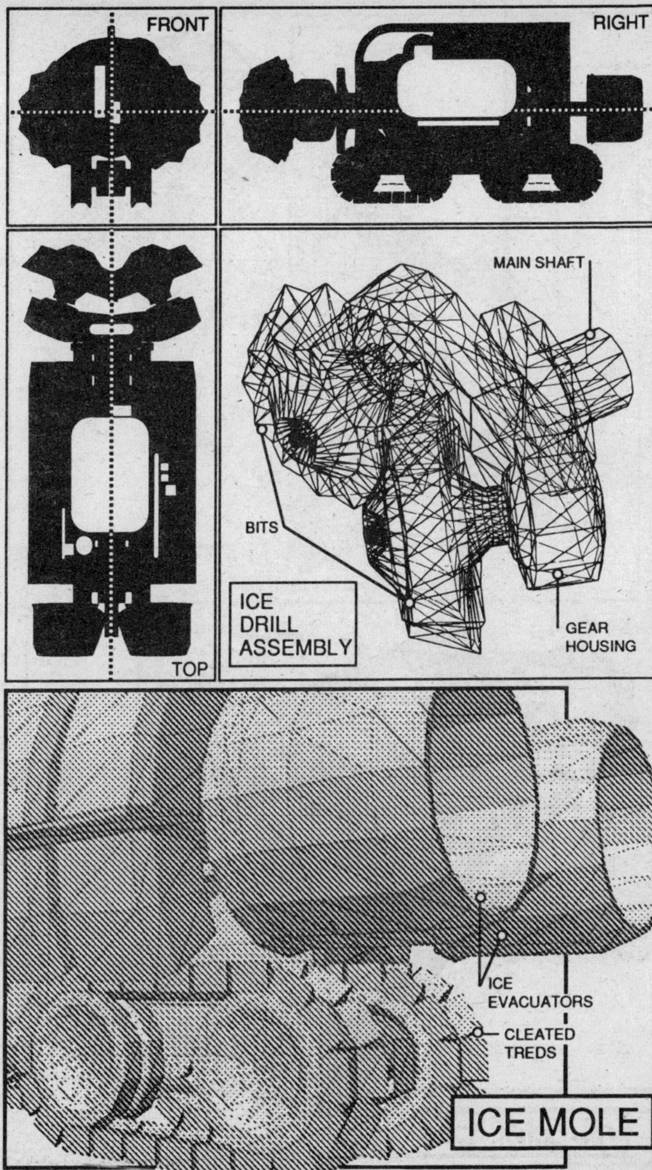

FRONT
RIGHT
TOP
MAIN SHAFT
BITS
ICE DRILL ASSEMBLY
GEAR HOUSING
ICE EVACUATORS
CLEATED TREDS
ICE MOLE

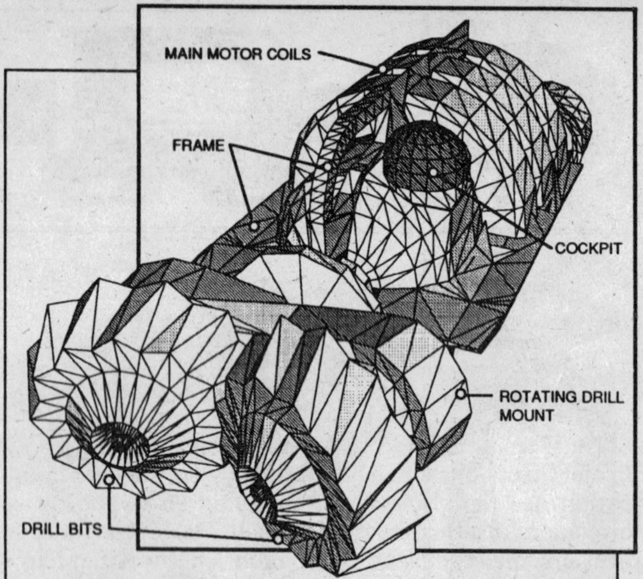
MAIN MOTOR COILS
FRAME
COCKPIT
ROTATING DRILL MOUNT
DRILL BITS

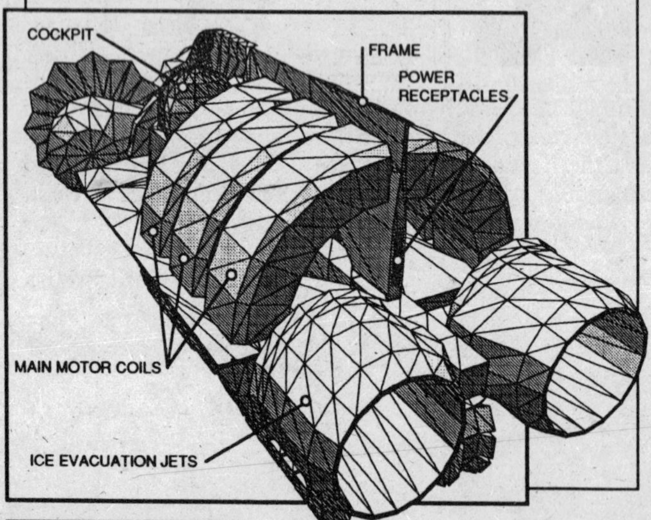
COCKPIT
FRAME
POWER RECEPTACLES
MAIN MOTOR COILS
ICE EVACUATION JETS

ICE MOLE

REMERCIEMENTS

Toute ma gratitude va à Diana Reiss, fondatrice du Projet Circé consacré à l'étude du système de communication des dauphins, qui m'a remis en mémoire les croyances des Dogons sur Sirius et son compagnon. Je présente mes excuses à Carl Sagan, « démystificateur » convaincant de cette énigme — que j'avais d'ailleurs inexplicablement oublié avoir découverte dans ses ouvrages — pour le prendre ici à contre-pied.

Les informations sur les conséquences physiques d'une décélération quasi instantanée proviennent d'un article du colonel John Stapp dans « Bioastronautics and the Exploration of Space », édité par Bedwell and Strughold, AFSC, USAF (GPO), 1965, dont la lecture est, je dois le préciser, assez macabre.

Paul Preuss

POLAR

Cette collection présente tous les genres du roman criminel : le policier classique avec des auteurs tels que Ellery Queen, Boileau-Narcejac, le roman noir avec Raymond Chandler, Ed McBain et les œuvres de suspense illustrées par Stephen King ou Tony Kenrick. C'est un panaroma complet du roman criminel qui est ainsi proposé aux lecteurs de J'ai lu.

BOILEAU-NARCEJAC	**Les victimes** 1429/**2**
	Maldonne 1598/**2**
BLOCH R. & NORTON A.	**L'héritage du Dr Jekyll** 3329/**4** Inédit
BROWN Fredric	**La nuit du Jabberwock** 625/**3**
CHANDLER Raymond	**Playback** 2370/**3**
COGAN Mick	**Black Rain** 2661/**3** Inédit
CONSTANTINE K.C.	**L'homme qui aimait se regarder** 3073/**4**
DePALMA Brian	**Pulsions** 1198/**3**
GALLAGHER Stephen	**Du fond des eaux** 3050/**6** Inédit
GARBO Norman	**L'Apôtre** 2921/**7**
GARDNER Erle Stanley	Perry Mason :
	- L'avocat du diable 2073/**3**
	- La danseuse à l'éventail 1688/**3**
	- La jeune fille boudeuse 1459/**3**
	- Le canari boiteux 1632/**3**
GARTON Ray	**Piège pour femmes** 3223/**5** Inédit
GRADY James	**Steeltown** 3164/**6** Inédit
HUTIN Patrick	**Amants de guerre** 3310/**9**
KENRICK Tony	**Shanghaï surprise** 2106/**3**
	Les néons de Hong-kong 2706/**5** Inédit
KING Stephen	**Running Man** 2694/**3**
	Chantier 2974/**6**
	Marche ou crève 3203/**5**
LASAYGUES Frédéric	**Back to la zone** 3241/**3** Inédit
LEPAGE Frédéric	**La fin du 7e jour** 2562/**5**
McBAIN Ed	**Le chat botté** 2891/**4** Inédit
MAXIM John R.	**Les tueurs Bannerman** 3273/**8**
NAHA Ed	**Dead-Bang** 2635/**3** Inédit
	Robocop 2 2931/**3** Inédit
NICOLAS Philippe	**Le printemps d'Alex Zadkine** 3096/**5**
PARKER Jefferson	**Pacific Tempo** 3261/**6** Inédit
PEARSON Ridley	**Le sang de l'albatros** 2782/**5** Inédit
	Courants meurtriers 2939/**6** Inédit
PÉRISSET Maurice	**Le banc des veuves** 2666/**3**
QUEEN Ellery	**La ville maudite** 1445/**3**
	Et le huitième jour 1560/**3**
	La Décade prodigieuse 1646/**3**
	Face à face 2779/**3**
	Le cas de l'inspecteur Queen 3023/**3**
	La mort à cheval 3130/**3**
	Le mystère de la rapière 3184/**3**
	Le mystère du soulier blanc 3349/**4** (Décembre 92)

SADOUL Jacques	***L'Héritage Greenwood*** *1529/***3**
	L'inconnue de Las Vegas *1753/***3**
	Trois morts au soleil *2323/***3**
	Le mort et l'astrologue *2797/***3**
	Doctor Jazz *3008/***3**
	Yerba Buena *3292/***4** Inédit
SCHALLINGHER Sophie	***L'amour venin*** *3148/***5**
SPILLANE Mickey	***En quatrième vitesse*** *1798/***3**
TORRES Edwin	***Contre-enquête*** *2933/***3** Inédit
WILTSE David	***Le cinquième ange*** *2876/***4**

Science-fiction

Depuis 1970, cette collection est leader du genre en France. Tous les grands de la S-F sont présents : Asimov, Van Vogt, Clarke, Dick, Vance, Simak mais également de jeunes auteurs qui seront les écrivains de premier plan de demain : Tim Powers, David Brin... Elle publie aujourd'hui des titres Fantasy, genre en plein redéploiement aux Etats-Unis.

ANDERSON Poul	***La patrouille du temps*** *1409/***3**
ASIMOV Isaac	***Les cavernes d'acier*** *404/***4**
	Les robots *453/***3**
	Face aux feux du soleil *468/***3**
	Un défilé de robots *542/***3**
	Les robots de l'aube *1602/***3** & *1603/***3** Inédit
	Le voyage fantastique *1635/***3**
	Les robots et l'empire *1996/***4** & *1997/***4** Inédit
	Espace vital *2055/***3**
	Asimov parallèle *2277/***4** Inédit
	Le robot qui rêvait *2388/***6** Inédit
	La cité des robots *2573/***6** Inédit
	Cyborg (La cité des robots 2) *2875/***6**
	Refuge (La cité des robots 3) *2975/***6**
	Le renégat (Robots et extra-terrestres) *3094/***6** Inédit
	L'intrus (Robots et extra-terrestres) *3185/***6** Inédit
	Humanité (Robots et extra-terrestres) *3290/***6** Inédit
BALLARD J.G.	***La forêt de cristal*** *2652/***3**
	Le monde englouti *2667/***3**
	La plage ultime *2859/***3**
	La région du désastre *2953/***3** Inédit
BLAYLOCK James	***Homunculus*** *3052/***4** Inédit

BRIN David	***Marée stellaire*** *1981/***5** Inédit
	Le facteur *2261/***5** Inédit
BROOKS Terry	***Le glaive de Shannara*** *3331/***8** Inédit
CANAL Richard	***Swap-Swap*** *2836/***3** Inédit
CARD Orson Scott	***Abyss*** *2657/***4** Inédit
CARROLL Jonathan	***Le pays du fou rire*** *2450/***4** Inédit
CHERRYH C.J.	***Chasseurs de monde*** *1280/***4**
	Les adieux du soleil *1354/***3**
	Les Seigneurs de l'hydre *1420/***4**
	Chanur *1475/***4**
	L'Opéra de l'espace *1563/***3**
	L'épopée de Chanur *2104/***3**
	La vengeance de Chanur *2289/***4** Inédit
	Le retour de Chanur *2609/***7** Inédit
	Les légions de l'enfer *2814/***5** Inédit
	Cyteen *2935/***6** & 2936/**6** Inédit
	Volte-face *3144/***5**
	Forteresse des étoiles *3330/***7**
CLARKE Arthur C.	***2001 : l'odyssée de l'espace*** *349/***2**
	2010 : odyssée deux *1721/***3**
	2061 : odyssée trois *3075/***3**
	Les enfants d'Icare *799/***3**
	Avant l'Eden *830/***3**
	L'étoile *966/***3**
	Rendez vous avec Rama *1047/***7**
	Rama II *3204/***7** Inédit
	Les fontaines du Paradis *1304/***3**
	Les chants de la terre lointaine *2262/***4**
	Base Vénus :
	- Point de rupture *2668/***4** Inédit
	- Maelström *2679/***4** Inédit
	- Cache-cache *3006/***4** Inédit
	- Méduse *3224/***4** Inédit
	- La lune de diamant *3350/***4** Inédit (Décembre 92)
CURVAL Philippe	***Le ressac de l'espace*** *595/***3**
	La face cachée du désir *3024/***3**
DANIELS Les	***Le vampire de la Sainte Inquisition*** *3352/***4** Inédit (Déc. 92)
DE HAVEN Tom	***D'un monde l'autre*** *3186/***5** Inédit
	Le Mage de l'Apocalypse *3308/***5** Inédit
DICK Philip K.	***Dr Bloodmoney*** *563/***4**
	Les clans de la lune alphane *879/***3**
	L'homme doré *1291/***3**
	Le dieu venu du Centaure *1379/***3**
	Blade Runner *1768/***3**
DICKSON Gordon R.	***Le dragon et le georges*** *3208/***4** Inédit
FARMER Philip José	***Les amants étrangers*** *537/***3**
	L'univers à l'envers *581/***2**
	Des rapports étranges *712/***3**
	La nuit de la lumière *885/***3**
	Le soleil obscur *1257/***4**
FERGUSSON Bruce	***L'ombre de ses ailes*** *3226/***5** Inédit

FOSTER Alan Dean	**AlienS** 2105/**4**
	Futur immédiat - Los Angeles, 1991 2505/**3** Inédit
	Alien 3 3294/**4**
FRÉMION Yves	**Rêves de sable, châteaux de sang** 2054/**3** Inédit
GIBSON William	**Neuromancien** 2325/**4**
	Mona Lisa s'éclate 2735/**4** Inédit
GODWIN Parke	**En attendant le bus galactique** 2938/**4** Inédit
HABER Karen	**Le super-mutant** 3187/**4** Inédit
HALDEMAN Joe	**La guerre éternelle** 1769/**3**
	Immortalité à vendre 3097/**5** Inédit
HAMILTON Edmond	**Les rois des étoiles** 432/**4**
HARRISON Harry	**Le rat en acier inox** 3242/**3**
HEINLEIN Robert A.	**Une porte sur l'été** 510/**3**
	Etoiles, garde à vous 562/**4**
	Vendredi 1782/**5**
	Le chat passe-muraille 2248/**6** Inédit
	Au-delà du crépuscule 2591/**7** Inédit
HOWARD Robert E.	**Conan le barbare** 1449/**3** (avec Sprague de Camp)
	Conan le destructeur 1689/**2** (avec R. Jordan)
	Conan 1754/**3**
	Conan le Cimmérien 1825/**3**
	Conan le flibustier 1891/**3**
	Conan le vagabond 1935/**3**
	Conan l'aventurier 2036/**3**
	Conan le guerrier 2120/**3**
	Conan l'usurpateur 2224/**3**
	Conan le conquérant 2468/**3**
	Conan le vengeur 3289/**3**
JETER K. W.	**Machines infernales** 2518/**4** Inédit
	Horizon vertical 2798/**4** Inédit
	Madlands 3309/**3** Inédit
KEYES Daniel	**Des fleurs pour Algernon** 427/**3**
KING Stephen	La tour sombre :
	- Le pistolero 2950/**3** Inédit
	- Les trois cartes 3037/**7** Inédit
	- Terres perdues 3243/**7** Inédit
KLEIN Gérard	La saga d'Argyre :
	- Les voiliers du soleil 2247/**2**
	- Le long voyage 2324/**2**
KRESS Nancy	**Le prince de l'aube** 3166/**4** Inédit
LEE Tanith	La saga d'Uasti :
	- La déesse voilée 1690/**4** Inédit
	- La quête de la Sorcière Blanche 2042/**4** Inédit
LEIGH Stephen	**Le cri du tyrannosaure** 3307/**4** Inédit
LEOURIER Christian	**Mille fois mille fleuves...** 2223/**2** Inédit
	Les racines de l'oubli 2405/**2** Inédit
	La loi du monde 2736/**3** Inédit
	Les masques du réel 2976/**3** Inédit
LEVIN Ira	**Un bonheur insoutenable** 434/**4**
	Les femmes de Stepford 649/**2**
LOVECRAFT Howard P.	**L'affaire Charles Dexter Ward** 410/**2**
MAC AVOY R. A.	**Le troisième aigle** 2835/**4** Inédit

McMASTER BUJOLD Lois	Mike Vorkosigan 3288/5 Inédit
MARTIN George R.R.	L'agonie de la lumière 2692/5
MERRITT Abraham	La nef d'Ishtar 574/3
	Le gouffre de la lune 618/4
	Un visage dans l'abîme 886/4
MOORE Catherine L.	Shambleau 415/4
MORRIS Janet E.	La grande Fornicatrice de Silistra 1245/3
MORROW James	L'arbre à rêves 2653/4
	Notre mère qui êtes aux cieux 3131/5 Inédit
NOLAN et JOHNSON	L'âge de cristal 3129/3
NORMAN John	Le tarnier de Gor 3168/4
	Le banni de Gor 3229/4
	Les prêtres-rois de Gor 3351/5 (Décembre 92)
POHL Frederik	A travers la Grande Porte 3332/4 Inédit
POWERS Tim	Les voies d'Anubis 2011/5
	Sur des mers plus ignorées... 2371/4 Inédit
	Le Palais du Déviant 2610/4
	Le poids de son regard 2874/6 Inédit
ROBINSON Kim Stanley	La Côte Dorée 2639/6 Inédit
	Le géomètre aveugle 2922/4 Inédit
SADOUL Jacques	Les meilleurs récits de Weird Tales 2556/6
SILVERBERG Robert	L'homme dans le labyrinthe 495/4
	Les ailes de la nuit 585/2
	Les chants de l'été 1392/3
	Pavane au fil du temps 2631/4 Inédit
	Le château de Lord Valentin 2656/8
	La saison des mutants 3021/5 Inédit
	Opération Pendule 3059/3 Inédit
	Tom O'Bedlam 3111/5
	Lettres de l'Atlantide 3167/2 Inédit
	Thèbes aux cent portes 3227/4
SIMAK Clifford D.	Demain les chiens 373/3
	Dans le torrent des siècles 500/4
	Le pêcheur 609/4
	Chaîne autour du soleil 814/3
	Au carrefour des étoiles 847/3
	Une chasse dangereuse 903/4
	Les visiteurs 1194/3
	Projet Vatican XVII 1367/4
	Le chemin de l'éternité 2432/4 Inédit
	La Confrérie du Talisman 2760/4 Inédit
SIMPSON Pamela	Du sang sur la piste temporelle 3145/5 Inédit
SPIELBERG Steven	E.T. l'extra-terrestre 1378/3
	Gremlins 1741/3
STEINER Kurt	Le disque rayé 657/2
STURGEON Theodore	Les plus qu'humains 355/3
	Cristal qui songe 369/3
	Les talents de Xanadu 829/3
	Le cœur désintégré 3074/3
TEPPER Sheri S.	Un monde de femmes 2907/5 Inédit
	Rituel de chasse 3244/7 Inédit
VANCE Jack	Cugel l'astucieux 707/3

La bande dessinée est aujourd'hui admise partout. On l'enseigne même à la Sorbonne. La série J'ai lu BD est la première collection de poche consacrée à ce genre. Elle réédite les bandes dessinées françaises et étrangères les plus célèbres : 230 titres. Les dessins ne sont pas réduits mais remontés ; ainsi un album de 48 pages donne 128 à 160 pages dans J'ai lu, et le papier, d'une qualité supérieure permet, la reproduction des couleurs. J'ai lu BD est le panorama de la bande dessinée d'aujourd'hui.

ARNAL C.		**Pif le chien** BD81/**4**, BD107/**4**, BD135/**4** Couleur
BARBE		**Cinémas et autres choses** BD30/**2**
BARDET & DERMAUT		Les Chemins de Malefosse :
		1 - Le diable noir BD19/**5** Couleur
		2 - L'attentement BD71/**5** Couleur
		3 - La vallée de misère BD129/**5** Couleur
BEAUNEZ		**Vive la carotte !** BD160/**5** Couleur
BERNET & ABULI	Torpedo :	**1 - Tuer c'est vivre** BD25/**2**
		2 - Mort au comptant BD113/**2**
BINET	Les Bidochon :	**1 - Roman d'amour** BD4/**3**
		2 - Les Bidochon en vacances BD48/**3**
		3 - Les Bidochon en HLM BD104/**3**
		4 - Maison, sucrée maison BD121/**3**
		5 - Ragots intimes BD150/**3**
		6 - En voyage organisé BD183/**3**
		7 - Assujettis sociaux BD205/**3**
		8 - Vent du soir BD231/**3**
		Les Bidochon se donnent en spectacle (la pièce) BD189/**4**
	Kador :	**Tome 1** BD27/**3** — **Tome 2** BD88/**3**
		Tome 3 BD192/**3** — **Tome 4** BD224/**3**
		Forum BD237/**3**
BOUÇQ		**Les pionniers de l'aventure humaine** BD34/**6** Coul.
BRETECHER		**Les naufragés** BD185/**3**
BRUNEL	Pastiches :	**Ecole franco-belge** BD46/**5** Couleur
		Ecole américaine BD115/**5** Couleur
		Ecole franco-belge - 2 BD211/**5** Coul.
COLLECTIF		**La bande à Renaud** BD76/**4** Couleur
		Baston / La ballade des baffes BD136/**4** Couleur
		Rocky Luke BD166/**4** Couleur
		Parodies BD175/**4**
COMÈS		**Silence** BD12/**5**
		La belette BD99/**5**
DEGOTTE		**Les motards** BD201/**3**
		Les motards 2/Et les motards, mon cher Watson BD210/**3**
DRUILLET		**Les 6 voyages de Lone Sloane** BD60/**5** Couleur
EDIKA		**Débiloff profondikoum** BD38/**3**
		Homo-sapiens connarduss BD156/**3**
		Yeah ! BD188/**3**
		Absurdomanies BD216/**3**
		Sketchup BD228/**3**
		Désirs exacerbés BD232/**3**
FOREST		**Barbarella** BD49/**5** Couleur

FRANQUIN	**Idées noires** BD1/**3**
Gaston Lagaffe :	**1 - Gala de gaffes** BD17/**3** Couleur
	2 - Gaffes à gogo BD39/**3** Couleur
	3 - Le bureau des gaffes BD70/**3** Couleur
	4 - Gaffes en gros BD100/**3** Couleur
	5 - Gare aux gaffes BD126/**3** Couleur
	6 - Gaffes d'un gars gonflé BD152/**3** Couleur
	7 - En direct du passé de Lagaffe BD173/**3** Couleur
	8 - De gaffes en Lagaffe BD190/**3** Couleur
	9 - Lagaffe fait des dégâts BD208/**3** Couleur
	10 - Lagaffe, gaffeur BD221/**3** Couleur
	11 - Lagaffe, sachant gaffer BD229/**3** C.
	12 - Gâté, Lagaffe BD240/**3**
Spirou et Fantasio :	**1 - L'ombre du "Z"** BD141/**6** Couleur
	2 - Le dictateur et le champignon BD155/**6** Couleur
	3 - Le nid des Marsupilamis BD186/**5** Couleur
	4 - Les voleurs du Marsupilami BD200/**6** Couleur
	5 - Il y a un sorcier à Champignac BD215/**6** Couleur
	6 - Le voyageur du Mésozoïque BD223/**6** C.
	7 - Panade à Champignac BD233/**5**
	8 - le gorille a bonne mine BD245/**5** Coul.(Décembre 92)
FRED	**Magic Palace Hôtel** BD72/**4**
GELUCK	**Le chat** BD142/**3**
	Le chat-2 BD230/**3**
GIARDINO	**Max Fridman/La porte d'Orient** BD162/**4**
GILLON	**La survivante-1** BD111/**6** Couleur
	La survivante-2 L'héritier BD184/**6** Couleur
GOOSSENS	**Le romantisme à la valise est revenu** BD213/**3**
GOTLIB	**Pervers Pépère** BD8/**3**
	Rhââ Lovely-1 BD21/**3**, BD55/**3** & BD131/**3**
Gai-Luron :	**1 - ou la joie de vivre** BD43/**3**
	2 - en écrase méchamment BD75/**3**
	3 - rit de se voir si beau en ce miroir BD169/**3**
	4 - Et le jeune lecteur du Var BD209/**3**
	5 - ... fait rien qu'à copier BD238/**3**
	Hamster Jovial et ses louveteaux BD83/**2**
	Rhâ-gnagna-1 BD159/**3** & BD195/**3**
	Ecrits fluides, rires glaciaux BD226/**4**
GOTLIB & ALEXIS	**Dans la joie jusqu'au cou** BD93/**3**
GOTLIB LOB & ALEXIS	**Superdupont** BD33/**3**
GOTLIB & LOB	**Super dupont/Oui nide iou** BD244/**3** (Décembre 92)
HARDY & CAUVIN Pierre Tombal :	**1 - Les 44 premiers trous** BD182/**3**
	2 - Histoire d'os BD225/**3**
	3 - Mort aux dents BD236/**3**
JODOROWSKY & ARNO	**Alef-Thau - L'enfant-tronc** BD164/**6** Couleur
JUILLARD & COTHIAS	Les 7 vies de l'épervier:
	1 - La blanche morte BD77/**4** Couleur
	2 - Le temps des chiens BD144/**4** Couleur
LACAMP, GALLIAND & BORDIER	**Fleur de prunus ...** BD235/**6** C.
LAMBIL & CAUVIN	Les tuniques bleues :
	Les bleus de la marine BD154/**4** Couleur
	Des bleus en noir et blanc BD179/**5** Couleur

3350

Composition Interligne B-Liège
Achevé d'imprimer en Europe (France)
par Brodard et Taupin à la Flèche (Sarthe)
le 9 novembre 1992. 1667G-5
Dépôt légal nov. 1992. ISBN 2-277-23350-1

Éditions J'ai lu
27, rue Cassette, 75006 Paris
Diffusion France et étranger : Flammarion